一笑

古龍百四著

國際學術研討會

古龍武俠小說 領先時代半世紀

【記者賴素鈴／報導】江湖代有才人出，這廂古龍凋零二十載，那廂今朝懸賞百萬獎新秀，浪淘不盡，唯有武俠熱愛，不隨時間變易，在學術研討會上更見分明。以「一代鬼才：古龍與武俠小說」爲主題，淡江大學第九屆文學與美學國際學術研討會昨起在國家圖書館，展開爲期兩天的議程，紀念武俠小說家古龍逝世二十周年，新生代學者與古龍故舊齊聚一堂，以文論劍話武俠。

日前與淡大中文系教授林保淳共同發表《台灣武俠小說發展史》，武俠小說評論家葉洪生昨天在專題演講中，直批胡適1959年底發表「武俠小說下流論」是「胡說」，學界泰斗的不當發言以及隨即展開的「暴雨專案」，反而促成1960年起台灣武俠新秀的繁興，「武俠小說迷人的地方，恰恰在門道之上。」，葉洪生認定，武俠小說審美四原則在文筆、意構、雜學、原創性，他強調：「武俠小說，是一種『上流美』。」

集多年心血完成《台灣武俠小說發展史》，葉洪生認爲他已爲從十歲起迷上武俠小說的半世紀畫上完美句點，並且宣布他「以後決心退出武俠論壇，封劍退隱江湖」。

雖然葉洪生回顧武俠小說名家此起彼落，套太史公名言「固一世之雄也，而今安在哉？」，認爲這是值得深思的嚴肅課題，昨天意外現身研討會而備受矚目的溫世禮，則爲了紀念同是武俠迷的哥哥溫世仁，推出第一屆「溫世仁武俠小說百萬大賞」，即日起至今年10月3日截止收件，經兩階段評選後於明年12月7日公布首獎得主，預料將會是一場武林新秀的龍虎爭霸戰。

看明日誰領風騷？風雲時代出版社發行人陳曉林眼中的古龍，其實領先他的時代半世紀，以致如今雖然古龍逝世20年，陳曉林認爲大家對古龍的了解仍然有限，預言未來世代更能和古龍的後設風格共鳴。

昨天這場研討會，也凸顯武俠小說作爲一項文學研究門類，仍有待開發學習空間。多位與會者都指出，武俠小說的發表、出版方式和管道具考證難度，學術理論與論文格式的建立待加強。而武俠名家的版權之爭、市場競爭力，也增加出版推廣困難，古龍武俠小說的版權糾紛、司馬翎作品的版權官司也成爲研討會的場外話題。

與

武俠小說

第九屆文學與美
一代鬼才
古龍

古龍兄為人慷慨豪邁，跌蕩自如，變化多端，文如其人，且復多奇氣。惜英年早逝。余與古兄當年交好，且喜讀其書，今既不見其人，又無新作可讀，深自悼惜。

金庸

一九九六．十．十一．香港

七種武器

（三）

多情環

離別鉤

古龍精品集 39

七種武器(三)

多情環 離別鉤

【多情環】

【離別鉤】

目錄

七個不平凡的人。
七種不可思議的武器。
七段完全獨立的故事。

多情環

【導讀推薦】

行雲流水，渾然天成

——《七種武器：多情環》導讀

專欄作家、資深文學評論家
李榮德

《七種武器》每一部有每一部的特色。對話精妙，語言技巧純熟，是《多情環》的一大特點。

古龍小說的人物對話，有交代情節、敍述故事的功能，通過人物對話把事情敍述得一清二楚，而且這種對話往往簡潔明快，絕不拖泥帶水。不僅僅如此，人物的心理、故事的推理等等都靠人物的問答來表現、敍述，在他的書中不僅有大段落的對話，還有整章的對話，可以說，許多章節是由人物對話組成的。

古龍運用對話之精妙還在於，他將對話作爲刻劃人物性格的手段，不是作者去說人物性格怎樣，不是作者介紹人物怎樣做、怎樣說，而是讓人物在與他的對手的對話中表現人物的氣質、心理、情緒，從而展現出人物的性格，塑造出人物形象，本篇中〈盤問〉一章就體現了以上特點。

而巧妙地運用人物對話、語句簡短而生動，形成了古龍特有的文風，這是古龍武俠小說語言的主體，不僅避免了交代故事常易發生的單調，還剔除了傳統敘事形式的蕪雜。

小說本是作家在說，中國傳統的說部和後來發展成的小說、評書、評話，無不是以說爲主，揚州評話宗師王少堂，在說《武松打虎》一段書時，竟可連說三天，拳頭還沒打到老虎身上，傳統敍事形式的蕪雜，可見一斑。

而在古龍筆下，繁複蕪雜的拚鬥過程常常是迎風一刀斬即行解決。而且讓筆下人物來說話，這是西風東漸的進步，美國作家海明威就好讓筆下的人物說話。古龍借來一用，效果果然可觀，而且屢試不爽。讓人物說話有許多好處，即使說錯了、說壞了，讀者也都記在人物身上，不會去找作家算帳。讀者諸君可以在這部書中體會古龍語言運用之妙。

《多情環》另一個特色是：同古龍的許多作品一樣，只是將最光彩的、最隱秘的、最動人的、最令人刻骨銘心的許多個瞬間組成的一個個生命過程告訴讀者。而這些生命過程幾乎是人物活動的重大關節，幾乎是提綱挈領的關節。古龍不去全面表達所有的細節，而是留給讀者巨大的想像空間。本書中蕭少英的故事並不完整，但足以窺一斑而知全豹。有了這些，人物也就足以在讀者心中發亮起來了。

一 多情自古空餘恨

一

夜，夜已深。

雙環在燈下閃動著銀光。

葛停香輕撫著環上的刻痕，嘴角不禁露出微笑。

他已是個老人，手指卻仍然和少年時同樣靈敏有力，無論他想要什麼，他總是拿得到的。

他想要這雙環已有多年，現在總算已到了他手裡，他付出的代價雖然極大，可是這收穫卻已足夠補償一切。

因爲這雙銀環本是屬於盛天霸的。

盛天霸一手創立的「雙環門」，威鎭西陲已近三十年。

現在雙環門這種根深蒂固，幾乎已沒有人能撼動的武林霸業，竟已被他在短短的三個月中，一手推翻了。

他所付出的代價無論多大，都是値得的。

「殺了一個人，就在銀環上刻一道刀痕！」

這是盛天霸多年來的習慣，也已變成了雙環門下所有弟子的慣例。

環上只有十三道刻痕。

盛天霸並不是那種好色如命，殺人如草的英雄，他並不喜歡殺人。

他要殺的，必定都是值得他殺的人。

這十三道刻痕雖然不深，其中卻埋葬了十三條顯赫一時的好漢。

他們活著時聲名顯赫，死的時候也曾經轟動一時，死後留下的，卻只不過是淺淺的一道刻痕而已。

現在殺他們的人，也已死在別人手裡。

他留下的又有什麼？

——甚至連一道刻痕都沒有留下。

葛停香嘴角雖帶著微笑，眼睛卻不禁露出了寂寞之色。

他知道自己也會跟盛天霸一樣，遲早也有死在別人手裡的一天。

殺他的人會是誰呢？

桌上還擺著一捲黃紙，葛停香攤開來，用銀環壓住紙捲的兩端。

紙箋已陳舊，上面寫著七個人的名字：

「×」盛重：盛天霸堂侄，孔武有力，雙環份量加重。

「×」李千山：冷靜沉著，足智多謀。

「×」胡大剛：剽悍勇猛。

「×」王銳：少林棄徒，還俗後入雙環門。

「×」楊麟：隴西大盜，武功最雜。

「×」盛如蘭：盛天霸之女，精暗器。

蕭少英：家道中落之世家子，因爲酗酒鬧事，非禮師姐，已經於兩年前被逐出雙環門，下落不明。

這七個人，本是雙環門的七大弟子，除了盛天霸之外，他們幾乎就可以算是西北一帶，名頭最響，最有勢力的七個人。

現在葛停香卻在他們的名字上都打了個「×」。

那意思就是說，這些人不是已經慘死在刀下，就是已負傷逃亡，縱然能僥倖不死，也已是個廢人。

將來縱然有人能擊倒葛停香，也絕不會是這七個人。

蕭少英的名字上雖然是空著的，雖然逃過了這一劫，可是葛停香從來也沒有將這個好色貪杯，放蕩成性的敗家子看在眼裡。

何況他早已被盛天霸逐出門牆，根本已不能算是雙環門的弟子。

葛停香嘴角不禁露出得意的微笑。

盛極一時，不可一世的雙環門，現在終於已煙消雲散了。

他們留下了什麼？

只不過留下了這一雙銀環，作爲葛停香勝利的紀念而已。

二

夜更深。

風吹碧紗窗，門外忽然響起了一陣很輕的腳步聲。

葛停香用不著回頭，就知道來的是誰了。

這是他的書房，也是他的密室。

除了玉娘，絕沒有別人會來，也沒有別人敢來。

玉娘姓郭，是他不久前才量珠聘來的江南名妓，現在已成了他最寵愛的一位如夫人。

對女人與馬，葛停香一向都極有鑑賞力，他選擇的女人，當然是絕色的麗人。

郭玉娘不但美，而且柔媚溫順，善體人意。

葛停香心裡在想著的事，往往不必說出來，她就已先替他安排好了。

現在夜已很深，他正覺得有點餓。

郭玉娘已捧了他最喜歡的四樣下酒菜，一碟小花卷，和一壺碧螺春走進來。

葛停香故意皺著眉，道：「你爲什麼還不睡？」

郭玉娘甜甜的笑著，道：「因爲我知道你今天晚上一定睡不著的，所以在替你準備點心。」

葛停香道：「你怎麼知道？」

郭玉娘嫣然道：「每一次豪賭之後，你無論輸贏都睡不著，何況今天？」

今天葛停香不但贏來了永垂不朽的聲名，也已將西北一帶無法計算的財富都贏了過來。

這一場豪賭，賭得遠比他生平任何一次都大得多。

葛停香看著她，目中不禁流露出滿意之色，嘆息著攬住她的腰肢，道：「幸好今天我贏了，否則只怕連你的人都要被我輸出去。」

郭玉娘卻笑說道：「我倒一點也不擔心，我早就算準你會贏的。」

葛停香笑道：「哦？」

郭玉娘輕撫著他花白的頭髮，柔聲道：「我第一次看見你的時候，就已看出你絕不會做沒有把握的事，所以不管你要不要我，我都已跟定了你。」

葛停香大笑。

一戰成功，百載揚名，美人在抱，溫香如玉，人生如此，夫復何求？現在他的確可以笑了，無論他的笑聲多大，也絕不會有人覺得刺耳的。郭玉娘放下食盤，看著桌上的銀環，忽然問道：「這就是盛天霸的多情環？」

葛停香點點頭。

郭玉娘道：「盛天霸是個多情人？」

葛停香肯定的道：「不是，絕不是。」

郭玉娘道：「那麼，他的環爲什麼要叫做多情環？」

葛停香道：「因爲這雙環無論套住了什麼，立刻就緊緊的纏住，絕不會再脫手，就好像是個多情的女人一樣。」

郭玉娘又笑了，笑得更甜：「就好像我一樣，現在我已纏住了你，你也休想再逃。」

葛停香大笑道：「我本就不想逃。」

郭玉娘道：「多情環……多情的環，無情的人，這個名字取得很好。」

葛停香接道：「只可惜名字取得再好，也是沒有用的。」

郭玉娘道：「現在他人已死了？」

葛停香道：「不但他的人已死，他創立的雙環門，也已煙消雲散。」

他凝視著桌上的銀環，慢慢的接著道：「他從十六歲出道，闖盪江湖四十年，身經數百戰，手創雙環門，也算得上是威風了一世，現在留下來的，卻只不過是這雙銀環而已。」

郭玉娘明媚的眼睛裡卻露出了種沉思之色，過了很久，才輕輕的道：「也許他留下的還不止這一點。」

葛停香道：「還有什麼？」

郭玉娘道：「仇恨！」

葛停香皺了皺眉，臉色似也變了，他當然知道仇恨是多麼可怕的事。

郭玉娘道：「仇恨就像是蒲公英的種子一樣，只要還有一點點留下來，留在人的心裡，就總有一天會長出來的。」

葛停香自己倒了杯酒，一飲而盡，忽然冷笑道：「就算還有仇恨留下來，也已沒有復仇的人。」

郭玉娘追問道：「一個都沒有？」

葛停香道：「沒有！」

郭玉娘又展平了那張已起皺的紙捲，道：「這些人呢？」

葛停香道：「盛重、李千山、胡大剛、盛如蘭，他們都已死在亂刀之下，王銳和楊麟也已經成了殘廢。」

郭玉娘道：「殘廢的人，也一樣可以報仇的。」

葛停香道：「所以我並沒有放過他們。」

郭玉娘道：「你已派了人去追？」

葛停香道：「我保證他們一定逃不了的。」

郭玉娘又將七個名字從頭看了一遍：「還有蕭少英呢？」

葛停香笑了笑，說道：「這個人根本就不能算是個人。」

郭玉娘接問道：「爲什麼？」

葛停香道：「蕭家本是隴西望族，家財億萬，富甲一方，但不到三年，就全都被他敗得精光了。」

郭玉娘在聽著，而且還在等著他再多說一點。

葛停香又道：「他本是盛天霸關山門的弟子，盛天霸對他的期望本來很高，但他卻將盛夫人的珠寶都偷出來賣了，拿去酗酒宿娼。」

郭玉娘輕輕嘆了口氣，道：「看來這人的本事倒真不小。」

葛停香大笑道：「這也算本事？」

郭玉娘正色道：「當然算本事。」

她神情忽然變得很嚴肅：「能在短短兩三年裡，將億萬家財花光的人，世上又有幾個？」

這種人的確不多。

「敢將盛天霸夫人的珠寶偷出來，拿去酗酒宿娼的人又有幾個？」

這種人更少。

郭玉娘道：「所以他做的這些事，別人非但做不出，也沒有人敢做。」

葛停香只有承認。

郭玉娘道：「連這種事他都做得出，天下還有什麼他做不出的事？」

葛停香沒有繼續喝酒，只要一有值得思考的事，他就絕不喝酒，否則這雙銀環上只怕又多了道刻痕，他的人也許已埋葬在雙環山莊的亂石崗裡。

他沉思著：「你認為我應該提防他？」

郭玉娘道：「我總認為世上有兩種人是絕不能不提防的。」

「哪兩種人？」

郭玉娘道：「一種是運氣特別好的人，一種是膽子特別大的人。」

葛停香已記住了這句話。

只要是有道理的話，他就絕不會忘記。

郭玉娘道：「他自被盛天霸逐出門牆後，就已下落不明？」

葛停香道：「這兩年來，的確沒有人知道他的下落，只因爲根本沒有人想到要去找他。」

郭玉娘道：「若是要找，能不能找得到？」

葛停香笑了笑，道：「若是我真的要找，世上絕沒有我找不到的人。」

他忽然高聲呼喚：「葛新。」

門外立刻有人應聲：「在。」

葛停香再吩咐：「叫王桐來。」

王桐垂著手，站在葛停香面前，就好像隨時都準備跪下來吻葛停香的腳。

從來也沒有人懷疑過他對葛停香的服從與忠心，也從來沒有人真能了解他的可怕。

他是個非常沉默的人，很少開口，也很少笑，臉上總是帶著種空洞冷漠的表情，一雙手總是喜歡藏在衣袖裡。

他伸出手來的時候，通常只有兩種目的，吃飯、殺人！

在他這一生中，殺人幾乎已變成和吃飯同樣重要的事。

現在雖然已是深夜，但只要葛停香一聲吩咐，不出片刻，他就出現在葛停香面前，而且永遠都是絕對清醒著的。

葛停香看著他，目中又不禁露出滿意之色，就好像他看著郭玉娘時一樣。

假如他必須在這兩人中選擇一個，他選的一定不是郭玉娘。

「你見過蕭少英？」

王桐點點頭，雙環門下的七大弟子，每一人他都見過。

遠在多年前，他已隨時都在準備要這七個人的命。

葛停香道：「你看他是個什麼樣的人？」

王桐道：「他不行。」

「不行」這兩個字經王桐嘴裡說出來，並不能算是極壞的批評。

盛重天生神力，勇猛無敵，環上的刻痕，多達一百三十三條，其中大多都是武林一流高手，在雙環門下的七大弟子中，位列第一。

可是王桐對於他的批評，也只有兩個字。

「不行！」後來發生的事證明他並沒有看錯，盛重只出手五招，就已死在他手裡。

葛停香嘴角又露出微笑，發出了簡短的命令：「去找他，帶他回來。」

王桐沒有再說一個字，也沒有再問任何問題。

葛停香既然只要他去帶這個人回來，那麼這個人是死是活都已沒有關係。

看著他走出去，郭玉娘也不禁輕輕嘆了口氣：「也不知道是爲了什麼，我每次看見他的時候，總覺得忍不住要打寒噤，就好像看見條毒蛇一樣。」

葛停香淡淡的道：「你看錯了。」

「看錯了？」

「就算三千條毒蛇加在一起，也比不上他的一根手指。」

桌上有筆墨紙硯。

葛停香忽然提起筆，在蕭少英名字上也打了個「×」。

郭玉娘又忍不住道：「他現在豈非還沒有死？」

「不錯，他現在還沒有死。」葛停香忽然道：「只不過從王桐走出門的那一刻開始，他就已等於是個死人了……」

二 暴雨荒塚

一

霹靂一聲，閃電照亮了荒塚纍纍的亂石山崗。

山坳裡，兩個衣衫襤褸，歪戴著破氈帽的大漢，正在暴雨中挖墳。

暴雨打滅了滿山鬼火，也打滅了他們帶來的燈籠，大地一片漆黑，荒墳間到處都瀰漫著令人毛骨悚然的森森鬼氣。

這兩個是什麼人？

他們要埋葬的人，又是什麼人呢？

其中一個塌鼻斜眼的猥瑣漢子，正在喃喃的埋怨：「若不是昨天晚上在場子輸得精光，就算再多給我二十兩，我也不來幹這種鬼差使。」

「這差使就算不給錢，咱們也得幹。」另一個人雖然口嘴有點歪，眼睛卻不斜：「趙老大平時對咱們不錯，現在人家出了事，咱們難道能不管？」

斜眼的嘆了口氣，用力揮起了鋤頭。

又是一聲霹靂，閃電擊下，一條鐵塔般的大漢，趕著輛驢車，衝上了山崗，車上載的，赫然正是兩口嶄新的棺材。

「趙老大來了。」

「你猜棺材裡裝的是誰？」斜眼的還是滿肚子疑心：「死人總是要入土的，爲什麼偏偏要做得這麼鬼祟？」

「這種事咱們最好少問，」歪嘴的冷冷道：「知道的愈少，麻煩也愈少。」

驢車遠遠的停下，趙老大正在揮手呼喚，兩個人立刻趕過去，抬了口棺材，趙老大自己一個人扛起了另一口，嘴裡叱喝著，將棺材擺進了剛挖好的墳坑。

三個人正準備把土推下去，「砰」的一聲，彷彿有人在敲門，聲音還很大。

這裡既沒有人，也沒有門，聲音是從哪裡發出來的？

斜眼的機伶伶打了個寒噤，突然間，又是「砰」的一聲響。

這次他總算聽清楚了，聲音是從棺材裡發出來的。

棺材裡怎麼會有人敲門？

趙老大壯起膽子，勉強笑道：「說不定是條老鼠鑽到棺材裡去了……」

他的話還沒有說完，棺材裡突然又響起一陣陰惻惻的笑聲。

老鼠絕不會笑，只有人才會笑。

棺材裡卻只有死人。

死人居然在笑，不停的笑。

三個人臉已嚇得發綠，對望了一眼，拔腿就跑，跑得真快。

雨還在不停的下，三個人眨眼間就逃下了山崗，連驢車都顧不得帶走。

棺材裡的笑聲，卻突然停止了。

又過了很久，左邊的一口棺材，蓋子竟慢慢的抬了起來。

一個人跟著坐起來，鷹鼻、銳眼，黑衣上滿是血污，左臂已被齊肩砍斷了。

他四周瞧了兩眼，一翻身，人已狸貓般從棺材裡竄出。

看他慘白的臉色，就知道他不但傷勢極重，失血也極多。

可是他的行動仍然十分矯健，一竄出來，就掀起了另外一口棺材的蓋子，沉聲道：「你還撐不撐得住？」

棺材裡的人咬著牙，勉強點了點頭。

這人的臉著實比死人還可怕，也是滿身血污，斷的卻是條右腿，所以連坐都沒法子坐起來。

「撐得住還要躺在棺材裡裝死？」

這人牙咬得更緊，恨道：「你看不出我已剩下一條腿？」

「沒有腿也得站起來，否則就得爛死在棺材裡。」這鷹鼻銳眼的黑衣人，心腸就像是鐵打的：「我豈非早已叫趙老大替你準備了根枴杖。」棺材裡確有枴杖。

比黃豆還大的雨點，一粒粒打在他身上、臉上，這個整個一條右腿都被砍斷了的人，竟真的掙扎著撐著枴杖站了起來。

看來他也是個鐵打的人。

雙環門下的七大弟子，本來就全都是銅澆成的，鐵打成的。

有人甚至認爲，你就算把他們的腦袋砍下來，他們也還是照樣能張嘴咬你一口，咬進你的骨頭裡，喝乾你的血。

這兩人正是七大弟子中，還沒有死在亂刀下的楊麟和王銳。

二

又是一道閃電，照亮了亂石和荒塚。

王銳用他的獨臂，從驢車上提起口木箱，反手一掄，拋給了楊麟。

楊麟居然接住了，居然沒有倒下。

可是支持著他身子的枴杖，卻已被壓入了地上潮濕的泥土裡，他可以感覺到右腿根剛包紮好的傷口又開始在流血。

王銳又從車上提起一大壺水，用力猛踢驢股，驢子負痛驚嘶，奔下山崗。

楊麟看著他提著水壺大步走過來，目中竟似充滿了悲憤痛恨之意。

王銳道：「箱子裡有乾糧和刀創藥，只要節省著用，足夠我們在這裡過半個月的。」

楊麟在聽著。

王銳道：「葛停香絕對想不到我們還會回到這裡來，有半個月的功夫，我們的傷也差不多就能夠好了。」

這片山崗就在雙環山莊後，埋葬在山崗上的，至少有一半是死在雙環門下的。

盛天霸一家人的屍體，也早被葛停香葬在這裡。

王銳道：「白天我們一定得躲在棺材裡，可是天黑了之後，我們還有很多事可做。」

他也在緊咬著牙關，勉強抑制著心裡的悲憤，過了很久，才慢慢的接著道：「師傅和大哥的墳一定就在這附近，我們雖然暫時無能替他老人家報仇，至少也得在他老人家墳前磕幾個頭。」

楊麟盯著他，慢慢將箱子放在棺材裡，忽然道：「我們同門已有十年，這十年來，你跟我說過多少次話？」

王銳道：「不多。」

楊麟冷笑，道：「我知道你看不起我，因爲我本來是黑道上的人，你總認爲我是被逼得無路可走，才投入雙環門的。」

王銳也在冷笑，道：「是不是，只有你自己心裡知道。」

楊麟道：「我只知道你這次本來絕不會救我的，當時的情況那麼危險，你一個人能逃走，已經很不容易。」

王銳冷冷道：「但我卻還是冒著險，把你也帶走了。」

楊麟道：「所以我不懂。」

王銳道：「你不懂？」

楊麟道：「你救我，絕不是爲了同門之義，因爲你從來也沒有把我當做你的同門兄弟。」

王銳沉默著，又過了很久，才盯著他，一字一字道：「你要我說真話？」

楊麟點點頭。

王銳道：「好，那麼我先問你，葛停香的功夫，比不比得上我們師傅？」

楊麟答道：「永遠也比不上的。」

王銳道：「但是這次他幾乎沒有費什麼力，就已將師傅打倒。」

楊麟道：「那只因師傅當時喝醉了酒，而且醉得很兇。」

王銳道：「他老人家怎麼會醉的？」

楊麟道：「因為那天是他老人家與師母昔年第一次見面的日子。」

王銳問道：「你知道他老人家每年到了那一天，都會喝醉的嗎？」

楊麟道：「我們師兄弟全知道。」

每年到了這一天，盛天霸總會將他的門下全都請入後院，痛飲去年春天就埋在樹下的百花酒。

因為他覺得自己這一生的成功，全靠他有了個這麼樣的賢內助。

王銳道：「除了我們兄弟外，還有什麼人知道這件事？」

楊麟道：「好像沒有別的人了。」

每年只有到了這一天，盛天霸必定開懷痛飲，盡情而醉。

但他卻從不願別人知道他也有喝醉的時候。

他的仇家實在太多。

他絕不能給別人一點機會。

王銳目光如刀鋒，盯著楊麟：「這件事既然沒有別人知道，葛停香怎麼會知道的？」

楊麟的臉色變了。

王銳又道：「我們是在後院喝酒的，無論誰要闖進去，都得先闖過六七道暗卡，我們必定早已有了警戒，可是那天葛停香去的時候，我們卻連一點影子都不知道。」

那天葛停香突然出現時，就好像飛將軍突然從天而降。

王銳的手緊握道：「他們去的一共有十三個人，這十三個人是怎麼通過外面那些暗卡守衛的，這件事我一直想不通。」

楊麟道：「所以你懷疑雙環山莊裡，早已有了他們的內線埋伏？」

王銳道：「不錯。」

楊麟道：「你懷疑他們的內線就是我？」

王銳道：「不錯！」

楊麟道：「你救走我，帶我到這裡來，就是爲了要查明這件事？」

王銳道：「不錯！」

楊麟也握緊了雙拳，閉上了嘴。

暴雨如注，在他們之間隔起了一重簾幕。

他們就像是兩隻負了傷的野獸一般，在暴雨中對峙著。

也不知過了多久，王銳才一字一字道：「你承不承認？」

楊麟突又冷笑，道：「其實我也有件想不通的事。」

王銳道：「你說。」

楊麟道：「他們來的那十三人中，除了葛停香之外，最可怕的，就是殺了盛大哥的那個灰衣人。」

王銳道：「不錯！」

楊麟道：「他殺了盛大哥，就轉過來，跟另一人聯手對付你。」

王銳道：「不錯。」

楊麟冷冷道：「你一向自命是少林正宗，打的根基最厚，所以，才看不起我這個出身在下五門的師弟，只可惜你也不是那灰衣人的對手。」

王銳居然立刻承認：「不錯，他武功遠在我們之上。」

楊麟道：「他練的本就是種專門爲了殺人的功夫。」

王銳道：「不錯。」

「他殺盛大哥時，連眼睛都沒有眨一眨，但卻沒有殺你！」

王銳的臉色似也變了。

楊麟道：「他本可殺你的，卻放過了你，而且居然還放了你一馬，讓你逃走，這件事我也一直都想不通。」

王銳問道：「難道你認爲我才是內奸，所以他們才會放過我嗎？」

楊麟道：「除此之外，我想不出別的理由。」

王銳也閉上了嘴。

兩個人又彼此對視了很久，王銳忽然道：「那個人也姓王，叫王桐。」

楊麟冷笑道：「原來你認得他。」

王銳道：「我當然認得他，遠在三十五年前，我就已認得他。」

楊麟很驚奇：「你今年豈非才三十六歲？」

王銳道：「不錯。」

楊麟道：「難道你一出世就認得他了嗎？」

王銳點點頭。

楊麟聳然動容，失聲說道：「他也是姓王，難道他是你的兄弟？」

王銳道：「嫡親的兄弟。」

楊麟怔住。

他實在想不到他們之間竟會有這種關係，更想不到王銳居然會承認。

王銳道：「我們雖然是嫡親的兄弟，但卻已有多年未曾見面了。」

楊麟道：「有多少年？」

王銳道：「十四年。」

楊麟道：「你投入雙環門已有十四年。」

王銳道：「我脫離少林門下後，就已發誓永不再見他。」

楊麟道：「爲什麼？」

王銳的手握得更緊，目中又露出悲憤之色，緩緩道：「因爲我出家做和尙，就是爲了他，被逐出少林，也是爲了他！」

楊麟道：「我不懂。」

王銳黯然道：「這件事我本不願說出來的。」

楊麟道：「但現在你卻非說出來不可！」

現在的確已到了非說不可的時候，否則兩個同門弟兄，也許立刻就會像野獸般在這暴雨荒塚間互相廝殺。

他們心裡的悲憤和仇恨都已積壓得太多，只要有一點導火線，就立刻可能爆發。

王銳嘆息著，終於道：「我們雖然同父卻不同母，我是嫡出，先父去世後，他就毒殺了我的母親，幾乎也已將我置之於死地。」

楊麟又不禁動容。

他當然也看得出王桐是個多麼心狠手辣的人。

「你出家做和尚，就是爲了躲避他？」

王銳點點頭，道：「我投入少林，本是爲了要練武復仇。」

楊麟道：「但後來你卻並沒有去找他？」

王銳長嘆道：「因爲我出家之後，受了少林諸長老的薰陶感化，就已將仇恨漸漸的看得淡了，何況他畢竟還是我的兄長！」

楊麟道：「後來呢？」

王銳道：「誰知我不去找他，他反而來找我了。」

楊麟道：「他知道你已在少林？」

王銳道：「他說他一知道我的下落，就立刻趕來找我，因爲他也已知道他以前做得太過份，所以來求我原諒他。」

楊麟道：「你當然接受。」

王銳黯然道：「我非但接受，而且還很高興，我實在想不到他還有別的圖謀。」

楊麟問道：「圖謀的是什麼呢？」

王銳道：「就是少林寺的藏經。」

少林藏經，在武林人的心目中，一向比黃金珠寶更珍貴。

只不過無論誰都知道，少林七十二絕技的可怕，所以誰也不敢去輕捋虎鬚。

楊麟動容道：「他去找你，爲的就是要利用你，去盜少林藏經？」

王銳嘆息道：「後來他雖然沒有得到手，但我也被逐出了少林。」

楊麟凝視著他，過了很久，才長長嘆息，道：「我是個孤兒，本來一直都在埋怨蒼天對我的不公，現在我才知道，你的遭遇實在比我更不幸。」

王銳笑了笑，笑得很悽涼，道：「其實我也沒有想到，他這次居然會放過我。」

楊麟道：「他也是個人，每個人一生中，至少總有片刻天良發現的時候。」

王銳苦笑道：「他也許早已算準，縱然放了我，我也逃不遠的。」

楊麟道：「不管他是爲了什麼，我都已相信你絕不是內奸。」

王銳道：「你……你真的相信？」

楊麟笑了笑，道：「你雖然有些自大，卻絕不是會說謊的人。」

王銳看著他，目中的憎惡，似已變爲感激。

楊麟道：「現在你若還認爲我是內奸，就不妨過來殺了我，我也毫無怨言，因爲我根本無法辯白解釋。」

王銳沒有過去。

兩個又動也不動的站在暴雨中，互相凝視著，卻已不再像是兩隻等著互相廝殺的野獸。

王銳忽然衝過去，緊緊握住了楊麟的手，哽聲道：「其實我也知道不是你。」

楊麟道：「你知道？」

王銳道：「我仔細想了想，你若是內奸，就不會被他們砍剩一條腿了。」

楊麟道：「也許他們是想殺了我滅口。」

王銳道：「那麼他們就絕不會讓我將你救走，就一定要第一個殺了你。」

楊麟笑了。

王銳也笑了。

雨雖是冷的，他們胸膛裡的血卻已在發熱。

王銳苦笑道：「這兩天來，我們遭遇的不幸實在太多，心裡實在太痛苦，總難免變得有點失常的，所以我才會胡思亂想，疑神疑鬼。」

恐懼本就會令人變得多疑，多疑就難免會發生致命的錯誤。

楊麟說道：「所以我們一定要冷靜下來，想想內奸究竟是誰？」

王銳道：「我想不出。」

楊麟道：「但這次雙環門之慘敗，一定是因爲有人出賣了我們。」

王銳悽然道：「可是除了我們兩個人外，雙環門下，已沒有活著的人。」

楊麟道：「還有一個。」

王銳立刻問：「誰？」

楊麟道：「蕭少英！」

王銳道：「他已不能算是雙環門下的人。」

楊麟道：「但雙環門中秘密，他知道得卻不比我們少。」

王銳道：「你認爲是他出賣了我們？」

楊麟不說話，雙拳卻又已握緊。

就在這時，突聽「格」的一響，竟是從旁邊一座荒墳中發出來。

墳已頹敗倒塌，露出了棺材的一角。

破舊的棺材裡，竟突然伸出一隻手來了。

三

一隻灰白的手，手裡還托著個酒杯。

棺材裡的這個人，無論死活，都一定是個酒鬼。

王銳和楊麟的臉色都變了。

他們都不相信這世上真的有鬼，但現在對他們來說，人卻比鬼更可怕。

棺材裡是什麼人？

托著酒杯的手，正在用酒杯接著已漸漸小了的雨點，已接滿了一杯。

手縮了回去，棺材裡卻發出了聲嘆息。

一個人嘆息著，漫聲而吟：「但願雨水皆化酒，只恨此生已非人。」

王銳、楊麟又對望了一眼，臉上忽然露出種奇怪的表情。

他們竟似已聽出這人的聲音。

楊麟突然冷笑，道：「你已不是人！」

棺材中的人又在嘆息。

「既不是人，也不是鬼，只不過是個非人非鬼，非驢非馬的四不像而已。」

又是「啪」的一聲，棺蓋掀起，一個人慢慢的從棺材裡坐了起來，蒼白的臉，滿臉剛生長出來的鬍渣子，還帶著一身連暴雨都不能沖掉的酒氣，只有一雙眼睛，居然還是漆黑明亮的。

楊麟盯著他，一字字道：「蕭少英，你本不該來的。」

四

雨已小了。

暴雨總是比較容易過去，正如盛名總是比較難以保持。

「我的確不該來的。」蕭少英慢慢的爬出棺材：「只可惜我已來了。」

王銳也在盯著他，一字字道：「你已知道本門的禍事？」

蕭少英悽然而笑，道：「我雖已見不得人，卻還不聾。」

王銳道：「你知道我們在這裡？」

蕭少英點點頭：「我知道趙老大是條夠義氣的好漢。」

王銳道：「所以你算準了我一定會去找他？」

蕭少英道：「我也知道他是你的朋友。」

王銳問道：「你還知道了什麼？」

蕭少英道：「我還知道他絕不會無緣無故叫斜眼老六到這裡來挖墳。」

王銳道：「所以你就跟著來了。」

蕭少英又點點頭。

王銳道：「你算準了我們一定會來？」

蕭少英笑得更悽涼：「不管你們來不來，棺材裡卻是個喝酒的好地方，就算我醉死，這裡也沒有人會把我趕走。」

王銳看著他，眼睛裡似已露出了同情之色。

楊麟卻在冷笑，道：「你本來明明可以做人的，爲什麼卻偏偏要過這種非人非鬼的日子。」

蕭少英淡淡道：「因爲我高興。」

楊麟閉上了嘴，面上已現出怒容。

王銳忽然說道：「箱子裡還有瓶酒，拿出來，我陪你喝兩杯吧。」

蕭少英笑了。

楊麟沉下了臉，冷冷道：「你還要陪他喝酒？」

王銳嘆道：「他雖已不是雙環門下，卻還是我的朋友。」

楊麟冷笑，道：「他算是哪種朋友？」

王銳道：「至少不是出賣朋友的那種朋友。」

楊麟道：「他不是？」

王銳道：「他若是那個出賣了我們的人，我們現在就早已真的進了棺材。」

蕭少英突然大笑。

笑聲中充滿了一種說不出的悲愴和寂寞，道：「我實在想不到，這世上居然還有人肯將我當做朋友的。」

他斟滿酒一杯，遞過去：「來，我敬你一杯，你用酒杯，我用酒瓶，我們乾了。」

滿滿的一瓶酒，他居然真的一口氣就喝了下去。

王銳皺眉道：「你爲什麼總是要這麼樣喝酒？」

蕭少英道：「這麼樣喝酒有何不好？」

王銳道：「這已不是在喝酒，是在拚命。」

蕭少英緩慢道：「只要還有命可拚，又有何不好？」

他眼睛裡又露出奇怪的表情，瞬也不瞬的凝視著王銳。

王銳忽然用力地握住了他的手，嘎聲道：「你真的願意拚命嗎？」
蕭少英悠然道：「我至少還有一條命。」
王銳的聲音更嘶啞：「你願意將這條命賣給雙環門？」
蕭少英道：「不是賣給雙環門，是賣給朋友。」
他也用力握緊王銳的手：「我雖已不是雙環門的子弟，但雙環門卻一直都有我很多朋友。」
王銳的手在發抖，喉頭已被塞住。
他實在也想不到，在這種時候，還有人肯承認自己是雙環門的朋友。
蕭少英慢慢的接著道：「何況，我就算不去找葛停香，他也絕不會放過我的。」
王銳道：「爲什麼？」
蕭少英淡淡道：「雙環門雖已不認我這個不肖弟子，可是在別人眼裡，我活著是雙環門裡的人，死了也是雙環門裡的鬼。」
他的聲音雖冷淡，可是一雙手也已在發抖。
王銳目中不禁露出歉意，黯然道：「你雖然錯了，可是我們……我們說不定也錯了。」
他的話還沒有說完，蕭少英已改變話題：「你們剛才說的話，我已全都聽見。」
楊麟冷冷道：「我知道你並不聾。」
他對蕭少英的態度，就好像王銳本來對他的態度一樣。
蕭少英卻完全不在乎：「那天他們去的十三個人中，有幾個是你認得的？」

楊麟沉吟著，終於道：「只五個。」

蕭少英問道：「是不是葛停香和『天香堂』屬下的四大分堂主？」

楊麟點點頭。

那一戰天香堂的確已精銳盡出，但天香堂中的好手並不多。

「其餘八個人是誰？」

「有四個一直蒙著臉，另外四個，也都是我從未見過的陌生人，想必都是葛停香重金從外地請來的打手。」

蕭少英又問：「他們的功夫如何？」

楊麟道：「都不在天香堂那四大分堂主之下。」

蕭少英道：「他們的傷亡如何？」

楊麟道：「天香堂來的四個人中，死了三個，重傷一個。」

蕭少英沉思著，緩緩道：「這一戰天香堂雖然擊敗了雙環門，他們自己的元氣也已大傷，看來真正佔了便宜的，只不過是葛停香請來的那八個打手。」

楊麟道：「看那八人的武功，絕不是江湖中的無名之輩，卻不知他是從哪裡找來的？」

王銳忽然道：「王桐好像早已在跟著葛停香，只不過一直沒有露面而已。」

楊麟道：「你怎麼知道。」

王銳道：「兩年前我已在蘭州看見過他一次，那時葛停香也在蘭州。」

楊麟道：「但你卻一直沒有提起。」

王銳苦笑道：「那時我實在沒想到葛停香會有這麼大的陰謀，這麼大的膽子。」

蕭少英嘆了口氣，道：「何況，沒有人會願意提起自己傷心事的。」

楊麟彷彿還想說什麼，看了王銳一眼，終於閉上了嘴。

蕭少英又問道：「那八個人之中，武功最高的是誰？」

楊麟毫不考慮，立刻回答：「王桐！」

蕭少英接道：「但他在江湖中並不是一個很有名的人。」

楊麟道：「也許他的興趣並不在成名而在殺人！」

蕭少英道：「他練的本就是專門爲殺人的功夫？」

楊麟道：「他的武功並不好看，卻極有效。」

蕭少英長長吐出口氣，苦笑道：「那麼葛停香這次派出來對付我的，一定也是王桐。」

楊麟道：「爲什麼？」

蕭少英道：「因爲他還摸不清我的底細，何況，他只要出手，就絕不想落空。」

葛停香只要出手一擊，的確總是十拿九穩的。

他從不做沒有把握的事。

王銳已不禁露出憂慮之色，道：「他若是真的已派出王桐來找你，你最好暫時躲在這裡。」

蕭少英卻搖了搖頭道：「他既然已來找我，我就要讓他找到。」

王銳皺眉道：「爲什麼？」

蕭少英答道：「我一定要讓他找到後，才有機會混入天香堂的。」

王銳道：「為什麼一定要混入天香堂？」

蕭少英接道：「因為我只有混入天香堂之後，才有機會報仇。」

楊麟突又冷冷道：「只可惜死人是沒法子為朋友報仇的。」

蕭少英笑了笑，道：「我還沒有死。」

楊麟道：「那只因王桐還沒有找到你。」

蕭少英道：「他只要一找到我，我就必死無疑？」

楊麟道：「我見過他出手，也知道你的武功。」

蕭少英又笑了。

楊麟道：「你不信？」

蕭少英笑而不答。

楊麟道：「我們老大雙環的份量，你總該知道的。」

蕭少英當然知道。

盛重雙環的份量，本就比別人加重了一倍，再加上他手上的力量，那出手一擊，的確有開山裂石之力。

楊麟道：「可是我親眼看見老大出手雙飛，擊中了他的胸膛，他居然像是完全沒有感覺。」

蕭少英淡淡道：「我相信他是個很可怕的人，只不過我總不能躲他一輩子。」

王銳道：「你至少可以躲他半個月，等我們的傷好了，再作打算。」

蕭少英道：「等到那時，我們就能憑三個人的力量，擊敗天香堂？」

王銳說不出話了。

蕭少英目中又露出沉思之色，忽然問道：「王桐殺了盛老大之後，就來對付你？」

王銳點點頭。

蕭少英道：「他手下留情，放過了你，也許並不是天良發現。」

王銳道：「你想他是爲了什麼？」

蕭少英道：「那也許只因爲他被盛老大一擊之後，已經受了內傷，傷勢只到那時才發作。」

王銳接著道：「可是別的人……」

蕭少英道：「那時葛停香正在對付老爺子，當然無暇顧及你，別的人以他馬首是瞻，看見他放過了你，也不敢多事出手。」

這推測的確很合理。

合理的推測，總是能令人刮目相看的，連楊麟對他的看法都似已有了改變。

蕭少英沉吟著，道：「可是盛老大那一擊之力，本該立刻致他於死的，他卻還能一直支持到那時，所以我想，他身上一定穿著護身甲一類的防身物。」

他又笑了笑，接著道：「要殺人的人，總是會先提防著被人殺的……」

楊麟聽著他，忽然道：「你並不是個真的酒鬼，你並不真糊塗。」

蕭少英道：「我……」

楊麟打斷了他的話，道：「你既然不糊塗，兩年前的重陽日，怎麼會做出那種糊塗事？」

兩年前的重陽，蕭少英大醉後，居然闖入了老爺子獨生愛女的房裡去——這就是他被逐出雙環門的最大原因。

蕭少英眼睛裡忽然露出一種無法形容的表情，也不知是悔恨？還是悲傷？

可是他很快就恢復正常，淡淡道：「就算最清醒的人，有時也會做出糊塗事的，何況我本就是個四不像的半吊子。」

王銳嘆了口氣，苦笑道：「不管怎麼樣，你這半吊子想得好像比我們兩個加起來還多。」

楊麟道：「不管怎麼樣，他要真的想混入天香堂，還是無異羊入虎口。」

蕭少英微笑著，說道：「天香堂就算真的是個虎穴，我也可以扮成個紙老虎，讓他們看不出我是羊來。」

楊麟不懂，王銳也不懂。

蕭少英道：「我本來就是被雙環門趕出來的人，爲什麼不能入天香堂？」

楊麟終於懂了：「只可惜葛停香並不是個容易上當的人。」

蕭少英接道：「也許我有法子。」

楊麟道：「什麼法子？」

蕭少英忽然問道：「你知不知道荊軻刺秦王的故事？」

楊麟當然知道。

蕭少英道：「秦始皇也不是個容易上當的人，卻還是幾乎上了荊軻的當，只因爲荊軻帶去了一樣他最想要的東西。」

每個人都有弱點的。

無論誰看見自己一心想要的東西忽然到手時，總難免興奮疏忽。

蕭少英緩緩的說道：「荊軻知道秦始皇想要的是一個人的頭顱，所以，他就借了那個人的頭顱帶去了。」

楊麟動容道：「樊將軍的人頭？」

蕭少英道：「不錯。」

楊麟的臉色變了。

王銳的臉色變得更慘。

他們當然也知道，葛停香想要的，並不是樊於期的人頭，而是他們的人頭。

楊麟忍不住道：「你……你是不是想將我的人頭借去見葛停香？」

蕭少英不說話，只看著他。

看著他的頭。

楊麟的兩隻手都已握緊，忽然仰天而笑，道：「我這顆頭顱本已是撿來的，你若真的想要，不妨現在就來拿去。」

蕭少英忽然也笑了笑，道：「我不想。」

楊麟怔住：「你不想？」

蕭少英微笑道：「我只不過在提醒，你們的頭顱，都珍貴得很，千萬不能讓人拿走。」

楊麟看著他，握緊的手已漸漸放鬆。

王銳也鬆了口氣，臉上卻又露出憂慮之色：「你真的有法子對付葛停香和王桐？」

蕭少英道：「我沒有。」

王銳接道：「但你卻還是要走？」

蕭少英打了個哈欠，彷彿覺得酒意上湧，瞇著眼道：「這裡已沒有酒，我不走幹什麼？」

莫非他直到現在才真醉了？

楊麟又忍不住問道：「你爲什麼不把我的頭顱帶走？」

蕭少英嘆道：「因爲這法子已過時了，已騙不過葛停香，你的頭顱，也比不上樊將軍。」

雨已住。

「我走了，十天後我再來，只希望那時這裡已有酒。」

他真的說走就走。

王銳和楊麟看著他走入黑暗裡，走下山崗，卻不禁對嘆了口氣。

「你看他究竟是個什麼樣的人？」

「不管他是怎麼樣的人，他都已是我們復仇的唯一希望。」

三　殺人的人

一

蕭少英又醉了。

這次他醉在「老虎樓」，就像是個死人般倒在櫃台旁。

一個人醉了後，好像總是會變得比平時重三倍。

有經驗的人都知道，要抬起個已爛醉如泥的醉漢，絕不是件容易事。

尤其是蕭少英，老虎樓已出動了三個伙計，卻連搬都搬不動他。

「這個人簡直比石頭還重。」

坐在櫃台裡的老闆娘早看得不耐煩了，忍不住冷笑道：「這小子已醉得像是堆爛泥，你們難道連堆爛泥都沒有法子對付嗎？」

伙計們一個個全都垂下頭，不敢開腔。

蕭少英卻突然張開了一隻眼睛，瞪著老闆娘，笑嘻嘻道：「你錯了。」

老闆娘沉下了臉。

她生氣的時候，看來還是很媚，尤其是一雙眼睛，更可以迷死人。

附近八百里的人都知道，老虎樓的老闆娘，是個可以迷死人的女人。

只可惜誰也沒有膽子到這裡來讓她迷一迷。

這地方叫老虎樓，就因為有條母老虎。

母老虎就是這個迷人的老闆娘，據說連老闆都已被她連皮帶骨的吞了下去。

蕭少英瞇著眼笑道：「你看來一點也不老，更不像老虎，我也不是爛泥。」

他好像還生怕別人聽不懂，又解釋著，說道：「形容一個人爛醉如泥，這一個泥字，說的並不是爛泥。」

老闆娘居然笑了笑，笑的時候更加迷人：「不是爛泥是什麼呢？」

蕭少英道：「是一種小蟲，沒有骨頭的小蟲，這種小蟲就叫做泥。」

老闆娘笑道：「看不出你倒還蠻有學問的。」

蕭少英也笑了：「我本來就是個很有學問的人，而且少年英俊，喜歡我的女人，從這裡排隊一直可以排到馬路上去。」

老闆娘突又沉下臉，道：「那麼你就趕快給我滾到馬路上去，不管你是爛泥也好，是小蟲也好，都得趕快滾。」

蕭少英卻還是笑嘻嘻的道：「只可惜小蟲也不會滾，爛泥也不會滾。」

老闆娘冷笑道：「你是不是想找死。」

蕭少英立刻搖頭說道：「不想。」

老闆娘道：「你知不知道我是什麼人？」

蕭少英道：「就因為我知道，所以我才來的。」

老闆娘怒道：「你究竟想來幹什麼？」

蕭少英道：「想來找你陪我睡覺。」

老闆娘的臉色變了，伙計們的臉色也變了。

這小子看來真有點活得不耐煩的樣子，居然敢到老虎頭上來拔毛。

老闆娘突然一拍桌子，喝道：「給我打，重重的打。」

「打」字說出口，樓上的客人已溜了一大半，七八個伙計卻全都圍了上來。

也不知是誰提起張板凳，就往蕭少英腦袋上砸了下去。

「哎喲」一聲，蕭少英的腦袋還是好好的，板凳卻已四分五裂。

伙計們一驚、一怔，又怒吼著撲上去。

只聽「劈劈拍拍」一陣響，撲上去的伙計，全都已踉蹌退下，兩邊臉都已打得又紅又腫。

蕭少英卻還是嬉皮笑臉的躺在地上，看著老闆娘，道：「我說過，我只不過想來找你陪我睡覺，並不是來挨揍的。」

老闆娘狠狠的盯著他，忽然又笑了。

這次她笑得更甜、更迷人，柔聲道：「你老遠的趕來，真的就是爲了找我？……」

蕭少英立刻點頭道：「絕不假。」

老闆娘媚笑道：「看來你倒是個有心人。」

蕭少英道：「不但有心，而且還有情有義。」

「你貴姓？」

「姓蕭，吹蕭引鳳的蕭。」

老闆娘吃吃的笑道：「可惜我不是鳳凰，只不過是條母老虎。」

蕭少英也吃吃的笑道：「可是在我眼裡看來，你這條母老虎，簡直比三百隻鳳凰加起來還要美得多。」

老闆娘笑道：「原來你不但有學問，還很會說話的。」

蕭少英瞇著眼，道：「我還有很多別的好處，你慢慢就會知道的。」

老闆娘看著他，眼波更迷人，忽然道：「再擺酒菜，我要陪蕭公子喝幾杯。」

酒是好酒，人是美人。

蕭少英本來就已醉了，現在更連想清醒一點點都不行。

老闆娘已替他斟滿了一大碗，微笑道：「我看得出蕭公子是英雄，英雄喝酒是絕不會用小酒杯的，我先敬你三大碗。」

「莫說三大碗，就算三百碗，我也喝了。」

蕭少英捧起碗，忽又皺起眉，壓低聲音，道：「這酒裡有沒有蒙汗藥？」

老闆娘拋個了媚眼，笑道：「這裡又不是專賣人肉包子的十字坡，酒裡怎麼會有蒙汗藥？」

蕭少英大笑，道：「對，這酒裡當然不會有蒙汗藥，何況既然是老闆娘親手倒的酒，就算是毒藥，我也照喝不誤。」

他果然仰起脖子，「咕嘟咕嘟」的一下子就把一大碗酒全都倒下了肚，又伸出手，摸著老闆娘的手，瞇起眼道：「好白的手，卻不知香不香？」

她居然真的把一雙又白又嫩的手，送到蕭少英鼻子上。

蕭少英捧起這雙手，就像是條嗅到魚腥的饞貓，左嗅右嗅，嗅了又嗅，忽然大笑了兩聲，一個觔斗跌倒在地上，「砰」的一聲，竟是頭先著地。

老闆娘皺眉道：「蕭公子，你怎麼又醉了？」

蕭少英躺在地上，一動也不動，這次才真的完全像死人一樣。

老闆娘忽然冷笑道：「放著陽關大道你不走，卻偏偏要往鬼門關裡來闖。」

她又沉下臉，一拍桌子：「拖下去打，打不死算他造化，打死了也活該。」

伙計們已開始準備動手，突聽一個人冷冷道：「打不得。」

客人居然還沒有走光。

角落裡的位子上，還有個灰衣人坐在那裡自斟自飲，喝的卻不是酒，也不是茶。

他喝的居然是白開水。

到酒樓上來喝白開水的人倒不多，他的人看來也像是白開水一樣，平平凡凡，淡而無味，臉上也連一點表情都沒有。

老闆娘盯了他兩眼，厲聲道：「你是他的什麼人？」

灰衣人道：「我根本不認得他。」

老闆娘道：「既然不認得，爲什麼要來管他的閒事？」

灰衣人道：「因爲我也活得不耐煩了。」

他說話的聲音也同樣單調平淡，就好像和尙在唸經，替死人超度亡魂唸的那種經。

老闆娘冷冷道：「莫非你也是想來找我陪你睡覺的？」

灰衣人道：「不是。」

老闆娘冷笑道：「那麼你就是來找死……」

灰衣人道：「也不是找死，是找死人。」

老闆娘說道：「這裡沒有死人。」

灰衣人道：「有。」

老闆娘忍不住問道：「在哪裡？」

灰衣人道：「我數到三，你們若還不滾下樓去，就立刻全都要變成死人！」

老闆娘的臉色又變了。

灰衣人已放下杯子，冷冷的看著她。

「一！」

他臉上還是完全沒有表情，沒有表情卻往往就是種最可怕的表情。

老闆娘看著他，心裡竟不由自主覺得有點發冷。

她見過的英雄不知道有多少，見過的殺人兇手也不知有多少，但卻從來沒有人能讓她覺得害怕。

她實在看不透這個人究竟是個什麼樣的人，看不透的人，通常也就是最可怕的人。

老闆娘倒抽了口涼氣，已聽見這人冷冷的說出了第二個字。

「二！」

膽小的伙計，已忍不住想溜了，老闆娘眼睛裡卻突然發出了光。

一個輕衫少年已從外面繞過去，繞到灰衣人的身後，手裡的刀也在發著光。

這少年正是老闆娘的「小老闆」，能做老闆娘的入幕之賓並不容易。

他不但嘴甜，而且刀快。

老闆娘笑了，微笑著向這灰衣人拋了個媚笑，吃吃的笑著道：「你不想要我陪你睡覺，卻想找死，難道我長得很難看？」

她長得當然不難看，她只希望這灰衣人能看著她，好讓那少年一刀砍下他腦袋來。

灰衣人果然在看著她。

刀光一閃，輕衫少年的刀已劈下。

果然是快刀。

灰衣人沒有回頭，沒有閃避，突然反手一個肘拳撞出去。

樓上每個人立刻全都聽見一陣骨頭碎裂的聲音。

輕衫少年的刀明明已快劈在灰衣人脖子上，只可惜刀鋒還沒有夠著部位，他自己的人已被撞得飛了出去，「砰」的，撞在牆上，再倒下，軟成了一灘泥。

不是那種沒有骨頭的小蟲，是泥。

小蟲是活的，泥才是死的。

灰衣人還是在冷冷的看著老闆娘。

他這反手一撞，既不好看，也沒有任何巧妙變化。

他的招式只有一種用處。

——殺人！

「三」字已經快說出來了，老闆娘也已笑不出，咬著牙道：「你知不知道這是誰的地方？」

灰衣人道：「是你的地方。」

老闆娘道：「但你卻還是要我走？」

灰衣人道：「不錯。」

老闆娘跺了跺腳，道：「好，走就走！」

她的確想走了，誰知就在這時，桌子底下忽然有人道：「走不得。」

桌子底下只有一個人。

一個本來已絕對連動都不能動了的人，可是現在這個人卻慢慢吞吞的站了起來。

老闆娘又怔住。

她實在想不通，她在酒裡下的那種迷藥，本來是最有效的一種。

蕭少英用兩隻手抱著頭，喃喃道：「好厲害的蒙汗藥，好像比我上次在十字坡吃的那種還兇，害得我差點就醒不過來了。」

他忽然向老闆娘笑了笑，道：「這種藥你還有沒有？」

老闆娘臉色已發青，道：「你……你還想要？」

蕭少英點頭道：「我最喜歡喝裡面加了蒙汗藥的酒，你還有多少，我全要。」

老闆娘突然轉身，想逃下樓去。

只可惜她身子剛轉過，蕭少英已又笑嘻嘻站在她面前，道：「我說過你走不得的。」

老闆娘吃吃道：「爲……爲什麼？」

蕭少英道：「你還沒有陪我睡覺，怎麼能走。」

老闆娘瞪著他，一雙眼睛又漸漸的瞇了起來，嘴角又漸漸露出了迷人的微笑，柔聲道：「樓下就有床，我們一起走。」

蕭少英大笑，忽然出手，一把挾住了她的腰，把她整個人都揪了起來。

可是他並沒有下樓，反而走到那灰衣人面前。

灰衣人冷冷的看著他，臉上依然全無表情。

蕭少英也看了他幾眼，道：「你好像真的不認得我。」

灰衣人道：「嗯！」

蕭少英道：「可是別人要打死我的時候，你卻救了我。」

灰衣人道：「嗯！」

蕭少英笑道：「我本該謝謝你的，可是我知道你這種人一定不喜歡聽謝字。」

灰衣人道：「嗯！」

蕭少英看著他杯子裡的白水，道：「你從來不喝酒？」

灰衣人道：「有時也喝。」

蕭少英道：「什麼時候你才喝？」

灰衣人答道：「有朋友的時候。」

蕭少英問道：「現在你喝不喝？」

灰衣人道：「喝。」

蕭少英又大笑，忽然大笑著將老闆娘遠遠的拋了出去，就好像摔掉了隻破麻袋。

灰衣人道：「你不要這女人陪你睡覺了？」

蕭少英大笑道：「有了朋友，我命都可以不要，還要女人幹什麼？」

二

夜涼如水，卻美如酒。

在屋頂上仰起頭，明月當空，繁星滿天，好像一伸手就可以摘下來。

摘來下酒。

蕭少英和灰衣人，一個人抱一罈酒，坐在繁星下，屋頂上。

「要喝酒，換一個地方去喝吧。」

「爲什麼要換地方？」

「這地方該死的人還沒有死光。」

「那你喜歡在什麼地方喝酒呢？」

「屋頂上。」

蕭少英大笑道：「好，好極了。」

灰衣人道：「你也在屋頂上喝過酒？」

蕭少英笑道：「在棺材裡我都喝過。」

灰衣人石板般的臉上居然也露出笑意：「棺材裡倒真是個喝酒的好地方。」

「你想不想試試？」

「想。」

「我們先在屋頂上喝半罈，再到棺材裡去喝，怎麼樣？」

「好，好極了。」

半罈酒很容易就喝完了，要找兩口可以躺下去喝酒的棺材，卻不容易。

蕭少英的酒量實在不錯，但無論酒量多好，只要是人，就一定有喝醉的時候。

蕭少英是人！

現在他眼睛已發直，舌頭已大了，喃喃道：「棺材店在哪裡？怎麼連一家都看不到。」

灰衣人道：「要找棺材，並不一定要到棺材店裡找。」

蕭少英大笑道：「一點也不錯，要吃豬肉，也並不一定要到豬窩去。」

他忽然又不笑了，壓低聲音，問道：「你知道什麼地方有棺材？」
灰衣人道：「有死人的地方，就有棺材。」
蕭少英聲音壓得更低，道：「你知道什麼地方有死人？」
灰衣人道：「老虎樓。」
蕭少英立刻點頭，道：「不錯，那裡剛才還死了個人。」
剛點完頭，忽然又搖頭，道：「還是不行。」
灰衣人道：「爲什麼又不行呢？」
蕭少英道：「那裡只死了一個人，最多也只有一口棺材。」
灰衣人道：「兩個人既然可以用一張桌子喝酒，爲什麼不能坐在一口棺材裡喝？」
蕭少英又大笑道：「一點也不錯，我們兩個人都不胖，就算躺在一口棺材裡，也足足有餘。」

三

老虎樓後面的小院子裡，果然擺著口棺材。
嶄新的棺材，上好的木頭，四面的棺材板都有一尺多厚。
看來這老闆娘倒是個有情有義的人，並沒有因爲人死了就忘了舊情。
可是死人還沒有擺進去。
店已打了烊，樓上卻還亮著燈光，顯然還有人在上面爲死人穿壽衣。

蕭少英拍了拍棺材板，喃喃道：「這倒是口上好的楠木棺材，我死了之後，能有這麼樣一口棺材，也就心滿意足了。」

灰衣人道：「你一定會有的。」

蕭少英道：「爲什麼我一定會有？」

灰衣人道：「因爲你有朋友。」

蕭少英大笑，笑聲剛發出，又立刻自己掩住了嘴：「現在我們還沒有開始喝酒，若被人發現了，豈非煞風景。」

灰衣人道：「所以你就該趕快躺進去，趕快開始喝。」

蕭少英道：「你呢？」

灰衣人道：「我不急。」

蕭少英一條腿伸進了棺材，忽然又縮回來，笑道：「你是客人，我應該讓你先進去。」

灰衣人道：「不客氣，你先請。」

蕭少英又笑了：「先進棺材又不是什麼好事，有什麼好客氣的。」

他終於還是抱著酒罈子，先坐了進去。

灰衣人看著他，眼睛忽然露出種很奇怪的表情，道：「棺材裡面怎麼樣？」

蕭少英笑道：「舒服極了，簡直比坐在床上還舒服。」

灰衣人淡淡道：「你覺得很滿意？」

蕭少英笑道：「滿意極了。」

灰衣人冷冷道：「那麼現在這口棺材就是你的了，你就躺下去死吧。」

蕭少英好像還聽不懂他的話，笑嘻嘻道：「酒還沒喝完，怎麼能死？」

灰衣人道：「不能死也得要死。」

最後一個「死」字剛說出口，他的手已閃電般伸出，斜切蕭少英的後頸。

這一著也完全沒有花招變化，卻也是殺人的招式。

蕭少英就算很清醒，就算手腳都能活動自如，也未必能避開這一掌。

何況他現在已經醉了，又已坐在棺材裡。

棺材總是不會太寬敞的，能活動的餘地絕不會太多——死人本就不會再需要活動的。

這灰衣人要殺人的時候，居然還先要人自己躺進棺材裡再動手。

他不但出手快，用的法子也實在太巧妙，他實在已可算是個殺人的專家。

蕭少英已閉上眼睛。

遇到了這麼樣一個人，除了閉上眼睛等死之外，還能怎麼樣？

只聽「波」的一聲，有樣東西已被擊碎，鮮血大量湧出來。

碎的卻不是蕭少英的頭，而是酒罈子，流出來的也不是血，是酒。

灰衣人這閃電的一掌，也不知是怎麼回事，竟砍在酒罈子上了。

蕭少英卻好像還不明白是怎麼回事，直著眼睛怔了半天，才大聲道：「我們講好了一起找個棺材喝酒的，你怎麼把我的酒罈子打破？」

灰衣人冷冷的看著他，好像也看不透這個人究竟是怎麼一回事。

「你醉了？」

蕭少英火更大：「誰說我醉了，我比狐狸還清醒十倍。」

灰衣人道：「你還要喝？」

蕭少英道：「當然要喝。」

灰衣人的心沉了下去。

直到現在，他才發現自己好像已落入了個他做夢也想不到的圈套。

灰衣人道：「好，我這裡還有酒。」

他將左手抱著的酒罈子遞過去，蕭少英立刻就笑了，卻不肯接下這罈酒。

「你爲什麼還不坐進來？」蕭少英道。

「一個人坐在這裡喝酒有什麼意思？」蕭少英又道。

灰衣人又盯著他看了半天，終於道：「好，我陪你喝。」

蕭少英展顏笑道：「這才是好朋友，今天你陪我喝酒，改天你就算叫我陪你死，我也不會皺一皺眉頭。」

灰衣人嘴角又露出了種殘酷的笑意，終於邁進棺材，坐了下去。

蕭少英問道：「你還有多少酒？」

灰衣人道：「還有一大半。」

蕭少英道：「好，我們一個人喝一口，誰也不許多喝。」

灰衣人接著道：「好，你先喝。」

蕭少英道：「你是客人，你先喝。」

灰衣人只有捧起了酒罈子。

跟一個已喝醉了的醉漢爭執，就好像跟長舌婦鬥嘴一樣的愚蠢。

誰知他這口酒還沒有喝下去，「破」的一響，手裡的酒罈子竟被打碎，暗褐色的酒就像是血一樣，濺得他滿身都是。

灰衣人臉色剛變了變，蕭少英的人竟已撲了過來，壓在他身上。

棺材裡根本沒有閃避之處，他也想不到蕭少英會這麼樣不要命的蠻幹。

他身子雖被壓住，手已騰出來，按住了蕭少英後腰的死穴。

誰知就在這時，突聽「砰」的一響，眼前突然一片黑暗。

棺材的蓋子竟已被人蓋了起來。

灰衣人這才吃了一驚，想推開蕭少英，誰知這醉鬼的人竟比石頭還重。

也就在這時，外面已「叮叮咚咚」的響了起來，竟會有人在外面把這一口棺釘上了釘子，封死了。

四

棺材裡又黑又悶，再加上蕭少英的一身酒臭，那味道簡直要令人作嘔。

灰衣人終於長長嘆了口氣，道：「難道你早已知道我是什麼人？」

蕭少英笑了笑，道：「你叫王桐，是個殺人的人，而且是來殺我的。」

他的聲音已變得很冷靜，竟似連一點醉意都沒有。

他沒有說錯。

王桐只覺得胃部收縮，幾乎已忍不住真的要嘔吐。

蕭少英道：「你當然也已知道我是什麼人。」

王桐道：「但我卻不懂你這是什麼意思？」

蕭少英道：「你是應該懂得的。」

王桐的手又按到他死穴上，冷冷道：「我現在還是隨時都可以殺了你。」

蕭少英道：「你若殺了我，你自己就得活活的爛死在這棺材裡。」

王桐揮手，猛擊棺材。

棺材紋風不動。

蕭少英悠然道：「沒有用的，一點也沒有用，這是口加料特製的棺材，你手裡就算有一把斧頭，也休想能劈得開。」

王桐道：「難道你自己也不想活著出去？」

蕭少英笑道：「既然是好朋友，要喝酒就在一起喝，要死也一起死。」他又嘆了口氣，道：「何況，你既然知道我是誰，就該知道我本就已是個快死的人。」

王桐道：「哦。」

蕭少英道：「雙環門不要我，天香堂又一心要我的命，我活著本就已沒有什麼意思，何況，葛停香若已準備要一個人死，這人怎麼還活得下去。」

王桐冷笑，但心裡卻不能不承認，他說的是事實。

蕭少英道：「可是我就算要死，也得找個墊背的，陪我一起死。」

王桐道：「你爲什麼要找上我？」

蕭少英接著道：「我並沒有找你，是你自己來找我的。」

王桐突又冷笑，道：「就算要死，我也要你比我先死。」

蕭少英淡淡道：「你若先殺了我，一個人在棺材裡豈非更寂寞？我若死了，你陪著個死人躺在棺材裡，那滋味豈非更不好受？」

他微笑著，又說道：「所以，我知道你一定絕不會出手殺死我的，我們究竟是誰先死，現在還沒有人知道。」

王桐咬著牙，道：「我若先死了，你還可以叫那老闆娘放你出去？」

蕭少英道：「很可能。」

王桐道：「你跟她本是串通好的？」

蕭少英笑道：「這次你總算說對了。」

王桐道：「你們故意演那一齣戲給我看，爲的就是要激我出手。」

蕭少英道：「因爲我知道你喜歡殺人，絕不會讓我死在別人手裡。」

王桐道：「我也看得出那些人根本殺不了你。」

蕭少英接著道：「所以你樂得做個好人，讓我感激你，就不會再提防著你，你出手殺我時，就一定會方便得多了。」

他又嘆了口氣，苦笑道：「你甚至還要我自己先躺進棺材再出手，這豈非太過份了些？」

王桐沉默著，過了很久，也不禁嘆道：「看來我好像低估了你。」

蕭少英接著道：「你本來就是。」

王桐問道：「你究竟想要什麼？」

蕭少英道：「想死。」

王桐冷笑道：「誰也不會真想死的。」

蕭少英接口道：「你也不想死？」

王桐沒有否認。

蕭少英又笑了笑，悠然道：「不想死也有不想死的辦法。」

王桐道：「什麼辦法？」

蕭少英問道：「葛停香是不是很信任你？」

王桐道：「嗯。」

蕭少英道：「你的朋友他當然也會同樣信任。」

王桐冷冷道：「我沒有朋友。」

蕭少英接道：「你有，我就是你的朋友。」

王桐道：「哼。」

蕭少英道：「兩個人若是被人封死在一口棺材裡，不是朋友也變成了朋友。」

王桐沉默了很久，緩緩道：「我若說別的人是我朋友，他也許會相信，但是蕭少英……」

蕭少英道：「蕭少英並不是雙環門的弟子，蕭少英已被雙環門趕了出去。」

王桐道：「你難道要我帶你去見他？」

蕭少英道：「你可以告訴他，蕭少英不但已和雙環門全無關係，而且也恨不得雙環門的人全都死光死絕，所以……」

王桐道：「所以你認為他就一定會收容你？」

蕭少英道：「現在天香堂正是最需要人手開創事業的時候，我的武功不弱，人也不笨，他應該用得著我這種人。」

他微笑著，又道：「你甚至可以推薦我做天香堂的分堂主，我們既然是朋友，我能在天香堂立足，對你也有好處。」

王桐沉默著，似乎在考慮。

蕭少英道：「以你在他面前的份量，這絕不是做不到的事。」

王桐道：「你為什麼要這樣做？」

蕭少英道：「我喜歡喝酒，又喜歡女人，這些都是需要花錢的事。」

王桐道：「你想要錢？」

蕭少英道：「當然想要，而且愈多愈好。」

王桐道：「你為什麼不去做強盜？」

蕭少英道：「就算要做強盜，也得有個靠山，現在我卻像個孤魂野鬼一樣，隨時都得提防著別人抓我去下油鍋。」

王桐道：「所以你要我拉你一把。」

蕭少英道：「只要你肯，我絕不會忘了你對我的好處。」

王桐接口道：「可是我爲什麼要這麼做？」

蕭少英道：「因爲這本是彼此有利的事。」

王桐道：「我若不肯呢？」

蕭少英淡淡道：「那麼我們就只好一起爛死在這棺材裡。」

王桐突然冷笑，道：「你以爲我怕死？」

蕭少英道：「你不怕？」

王桐冷冷道：「我這一生中，根本就從未將生死兩字放在心上。」

蕭少英道：「真的？」

王桐閉上了嘴，拒絕回答。

蕭少英嘆了口氣，道：「既然你不答應，我們就只有在這裡等死了。」

王桐根本不睬他。

蕭少英道：「這棺材下面雖然有洞可以通氣，但是我已跟老闆娘約好，半個時辰後我若還沒有把消息傳出去，她就會把這口棺材埋入土裡了。」

他嘆息著，喃喃道：「被活埋的滋味，想必不太好受。」

王桐還是不理不睬。

棺材裡的兩個人，好像都已變成了死人。

蕭少英也已閉上眼睛在等死。

也不知過了多久，就好像已過了幾千幾百萬年一樣，兩個人身上，都已汗透衣裳。

忽然間，棺材似已被抬了起來。

蕭少英淡淡道：「現在她只怕已準備把我們埋進墳地裡了。」

王桐冷笑，笑得卻已有點奇怪。

死，畢竟是件很可怕的事。

棺材已被抬上了輛大車，馬車已開始在走。

這地方距離墳場雖不近，卻也不太遠。

王桐忽然道：「就算我肯幫你去說這些話，葛老爺子也未必會相信。」

蕭少英道：「他一定會相信的。」

王桐道：「爲什麼？」

蕭少英道：「因爲我本就是個浪子，從小就不是好東西。」

王桐冷冷道：「這點我倒相信。」

蕭少英道：「像我這種人，本就是什麼事都做得出的，何況，你說的話，在他面前也一向都很有份量。」

王桐似乎又在考慮。

蕭少英道：「這兩點若還不夠，我還可以想法子帶兩件禮物去送給他。」

王桐道：「什麼禮物？」

蕭少英道：「兩顆人頭，楊麟和王銳的人頭。」

王桐深深吸了口氣，似已被打動。

蕭少英道：「斬草不除根，春風吹又生，留著這兩人，遲早總是禍害，這一點葛老爺子想必也是清楚得很。」

王桐道：「這兩人本就已死定了。」

蕭少英道：「但我卻可以保證，你們就算找一百年，也休想能找到他們。」

王桐道：「你能找得到？」

蕭少英肯定的道：「我當然有法子。」

王桐遲疑著，問道：「我若答應你，你是不是能夠完全信任我？」

蕭少英道：「不能。」

他苦笑著道：「你現在答應了我，到時候若是翻臉不認人，我豈非死定了。」

王桐道：「既然你不相信我，這些話豈非全都是白說的？」

蕭少英道：「但你卻一定可以想出個法子讓我相信你。」

王桐道：「我想不出。」

蕭少英道：「我可以替你想。」

王桐道：「說來聽聽。」

蕭少英道：「這裡雖然很擠，可是我若往旁邊靠一靠，你還是可以把衣裳脫下來的。」

他笑了笑，接下去又說道：「你既不是女人，我也沒有毛病，所以你大可以放心，我絕不想來非禮你。」

王桐好像已氣得連話都說不出。

蕭少英道：「我只不過要你將身上的護身金絲甲脫下來，讓我穿上，那麼你就算到時反悔，我至少還有機會可以逃走。」

王桐冷笑道：「你在做夢。」

他又閉上了嘴，拒絕再說一個字，他對這護身甲顯然看得很重。

這時馬車已停下。

他們已可聽見棺材外面正有人在挖墳。

蕭少英嘆了口氣，道：「看來用不著再過多久，我們就要入土了。」

王桐道：「所以你最好也閉上嘴。」

蕭少英道：「現在我只有最後一句話要問你。」

王桐道：「好，你問吧。」

蕭少英道：「你這一輩子，究竟殺過多少人？」

王桐遲疑著，終於道：「不多，也不少。」

蕭少英道：「你出道至少已有二十年，就算你每個月只殺一個人，現在已殺了兩百四十個。」

王桐道：「差不多。」

蕭少英嘆了口氣，道：「看來我還是比你先死的好。」

王桐忍不住問道：「為什麼？」

蕭少英道：「死在你手下的那兩百四十個人，冤魂一定不會散的，現在只怕已在黃泉路上等著你，要跟你算一算總帳了。」

王桐忽然機伶伶打了個寒噤。

蕭少英道：「你活著的時候是個殺人的人，卻不知你死後能不能變成個殺鬼的鬼，我不如還是早死早走，也免得陪你一起遭殃。」

王桐用力咬著牙，卻已連呼吸都變得急促了起來。

那些慘死在他手下的人，那一張張扭曲變形的臉，彷彿已全都在黑暗中出現。

他愈不敢想，卻偏偏愈要去想。

「砰」的一聲，棺材似已被拋入了墳坑。

蕭少英道：「我要先走一步了，你慢慢再來吧。」

他抬起手，竟似已準備用自己的手，拍碎自己的天靈。

王桐忽然一把抓住了他的手，嘶聲道：「你……你……」

「你要我怎麼樣？」

蕭少英已感覺出他手心的冷汗，悠然道：「是不是要我等你脫衣裳？」

四 盤問

一

護身甲是用一種極罕有的金屬煉成柔絲，再編織成的。

現在這護身甲已穿在蕭少英身上，他雖然覺得很熱，卻很愉快，忍不住笑道：「這的確是件價值連城的寶物，難怪你捨不得脫下來。」

王桐鐵青著臉，好像聽不見似的。

老闆娘正在爲他斟酒，嫣然道：「可是無論多麼貴重的寶物，也比不上自己的性命珍貴，你說對不對？」

酒杯剛斟滿，王桐就立刻一飲而盡。

他現在竟似已很想喝醉。

蕭少英大笑，道：「一醉解千愁，他處不堪留，你若真的喝醉過一次，說不定也會跟我一樣，變成個酒鬼。」

老闆娘媚笑著，柔聲道：「在棺材裡悶了半天，你們倒真該多喝幾杯。」

王桐忽然道：「你也早已知道我是誰？」

老闆娘道：「我聽他說過。」

王桐道：「你也聽說過天香堂？」

老闆娘道：「當然。」

王桐道：「天香堂對仇家的手段，你知不知道？」

老闆娘道：「我知道。」

王桐道：「但你卻還是照樣敢幫他對付我？」

老闆娘嘆了口氣，道：「這個人前前後後，已經在這裡欠了三千多兩銀子的酒帳，我若不幫他一手，這筆帳要等到哪天才能還清，何況……」

王桐冷冷道：「何況你還陪他睡過覺。」

老闆娘的臉紅了，又輕輕嘆了口氣，道：「我本來不肯的，可是他……他的力氣比我大。」

王桐看了看她，又看了看蕭少英，忽然大笑。

蕭少英卻怔住。

他從來也想不到這個人也會這麼樣大笑的。

王桐大笑著，拍著他的肩，道：「看來你的確是很缺錢用，而且真的色膽包天。」

蕭少英也笑了：「我說的本就是實話。」

王桐道：「葛老爺子一定會喜歡你這種人。」

蕭少英大喜：「真的？」

王桐點點頭，壓低聲音，道：「因爲他自己也是一個酒色之徒。」

酒杯一斟滿，就喝光，一喝光，就斟滿，他似也有些醉了。
蕭少英道：「老爺子也常喝酒？」
王桐道：「不但天天喝，而且一喝就沒個完，不喝到天亮，誰都不許走。」
蕭少英眨了眨眼，道：「現在天還沒有亮。」
現在夜色正濃，從墳場回來的路雖不太遠，也不太近。
王桐忽然一拍桌子，道：「他現在一定還在喝酒，我正好帶你去見他。」
蕭少英眼睛裡發出了光，道：「你知道他也在這城裡？」
王桐挺起胸：「我不知道誰知道？」
蕭少英道：「我們現在就走？」
王桐道：「當然現在就走。」
兩個居然說走就走，走得還真快。
老闆娘看著他們下樓，忽然又嘆了口氣，喃喃道：「這兩個人究竟是誰真的醉了？」
她自己喝了杯酒，又不禁苦笑：「也許他們都沒有醉，醉的是我！」

二

葛停香果然還在喝酒。
他喝得很慢，但卻很少停下來，喝了一杯，又是一杯。
在旁邊為他斟酒的當然是郭玉娘，她也陪著喝一點。

無論葛停香做什麼，她都在陪著，最近她好像已變成了葛停香的影子。

酒已喝了兩壺，葛停香一直都在皺著眉。

郭玉娘看著他，柔聲道：「你還在想楊麟和王銳？」

葛停香板著臉，用力握著酒杯：「我想不通，四五十個大活人，去抓兩個半死不活的殘廢，爲什麼抓了七八天還抓不到？」

郭玉娘沉吟著，道：「我也有點想不通，那天他們怎麼能逃走的？」

葛停香道：「那是我的意思。」

郭玉娘道：「你故意要放他們逃走的？」

葛停香點點頭。

郭玉娘更想不通了：「爲什麼？」

葛停香道：「因爲我想查明一件事。」

「什麼事？」

「我想看看這附近地面上，是不是還有雙環門的黨羽，還有沒有人敢窩藏他們？」

「所以你故意讓他們逃走，看他們會逃到什麼地方去？」

「不錯。」

郭玉娘嘆了口氣，道：「只可惜這兩個人一逃走之後，就連影子都看不見了。」

葛停香臉上現出怒容，恨恨道：「若連這兩個殘廢都抓不到，天香堂還能成什麼大事！」

「波」的一聲，他手裡的酒杯已被捏得粉碎。

郭玉娘輕輕握住了他的手，柔聲道：「就憑那兩個殘廢，想必也成不了什麼大事，你又何必那麼生氣？」

葛停香沉著臉，道：「斬草就得除根，留著他們總是個禍根。」

郭玉娘道：「不管怎麼樣，王桐總是一定能找到蕭少英的。」

葛停香又握緊了拳，道：「我養著這些人，能辦事的好像已只剩下一個王桐。」

郭玉娘道：「他跟著你是不是已有很久？」

葛停香道：「嗯。」

郭玉娘道：「他一直都很可靠？」

葛停香道：「絕對可靠。」

郭玉娘眼波流動，道：「我想，江湖中一定還有很多像王桐這樣的人。」

葛停香道：「就算有，也很難找。」

郭玉娘道：「我們可以慢慢的找，現在雙環門既垮了，西北一帶，已絕不會有人敢再來動我們的，我們反正不著急。」

她又換個酒杯，替他斟了杯酒。

葛停香舉杯在手，沉思著，喃喃道：「我手下只要能多有一兩個像王桐那樣的人，天香堂就不僅要在西北一帶稱雄了。」

郭玉娘看著他，本已亮如秋星的一雙眼睛，似已變得更亮。

男兒志在四方，在英雄們的眼中來看，西北的確只不過是個小地方而已。

葛停香忽然問道：「你知不知道江湖中有個『青龍會』？」

郭玉娘道：「我好像聽說過。」

葛停香道：「你聽說了些什麼？」

郭玉娘答道：「聽說青龍會已經是天下勢力最大的一個秘密組織，在中原一帶，到處都有他們的分壇。」

葛停香道：「何止中原一帶而已。」

郭玉娘睜大了眼睛：「還不止？」

葛停香道：「青龍會屬下的分壇，一共有三百六十五處，南七北六十三省，所有比較大的城市裡，幾乎都有他們的勢力。」

郭玉娘輕輕吐出口氣，道：「難怪江湖中人一提起青龍會來，都要心驚膽戰了。」

葛停香冷笑道：「但青龍會的事業，也是人做出來的，青龍會他們能夠雄霸天下，天香堂爲什麼不能？」

他舉杯一飲而盡，重重一拍桌子，又不禁長長嘆息：「只可惜……只可惜天香堂裡，缺少了幾個如龍似虎的人而已。」

郭玉娘握緊了他的手：「我相信你將來一定可以得到的，你不但有知人之明，而且，還有用人的雅量。」

對一個空有滿胸大志，卻未能一展抱負的英雄說來，世上還有什麼事能比一個美人的安慰更可貴。

葛停香仰面大笑：「好，說得好，只要你好好跟著我，我保證你必定可以看到那一天……」

他的笑聲突然又停頓，厲聲喝問道：「什麼人？」

「葛新。」

「什麼事？」

「王桐求見。」

葛停香霍然長身，喜動顏色：「王桐已回來？」

「就在門外。」

「叫他進來，快。」

三

門外的長廊裡雖然還燃著燈，卻還是顯得很陰暗，門是雕花的，看來精美而堅固。

一個人垂手肅立在門外，臉色也是陰暗的，彷彿已很疲倦。

但他卻還是筆筆直直的站著，睜大了眼睛，低垂著頭。

無論誰都看得出他是個老實人。

天香堂總堂主的秘室外，居然只有這麼樣一個老實而疲倦的人在看守，倒是蕭少英所想不到的事。

他斜倚著欄杆，在等著，等王桐。

王桐已進了秘室，開門的時候，他彷彿看見了一個苗條的人影，還嗅到一陣陣酒香。

「看來葛停香果然也是酒色之徒。」

蕭少英笑了。

古今的英雄，又有幾人不貪杯好色？只可惜貪杯好色的卻大半都不是英雄好漢。

老實人雖然低垂著頭，卻在用眼角偷偷的打量著這個衣冠不整，又懶散，又愛笑的少年。

蕭少英也在看著他，忽然問道：「貴姓？」

「姓葛，叫葛新。」

「這裡的家丁都姓葛？」

「是的。」

「這裡只用姓葛的人做家丁？」

「不一定，你若肯改姓，也可以做這裡的家丁。」

這老實人不但有問必答，而且答得很詳細。

蕭少英又笑了。

他的確愛笑，不管該不該笑的時候，他都要笑。

他雖然總是窮得不名一文，但笑起來的時候，天下的財富全都好像是他一個人的。

葛新對這個人顯然也覺得很好奇，忽然也問道：「貴姓？」

「姓蕭，蕭少英。」

「你是不是也想來找個事做？」

「是的。」

「你也願意改姓？」

蕭少英笑道：「我並不想做這裡的家丁。」

葛新道：「你想幹什麼？」

蕭少英道：「聽說這裡四個分堂主的位子，都有了空缺。」

葛新也笑了。

他笑的樣子很滑稽，因爲他不常笑。

可是他覺得蕭少英比他更滑稽。

這少年居然一來就想做分堂主，他實在想不到世上竟真有這麼滑稽的人。

他還沒有笑出聲音來，門內卻已傳出葛停香的聲音：「葛新。」

「在。」

「叫門外面的人進來。」

門開了，是爲蕭少英而開的。

王桐已經在葛停香面前說了些什麼？葛停香準備怎麼對他？

蕭少英完全不管。

他對自己充滿了信心。

他挺起胸膛，走了進去，還沒有走進門，忽然又附在葛新耳畔，輕輕的說：「我現在走進去，等我出來的時候，就一定已經是這裡的分堂主了，所以你最好現在就開始想想，應該怎麼樣拍我的馬屁。」

這次葛新沒有笑。

他看著蕭少英走進去，就好像看著個瘋子走進自己挖好的墳墓一樣。

四

蕭少英身上穿的衣服，本來是嶄新的，質料高貴，剪裁合身，手工也很精緻，只可惜現在已變得又臭又髒，還被勾破了幾個洞。

衣袋裡當然也是空的，空得就像是個汁已被吸光的椰子殼。

可是他站在葛停香面前時，卻像是個出征四方，得勝回朝的大將軍。

葛停香看著他，從頭到腳，看了三遍，忽然道：「你這身衣裳多少錢一套？」

他第一句問的竟是這麼樣一句話，實在沒有人能想得到。

蕭少英卻好像並不覺得很意外，立刻回答：「連手工帶料子，一共是五十兩。」

葛停香道：「這衣服好像不值。」

蕭少英道：「我一向是個出手大方的人。」

葛停香道：「你知不知道五十兩銀子，已足夠一家八口人舒舒服服過兩三個月了。」

蕭少英道：「不知道。」

葛停香道：「你不知道？」

蕭少英道：「我從來沒有打過油，買過米。」

葛停香道：「這身衣服你穿了多久？」

蕭少英道：「三天。」

葛停香看著他衣服上的泥污、酒漬和破洞，才道：「身上穿著這種衣服，無論走路、喝酒都該小心些。」

蕭少英道：「我並沒有打算穿這種衣服過年。」

葛停香道：「一套衣服你通常穿多久？」

蕭少英道：「三天。」

葛停香道：「只穿三天？」

蕭少英道：「無論什麼樣的衣服，我只要穿三天，都會變成這樣子的。」

葛停香道：「衣服髒了可以洗。」

蕭少英道：「洗過的衣服我從來不穿。」

郭玉娘笑了。

蕭少英也笑了。

他的眼睛根本就一直都在圍著郭玉娘身上打轉。

葛停香卻彷佛沒有注意到，臉上非但沒有怒色，眼睛裡反而帶著笑意，又問道：「你一個月通常要花多少兩銀子？」

蕭少英道：「有多少，就花多少。」

葛停香道：「若是沒有呢？」

蕭少英答道：「沒有就借，借不到就欠。」

葛停香道：「有人肯借給你？」

蕭少英道：「多多少少總有幾個的。」

葛停香問道：「都是些什麼人？」

蕭少英坦率道：「都是些舊人。」

葛停香道：「老虎樓的老闆娘就是其中之一？」

蕭少英道：「她是個很大方的女人。」

他微笑著，用眼角瞟著郭玉娘：「我喜歡大方的女人。」

葛停香道：「她不但肯借給你，而且還時常跟你串通好了騙人？」

蕭少英道：「我們騙過的人並不多。」

葛停香道：「但你們卻騙過了王桐，而且還想出了個很巧妙的圈套，逼著他將身上的護身甲都脫下來給你穿，逼著他帶你來見我。」

蕭少英顯得很驚奇：「你知道的事好像不少。」

葛停香道：「你想不到他會將這些事全都告訴我？」

蕭少英接道：「這些本來是很丟人的事。」

葛停香冷冷的接著說道：「無論什麼事，他都從來沒有瞞過我，所以他現在還能活著，而且也活得很好。」

蕭少英道：「我看得出來，我也很想過過他這種好的日子。」

葛停香道：「所以你要來見我？」

蕭少英道：「不錯。」

葛停香忽然沉下臉，盯著他，一字字道：「你不是來等機會復仇的？」

蕭少英嘆了口氣，道：「你問我的那些話，每一句都問得很巧妙，我本來認爲你已知道我是個什麼樣的人了？」

葛停香道：「像你這種人，難道就不會替別人報仇？」

蕭少英淡淡的道：「我至少不會放著好日子不過，偏偏要往油鍋裡去跳。」

他接著又道：「何況我早已看出王桐是你的好幫手，我若真的要復仇，爲什麼不殺了他？」

葛停香道：「你能殺得了他？」

蕭少英道：「他的護身甲，已穿在我身上，我若真的想殺他，他根本就休想活著走出棺材。」

葛停香冷笑道：「你真的很有把握？」

蕭少英突然出手，拿起他面前的一杯酒，大家只覺得眼前一花，酒杯又已放在桌上，杯中的酒卻已空了。

葛停香又盯著他看了很久，慢慢的點了點頭，道：「你出手果然不慢。」

蕭少英微笑道：「我喝酒也不慢。」

葛停香目中又露出笑意，道：「可是你做得最快的一件事，還是花錢。」
蕭少英笑道：「所以我不能不來，這世上大方的女人並不多。」
葛停香道：「你認為我會給你足夠的錢去花？」
蕭少英道：「我值得，你也比盛天霸大方得多。」
葛停香大笑，道：「好，好小子，總算你眼光還不錯。」
蕭少英微笑道：「能時常借到錢的人，看人的眼光總是不會太差的。」
借錢的確是種很大的學問，絕不是每個人都能學會的。
葛停香笑聲突又停頓，道：「但你卻忘了一件事。」
蕭少英道：「什麼事？」
葛停香道：「你好像還有兩樣禮物，應該帶來送給我。」
蕭少英又笑了，道：「你也忘了一句話。」
葛停香道：「什麼話？」
蕭少英道：「禮尙往來，來而不往，就不能算是禮了。」
葛停香道：「我還沒有『往』，所以你的禮也不肯來？」
蕭少英笑道：「你是前輩，見到後生小子，總該有份見面禮的。」
葛停香道：「你想要什麼？」
蕭少英道：「這兩年來，我一共已欠了三四萬兩銀子的債。」
葛停香道：「我可以替你還。」

蕭少英道：「還清了債後，還是囊空如洗，那滋味也不太好受。」
葛停香道：「你還要多少？」
蕭少英道：「一個男人身上至少也得有三五萬兩銀子，走出去時才能抬得起頭。」
葛停香微笑道：「看來你的胃口倒不小。」
蕭少英道：「一個男人要揚眉吐氣，只有錢還不夠的。」
葛停香道：「還不夠？」
蕭少英道：「除了錢，還得有權勢。」
葛停香道：「你想做提督？做宰相？」
蕭少英笑道：「在我眼裡看來，十個提督，也比不上天香堂的一個堂主。」
葛停香冷笑道：「你的胃口也未免太大了。」
蕭少英道：「我只不過恰巧知道天香堂裡正好有幾個分堂主的空缺而已。」
葛停香道：「你還知道什麼？」
蕭少英道：「我還知道一個人若不能揚眉吐氣，就絕不會出賣自己，再出賣朋友的。」
葛停香沉下臉，道：「楊麟和王銳是你的朋友？」
蕭少英淡淡道：「就因爲我是他們的朋友，你不是，所以我才能找到他們，把他們的頭顱割下來送人，而你卻連他們的下落都不知道。」
葛停香道：「就因爲王桐也認爲你已把他當做朋友，所以才會被你騙進棺材。」
蕭少英道：「你說的一點也不錯。」

他微笑著，悠然道：「朋友有時遠比最可怕的仇敵還危險這句話，我始終都記得。」

葛停香又大笑：「好，說得好，就憑這句話，已不愧是天香堂屬下的分堂之主。」

蕭少英道：「可惜現在我還不是。」

葛停香道：「現在你已經是了。」

蕭少英喜動顏色，道：「聽到好消息，我總忍不住想喝幾杯。」

葛停香道：「這消息夠不夠好？」

蕭少英道：「這消息至少值得痛飲三百杯。」

葛停香大笑道：「好，拿大杯來，看他能夠喝多少杯！」

黃金杯，琥珀酒。

郭玉娘用一雙柔美瑩白的纖纖玉手捧著，送到蕭少英面前。

「請。」

蕭少英接過來就喝，喝了一杯又一杯，眼睛卻一直的在盯著郭玉娘，就好像蚊子盯在血上面一樣。

葛停香卻一直在看著他，終於忍不住道：「你知不知道你一直在盯著的是什麼人？」

蕭少英道：「我只知道她是個值得看的女人。」

葛停香道：「你只不過想看看？」

蕭少英道：「我還想……」

葛停香忽然打斷了他的話，冷冷道：「無論你還想幹什麼，都最好不要想。」

蕭少英居然還要問：「爲什麼？」

葛停香道：「因爲我說的。」

他沉著臉，一字字的道：「現在，你既然已經是天香堂屬下，無論我說什麼，都是命令，你只能聽著，不能問。」

蕭少英答道：「我明白了。」

葛停香展顏道：「我看得出你是個明白人。」

他忽然從桌下的抽屜裡取出疊銀票，道：「這裡是五萬兩，除了還帳外，剩下的想必已足夠你花幾天了。」

蕭少英沒有伸手拿。

葛停香道：「你現在就可以拿去，我知道你喝了酒後，一定想找女人的。」

蕭少英苦笑道：「我已看出你是個明白人，只可惜……」

葛停香道：「可惜什麼？」

蕭少英道：「只可惜還不夠。」

葛停香道：「你剛才要的豈非只有這麼多？」

蕭少英道：「剛才我只不過是一文不名而且還欠了一屁股債的窮小子，最多只能夠要這麼多。」

葛停香道：「現在呢？」

蕭少英挺起胸膛道：「現在我已是天香堂屬下的堂主，身分地位都不同了，當然可以多要一點。」

他笑嘻嘻的接著道：「何況，天香堂裡的分堂主走出去，身上帶的銀子若不夠花，老爺子你豈非也一樣面上無光？」

葛停香又禁不住的大笑，道：「好，好小子，我就讓你花個夠。」

他果然又拿出疊銀票，又是五萬兩。

蕭少英接過來，連看都沒有看一眼，隨隨便便的就塞進靴筒裡。

郭玉娘忽然道：「你已有幾天沒洗腳？」

蕭少英道：「三天。」

郭玉娘道：「你把銀票塞在靴子裡，也不怕臭？」

蕭少英笑了笑道：「只要能兌現，無論多臭的銀票，都一樣有人搶著要。」

郭玉娘也不禁笑了。

她本已是個女人中的女人，笑起來更媚。

她笑的時候，能忍住不看她的男人，天下只怕也沒有幾個。

這次蕭少英卻居然沒有看她。

葛停香臉上已露出滿意之色，忽然問道：「你的禮什麼時候送給我？」

蕭少英道：「三天。」

葛停香道：「三天已夠？」

蕭少英道：「我也從不做沒把握的事。」
葛停香微笑點頭道：「好，我就等你三天。」
蕭少英道：「三天後的子時，我一定將禮物送來。」
葛停香道：「準在子時？」
蕭少英點點頭，道：「只不過我也有個條件。」
葛停香道：「你說。」
蕭少英道：「這三天中，我的行動一定要完全自由，你絕不能派人跟蹤，否則……」
葛停香道：「否則怎麼樣？」
蕭少英道：「否則那禮物若是忽然跑了，就不能怪我。」
葛停香沉吟著，終於點頭，道：「我只希望你是個守信守時的人。」
蕭少英冷冷道：「你若信不過我，現在殺了我還不遲。」
葛停香微笑道：「我爲什麼要用一個死人做我的分堂主？」
蕭少英也笑了。
葛停香道：「你現在已不妨走，最好找個地方大睡一覺，養足了精神好辦事。」
蕭少英笑道：「身上帶著十萬兩銀子，若不花掉一點，我怎麼睡得著？」
郭玉娘已替他拉開門，嫣然道：「你好生走，我叫葛新爲你帶路。」
蕭少英道：「多謝。」
葛停香忽然冷笑道：「我給了你十萬兩，讓你做分堂主，你連半個謝字都沒有，她只不過替你拉開門，你就要謝她。」

蕭少英道：「我只能謝她，不能謝你。」

葛停香道：「爲什麼？」

蕭少英淡淡道：「因爲我已把我的人都賣給了你，還謝你幹什麼？」

他大步走出去，走到葛新面前，拍了拍他的肩，笑道：「你現在已經可以拍我的馬屁了。」

五　銮謀

一

黃昏後。

蕭少英還沒有睡，卻已醉了。

這次看來是真的醉了。

留春院裡，雖然有好幾個紅倌人都已被他包下，洗得乾乾淨淨的在等著他。

他自己卻偷偷的溜了出來，搖搖晃晃的溜上了大街，東張張，西望望，花了五百兩銀子，買回只值五分銀子的哈密瓜，卻又隨手拋進陰溝。

因為他又嗅到了酒香。

立刻又搖搖晃晃的衝上了酒樓。

現在雖然正是酒樓上生意最好的時候，還是有幾張桌子空著。

他卻偏偏不坐，偏偏衝進了一間用屏風隔著的雅座，今天是龐大爺請客，請的是牛總鏢頭，酒席就擺在雅座裡。

伙計們以為他也是龐大爺請來的客人，也不敢攔著他。

龐大爺的客人，是誰也不敢得罪的。

牛總鏢頭已到了，還帶來了幾個外地來的鏢頭，每個人都找到了個姑娘陪著。

大家已喝得酒酣耳熱，興高采烈，蕭少英忽然闖進去，拿起了桌上的大湯碗，伸著舌頭，笑嘻嘻道：「這碗湯不好，我替你們換一碗。」

他居然將碗裡的湯全都倒出來，解開褲子，就往碗裡撒尿。

桌上的女客都叫了起來——其中當然也有的在偷偷的笑。

龐大爺臉色也發青，厲聲道：「這小子是幹什麼的？」

誰也不知道這小子是幹什麼的。

蕭少英卻笑嘻嘻道：「我是幹你娘的。」

這句話剛說完，已有七八個醋鉢般大的拳頭飛了過來，飛到他臉上。

他整個人都已喝得發軟，招架了兩下，就被打倒，躺在地上動都動不了。

外路來的鏢頭身上還帶著傢伙，已有人從靴裡掏著把手攘子。

「先廢了他這張臉，再閹了他，看他下次還敢不敢到處撒尿。」

三分酒氣，再加上七分火氣，這些本就是終年在刀頭添血的朋友，還有什麼事做不出的？

龐大爺一吩咐，這人就一攘子往蕭少英的臉上扎了下去。

就在這時，屏風外忽然伸進一隻手，拉住了這個人。

龐大爺怒道：「是什麼人敢多管閒事？」

屏風外已有人伸進頭來道：「是我。」

看見了這個人，龐大爺的火氣立刻就消失了，居然陪起了笑臉。

「原來是葛二哥。」

葛二哥指了指躺在地上的蕭少英道：「你知不知道這個人是誰？」

龐大爺搖搖頭。

葛二哥招招手，把他叫了過來，在他耳朵邊悄悄說了兩句話。

龐大爺的臉立刻就變了，勉強的笑道：「這位仁兄既然喜歡躺在這裡，我們大家就換個地方喝酒去吧。」

他居然說走就走，而且把客人也全都拉走。

牛總鏢頭還不服氣：「這小子究竟是誰？咱們憑什麼要讓他？」

龐大爺也在他耳邊悄悄說了兩句話，牛總鏢頭的臉色也變了，走得比龐大爺還快。

蕭少英已像是個死人般躺在地上，別人要宰他也好，要走也好，他居然完全不知道。

葛二哥看了他一眼，搖了搖頭，替他拉好了屏風，也被龐大爺拉出去喝酒了。

蕭少英忽然睜開了一隻眼，從屏風下面看著他們的腳，才嘆了口氣，喃喃道：「看來天香堂的威風倒真不小。」

只聽葛二哥還在外面吩咐：「好好照顧著屏風裡的那位大爺，他若是醒了，無論要什麼，都趕快給他，再派人到隔壁來通知我。」

他們終於走下了樓。

伙計們都在竊竊私議。

「這酒鬼究竟是幹什麼的？憑什麼橫行霸道？」

「據說他就是天香堂新來的分堂主。」

「這就難怪了。」發牢騷的伙計嘆了口氣：「做了天香堂的分堂主，別說要往碗裡撒尿，就要往別人嘴裡撒，別人也只有張開嘴接著。」

蕭少英彷彿在冷笑，推開窗戶，躍入了後面的窄巷。

若有人在他後面盯他梢的時候，他醉得總是很快的。

可是現在他卻又清醒了，清醒得也很快。

二

靜夜。

山崗上閃動著一點點碧綠的鬼火，雖然陰森詭異，卻又有種神秘的美麗。

星光更美，夏日的秋風正吹過山崗。

只可惜王銳全都享受不到。

他躺在棺材裡，啃著塊石頭般淡而無味的冷牛肉，不到必要時，他絕不出來。

他一向是個謹慎的人。

傷口已結了疤，力氣也漸漸恢復，但復仇卻還是完全沒有希望。

天香堂的勢力，想必已一天比一天龐大。

雙環門本來就像是棵大樹，天香門卻只不過是長在樹下的一棵幼苗，被大樹奪去了所有的水份和陽光，所以總是顯得營養不足，發育不良。

現在大樹已倒下，世上已沒有什麼事能阻擋它的發育成長。

王銳輕輕嘆息著，吞下最後一口冷牛肉，輕撫著懷裡的鐵環，環上的刻痕。

多情環。

它的名字雖然叫多情，其實卻是無情的。

它還是那麼冷，那麼硬，人世間的興衰，它既不憐憫，也沒有感懷。

可是王銳輕撫著這雙令他叱吒一時，又令他九死一生的鐵環，眼淚卻已不禁流下。

「砰，砰，砰。」

王銳握緊鐵環：「什麼人？」

「我是隔壁張小弟，來借小刀削竹子，削的竹子做蒸籠，做好蒸籠蒸饅頭，送來給你當點心。」

蕭少英！

一定是蕭少英，一定又醉了。

王銳咬著牙，到了這種時候，這小子居然還有心情來開玩笑。

來的果然是蕭少英。

他穿著一身嶄新的薄綢衫，上面卻又沾滿了泥污酒跡，臉上還有條血跡剛乾的刀口，腦袋上也被打腫了一塊。

但他卻還是一副嘻皮笑臉的樣子，嘴裡的酒氣簡直可以把人都薰死。

王銳皺著眉，每次他看見這小子，都忍不住要皺眉。

楊麟也已站起來，沉聲道：「附近沒有人？」

蕭少英道：「連個鬼影子都沒有。」

楊麟在棺材上坐下，他的傷雖然也已結疤收口，但一條腿站著，還是很不方便。

蕭少英笑嘻嘻的看著他們：「看來你們的氣色都不錯，好像全都快轉運了。」

楊麟沉著臉，道：「你已找到了王桐？」

蕭少英道：「不是我找到了他，是他找到了我。」

楊麟目光閃動，道：「你已對付了他？」

蕭少英道：「我本來已請他進了棺材，卻又請他出來了。」

楊麟追問道：「爲什麼？」

蕭少英道：「因爲我要釣的是大魚，他還不夠大。」

楊麟冷笑，說道：「要釣大魚的人，往往反而會被魚吞下去。」

蕭少英悠然道：「我不怕，我的血已全變了酒，魚不喝酒的。」

他忽然又笑了笑：「可是葛停香卻喝酒，而且酒量還很不錯。」

王銳動容道：「你已見到了他？」

蕭少英道：「不但見過，而且還跟他喝了幾杯。」

楊麟也不禁動容，道：「他沒有對付你？」

蕭少英道：「我現在還活著。」

楊麟立刻追問：「他爲什麼沒有對你下手？」

蕭少英道：「因爲他要釣的也是大魚，我也不夠大。」

王銳冷笑道：「我知道，我們兩人一日不死，他就一日不能安枕。」

蕭少英道：「所以他想用我來釣你們，我正好也想用你們去釣他，只不過到現在爲止，還不知道是誰會上誰的鈎而已。」

王銳道：「你已有了對付他的法子？」

蕭少英道：「只有一個法子。」

王銳道：「什麼法子？」

蕭少英道：「還是那個老法子。」

王銳道：「哪個老法子？」

蕭少英道：「荆軻用的老法子。」

王銳變色道：「你還是想來借我們的人頭？」

蕭少英道：「嗯。」

楊麟也已變色，冷冷道：「我們怎知你不是想用我們的人頭去做進身階，去投靠葛停香？」

蕭少英道：「我看來像是個賣友求榮的人？」

楊麟道：「很像。」

他冷笑著，又道：「何況，你若沒有跟葛停香串通，他怎麼肯放你走。」

蕭少英嘆了口氣，道：「這麼樣看來，你是不肯借的了？」

楊麟道：「我的人頭只有一顆，我不想送給那賣友求榮的小人。」

蕭少英苦笑道：「既然借不到，就只有偷，偷不著就只有搶了。」

楊麟厲聲道：「你爲什麼還不過來搶？」

喝聲中，他已先出手。

他雖然已只剩下一條腿，但這一撲之勢，還是像豹子般剽悍兇猛。

他本來就是隴西最有名的獨行盜，若不是心狠手辣，悍不畏死的人，又怎麼能在黃土高原上橫行十年。

只聽「叮」的一聲，王銳的鐵環也已出手。

無論誰都只有一個腦袋，誰也不願意糊裡糊塗被人「借」走。

他們兩個同時出手，左右夾擊，一個剽悍狠辣，一個招沉力猛，能避開他們這一擊的人，西北只怕已沒有幾個。

蕭少英卻避過了。

他似醉非醉，半醉半醒，明明已倒了下去，卻偏偏又在兩丈外好生生的站著。

他們同門雖然已有很多年，但彼此間誰也不知道對方武功的深淺。

尤其是王銳，他自負出身少林，名門正宗，除了大師兄盛重的天生神力外，他實在並沒有將別的同門兄弟看在眼裡。

直到今天，他才知道自己一直都將別人估計得太低了。

楊麟雖然已只剩下一條腿，還得用一隻手扶著枴杖，可是每一招出手，都極紮實，極有效，交手對敵的經驗，顯然遠在王銳之上。

蕭少英身法的輕靈飄忽，變化奇詭，更是王銳想不到的。

眨眼間已交手十餘招。

王銳咬了咬牙，忽然拋下鐵環，以獨臂施展出少林伏虎羅漢拳。

他從小入少林，在這趟拳法上，至少已有十五年寒暑不斷的苦功夫，實在比他用多情環更趁手，此刻招式一發動，果然有降龍伏虎的威風。

楊麟也不甘示弱，以木杖作鐵枴，夾雜著左手的大鷹爪功使出來。

雙環門下，本就以他的武功所學最雜。

蕭少英卻連一招也沒有還手，突然凌空翻身，退出三四丈，落在後面的土坡上，拍手笑道：「好！好功夫。」

楊麟冷笑，正想乘勢追擊。

王銳卻擋住了他：「等一等。」

楊麟道：「還等什麼？等他來拿我們的腦袋？」

王銳道：「他一直都在閃避，沒有還擊。」

楊麟冷笑道：「他能有還擊之力？」

王銳道：「他也沒有找天香堂的人來作幫手，所以……」

楊麟道：「所以你就想把腦袋借給他？」

王銳道：「看來他並不是真想來借我們腦袋的。」

蕭少英微笑，道：「我本來就沒有這意思。」
楊麟道：「你是什麼意思？」
蕭少英道：「我只不過想試試你們，是不是還能殺人。」
楊麟道：「現在你已試出來？」
蕭少英點點頭。
王銳道：「你是來找我們去殺人的？」
蕭少英又點點頭。
王銳道：「殺誰？」
蕭少英道：「葛停香！」
王銳聳然動容，立刻追問：「我們能殺得了他？」
蕭少英道：「至少有五成機會。」
王銳道：「只有五成？」
蕭少英道：「現在我們若不出手，以後恐怕連一成機會都沒有。」
王銳懂得他的意思。
天香堂的勢力，既然一天比一天大，他們的機會當然就一天比一天少。
楊麟也忍不住問：「你已有動手的計劃？」
蕭少英神情已變得很嚴肅，道：「每天晚上，子時前後，他都會在他的密室中喝酒，陪著他的愛妾郭玉娘。」

楊麟道：「門外有多少人守衛？」

蕭少英說道：「也只有一個。」

楊麟道：「是王桐？」

蕭少英搖搖頭，道：「是個叫葛新的家丁。」

楊麟道：「他是個什麼樣的人？」

蕭少英道：「是個奴才。」

王銳長長吐出口氣，道：「看來這倒真是我們動手的好機會。」

蕭少英道：「這也是唯一的機會。」

楊麟道：「你知道那密室的門戶所在？」

蕭少英道：「我不但知道，而且還能混進去。」

楊麟道：「你有把握？」

蕭少英道：「有。」

楊麟道：「我們怎麼進去？」

蕭少英道：「後天晚上的子時之前，我先到那密室中去等著，看見窗子裡的燈光一暗，你們立刻就衝進去動手。」

楊麟道：「我們怎麼知道是哪扇窗戶？」

蕭少英道：「我可以把那裡的地形門戶都畫出來給你們看。」

王銳道：「燈光一暗，我們就出手？」

蕭少英道：「以我們三人之合擊，也許還不止五成機會。」
王銳道：「可是燈光既然已暗了，我們怎能分辨誰是葛停香？」
蕭少英道：「那天我可以穿一身白衣服去。」
王銳道：「屋子裡還有個郭玉娘。」
蕭少英道：「郭玉娘是個很香的女人，耳上還戴著珠環，就算瞎子也能分辨得出。」
王銳道：「除了你與郭玉娘之外，還有一個人，就是葛停香？」
蕭少英道：「那密室中絕沒有別人會進去。」
楊麟道：「王桐呢？」
蕭少英道：「他就算在，到時我也有法子把他支開。」
楊麟道：「他們相信你？」
蕭少英淡淡道：「我豈非本來就像是個賣友求榮的人？」
楊麟盯著他，道：「你不是？」
蕭少英道：「你看呢？」
楊麟忽然改變話題：「沒有人知道你到這裡來找我們？」
蕭少英道：「絕沒有。」
楊麟道：「你從天香堂出來的時候，後面有沒有人跟蹤？」
蕭少英道：「本來是有的，卻已被我甩脫了。」
他撫摸著臉上的刀疤，又道：「我雖然因此挨了一刀，那位葛二哥回去後，只怕也不會再有好日子過。」

楊麟道：「葛二哥？」

蕭少英道：「天香堂用的家丁都姓葛。」

楊麟道：「天香堂的秘密，你已知道多少？」

蕭少英道：「知道的已夠多。」

他畫出來的地圖，果然很詳細：「這個角門，就是你們唯一的入路。

「你們絕不能越牆而入，一定要想法子撬開這扇窗門。」

楊麟道：「爲什麼？」

蕭少英道：「因爲上面很可能有人守望，撬門進去，別人反而想不到。」

楊麟道：「然後呢？」

蕭少英道：「然後你們就沿著這條碎石路，走到這裡，在這棵樹上等著。

碎石路和那棵大樹都已標明：「在這棵樹上，就可以看到那扇窗戶。」

楊麟道：「窗裡的燈一滅，我們就動手？」

蕭少英點點頭，道：「那屋子裡只有兩盞燈，我可以同時打滅。」

楊麟道：「爲什麼一定要把燈打滅？」

蕭少英道：「葛停香已是個老人，老人的眼力總難免會差些，在黑暗中，他的武功一定就難免要打個很大的折扣。」

他慢慢的接著道：「可是你們這些日子來，一直都是晝伏夜出的，對黑暗想必已比別人習慣，而且你們本來就一直躲在外面的黑暗裡，所以燈光雖然滅了，你們還是可以分辨出屋裡的人影，屋裡的人一直在燈光下，燈光驟然熄滅，就未必能看得見你們。」

楊麟盯著他，道：「你考慮得倒很周到。」

蕭少英笑了笑，道：「我不能不考慮得周到些，我也只有一個腦袋。」

楊麟忽然長長嘆息，道：「我們好像一直都看錯了你。」

蕭少英微笑道：「葛停香好像也看錯了我。」

楊麟道：「我只希望你沒有看錯他，也沒有看錯郭玉娘和葛新。」

三

葛新垂著手，低著頭，動也不動的站在門外，看來比前兩天疲倦。

門是關著的，長廊裡同樣陰暗。

現在還未到子時，蕭少英卻已來了，他一路走進來，既沒有人阻攔，也沒有聽見人聲。

這天香堂簡直就像是個空房子。

他又微笑著拍了拍葛新的肩，道：「我又來了。」

葛新道：「是。」

蕭少英道：「你知道我會來？」

葛新道：「是。」

蕭少英道：「你好像很少睡覺。」

葛新道：「是。」

蕭少英道：「除了『是』字外，你已不會說別的？」

葛新道：「是。」

蕭少英道：「前兩天我來的時候，你說的話好像還多些。」

葛新道：「是。」

蕭少英道：「這次你爲什麼變了？」

「因爲你也變了。」門忽然開了一線，裡面傳出了郭玉娘的聲音。

「上次來的時候，你只不過是個窮光蛋，現在你卻已是個天香堂的分堂主。」

「做了天香堂的分堂主，別人就連話都不跟我多說？」

「別人多少總要小心些。」

蕭少英嘆了口氣，喃喃道：「看來做這分堂主，也沒有什麼太大的好處。」

「至少有一樣好處。」郭玉娘拉開門，微笑說：「至少你可以隨便在別人湯碗裡撒尿。」

葛停香果然已開始在喝酒。

他喝得很慢，很少，手裡卻好像總是有酒杯。

王桐不在屋子裡，也沒有別的人，每天晚上，都是完全屬於他自己的時候。

蕭少英已站在他面前，一身白衣如雪。

葛停香看著他，目中帶著笑意：「這身衣裳你是第一天穿？」

蕭少英點點頭，道：「這套衣服我只準備穿一天。」

葛停香道：「爲什麼？」

蕭少英道：「不爲什麼。」

葛停香道：「今天你還沒有醉？」

蕭少英道：「沒有。」

葛停香道：「你有沒有真的醉過？」

蕭少英道：「很少。」

他笑了笑，又道：「至少在有人跟我梢的時候，我絕不會真醉。」

葛停香嘆了一口氣，才說道：「葛二虎本來也是個很能幹的人，可是要跟你一比，他簡直就像是個豬。」

他拿起酒杯，沒有喝，又放下。

蕭少英忽然道：「你手裡好像總是有杯酒？」

葛停香道：「這並不算奇怪。」

蕭少英微笑道：「有時酒杯的確也是種很好的武器。」

葛停香道：「武器？什麼武器？」

蕭少英道：「令人疏忽的武器。」

葛停香道：「哦！」

蕭少英道：「大多數人看到別人手裡拿著杯酒時，都會變得比較疏忽。」
葛停香道：「哦！」
蕭少英道：「因爲大家都認爲，手裡總是拿著杯酒的人，一定比較容易對付。」
葛停香大笑：「你的確是個聰明人。」
蕭少英道：「我的確不笨。」
葛停香的笑聲忽又停頓，冷冷道：「只可惜你的記性並不好。」
蕭少英道：「哦？」
葛停香道：「你好像忘了一件事。」
蕭少英道：「我沒有忘。」
葛停香道：「但你卻是空著手來的。」
蕭少英道：「我答應你的是什麼時候？」
葛停香道：「今夜子時。」
蕭少英道：「現在到了子時沒有？」
葛停香道：「還沒有。」
蕭少英笑道：「所以我們現在還可以喝兩杯。」
葛停香居然不再追問，淡淡道：「聰明人反而時常會做糊塗事，我只希望你是例外。」
蕭少英道：「我還沒有喝醉。」
葛停香道：「什麼時候你才會醉？」

蕭少英道：「想醉的時候。」

葛停香道：「什麼時候你才想醉？」

蕭少英道：「快了。」

葛停香凝視著他，忽然又大笑，道：「好，拿大杯來，看他到底能喝多少杯？」

只喝了三杯。

蕭少英當然還沒有醉，時候卻已快到了。

外面有更鼓聲傳來，正是子時。

葛停香眼睛裡閃著光：「現在是不是已快了？」

蕭少英道：「快了。」

他突然翻身，出手。

屋子裡兩盞燈立刻同時熄滅，屋子裡立刻變得一片黑暗。

就在這時，窗外「砰」的一響，彷彿有兩條人影穿窗而入，但卻沒有人能看得清。

窗外雖然有星光，但燈光驟然熄滅時，絕對沒有人能立刻適應。

黑暗中，只聽一聲驚呼，一聲怒吼，有人倒下，撞翻了桌椅。

接著，火石一響，火星閃動。

燈又亮起。

郭玉娘還是文文靜靜的站在那裡，臉上還是帶著甜甜的微笑。

葛停香也還是端坐未動，手裡還是拿著杯酒。

蕭少英看來也彷彿沒有動過，但雪白的衣服上，卻已染上了一點點鮮血，就像是散落在白雪上的一瓣瓣梅花。

屋子裡已有兩人倒下，卻不是葛停香。

倒下去的是楊麟和王銳。

四

沒有風，沒有聲音。

子時已過，夜更深了，屋子裡靜得就像是墳墓。

忽然間，「叮」的一聲響，葛停香手裡的酒杯一片片落在桌上。

酒杯早已碎了，碎成了十七八片。

王銳伏在地上，發出了輕微的呻吟，楊麟卻似連呼吸都已停止。

蕭少英低著頭，看著衣服上的血跡，忽然笑了笑，道：「你現在是不是已明白？這身衣服我爲什麼只準備穿一天。」

葛停香點點頭，目中帶著笑意：「從今以後，無論多貴的衣服，你都可以只穿一天。」

蕭少英道：「這句話我一定會記得。」

葛停香道：「我知道你的記性很好。」

蕭少英道：「我也沒有做糊塗事。」

葛停香微笑道：「你的確沒有醉。」

蕭少英忽然嘆了口氣，道：「但現在我卻已準備醉了。」

葛停香道：「只要你想醉，你隨時都可以醉。」

蕭少英道：「我……」

他剛說出一個字，死人般躺在地上的楊麟，突然躍起，撲了過去。

這一撲之勢，還是像豹子般剽悍兇猛。

他自己也知道，這已是他最後一擊。

而最後一擊通常也是最可怕的。

可是蕭少英反手一切，就切在他的左頸上，他的人立刻又倒下。

他的人倒下後，才嘶聲怒吼。

「你果然是個賣友求榮的小人，我果然沒有看錯。」

「你看錯了。」蕭少英淡淡道：「我從來也沒有出賣過朋友。」

楊麟更憤怒道：「你還敢狡辯？」

蕭少英道：「我爲什麼要狡辯？」

楊麟道：「你……你難道沒有出賣我？」

蕭少英笑了笑，道：「我當然出賣了你，只因爲你從來也不是我的朋友。」

他沉下了臉，冷冷道：「雙環門裡，沒有一個人是我的朋友。」

他被逐出雙環門，的確沒有一個人爲他說過一句話。
王銳伏在地上，將自己的臉，用力在冰冷堅硬的石頭上摩擦，忽然道：「這不能怪他。」
楊麟嘶聲道：「不能怪他？」
王銳道：「這只能怪我們自己，我們本不該信任他的，他本來就是個卑鄙無恥的畜牲。」
他抬起臉，臉上已血肉模糊：「我們相信他，豈非也變成了畜牲？」
楊麟突然大笑，瘋狂般大笑：「不錯，我是個畜牲，該死的畜牲。」
他也開始用頭去撞石板，在石板上摩擦，他的臉也已變得血肉模糊。
蕭少英看著他們，臉上居然毫無表情，忽然轉向葛停香：「我已將他們送給了你。」
「不錯！」
「他們現在已是你的人。」
「不錯。」
蕭少英淡淡道：「但他們現在卻辱罵你的分堂主，你難道就這樣聽著？難道還覺得很好聽。」
葛停香道：「不好聽。」
他忽然高聲呼喚：「葛新！」
「在。」
「帶這兩人下去，想法子把他們養得肥肥的，愈肥愈好。」
蕭少英剛才進來的時候，連半條人影都沒有看見，可是這句話剛說完，門外已出現四個人。

等他們將人抬出去，葛停香才笑了笑，道：「你知不知道我為什麼要把他們養肥？」

蕭少英也在微笑。

葛停香道：「你懂？你說吧。」

蕭少英道：「只有日子過得很舒服的人，才會長肥。」

葛停香道：「不錯。」

蕭少英道：「一個人日子若是過得很舒服，就不想死了。」

葛停香道：「不錯！」

蕭少英道：「不想死的人，就會說實話。」

他微笑著又道：「你只有等到他們肯說實話的時候，才能查出來，雙環門是不是已被完全消滅。」

葛停香又大笑：「好，說得好，再拿大杯來，今夜我也陪他醉一醉。」

郭玉娘嫣然道：「現在你們的確都可以醉一醉了。」

六　密室密談

一

燈光在搖曳，是不是有了風？

風是從哪裡來的？

郭玉娘的腰肢爲什麼在扭動？——屋子爲什麼也在動？

「你醉了。」

蕭少英想搖頭，可是又生怕一搖頭，頭就會掉下來。

「這次你只怕是真的醉了？」

是不是真的？

是真醉也好，假醉也好，反正都是醉。

真真假假，假假真真，人生本就是一齣戲，又何必太認真？

「你應該去睡一睡。」

好，睡就睡吧。

睡睡醒醒，又有什麼分別，人生豈非也是一場夢？

「後面有客房，你不如就睡在這裡。」說話的聲音很甜，是郭玉娘。

「你帶我去？」

「好，我帶你去。」

郭玉娘在開門，葛停香爲什麼沒有阻攔？

他是不是也醉了？

葛新站在門外，動也不動的站著。

蕭少英忽然走過去，捏了捏他的臉：「這個人是不是個木頭人？」

當然不是的。

蕭少英吃吃的笑，不停的笑。

他本來就喜歡笑，現在好像也已到了可以盡情笑一笑的時候。

風吹過長廊。

原來風是從花叢裡來的，是從樹影間來的，是從那一點點星光中來的。

人呢？

人是從哪裡來的？又要往哪裡去？

客屋是新蓋的，新粉刷好的牆壁，新糊上的窗紙，新的檀木桌子，新的大理石桌面上，擺著新的銅燈台，新的繡花被鋪在新床上。

一切都是新的。

蕭少英是不是已將開始過一種和以前完全不同的新生活？

他倒了下去，倒在那張寬大而柔軟的新床上：「這是張好床。」

「這張床還沒有別人睡過。」郭玉娘的聲音也是柔軟的，比床上的繡花被還柔軟。

「可是一個人睡在這麼好的床上，簡直比一個人喝酒還沒意思。」

「我可以找個人來陪你。」她知道他的眼睛一直盯在她的腰上，但卻並沒有生氣。

她還在笑：「無論你喜歡什麼樣的女人，我都可以替你去找。」

「我喜歡的就是你。」

蕭少英忽然跳起來，摟住了她的腰，然後兩個人就一起滾倒在床上。

郭玉娘輕呼著，掙扎著。

可惜她的手也是軟的，連一點力氣都沒有。

她整個人都是軟的，又香又甜又軟，就像是一堆棉花糖。

她的胸膛卻比棉花還白，白得發光。

蕭少英壓在她身上，她動都動不了，只有不停的呻吟喘息。

她可以感覺到她的腿已被分開。

「求求你，不要這樣子，這樣子不行……」

她既不能抵抗，也無法掙扎，只有哀求，卻不知哀求反而更容易令男人變得瘋狂。

蕭少英已經在撕她的衣服，她咬著嘴唇，突然大叫。

就在這時，一隻手伸過來，一把揪住了蕭少英的衣領，將他整個人都拎了起來。

另一隻手已摑在他臉上，摑得並不重，只不過是要他清醒。

蕭少英果然清醒了些，已能看見葛停香鐵青的臉。

葛停香居然還沒有醉，正在狠狠的瞪著他，厲聲的道：「你好大的膽子！」

蕭少英居然還在笑：「我的膽子本來就不小。」

葛停香道：「連我說的話你都敢忘記？」

蕭少英道：「我沒有忘。」

葛停香怒道：「你沒有？」

蕭少英道：「你說過，不准我多看她，也不准我胡思亂想，我都記得。」

葛停香更憤怒，道：「既然記得，爲什麼還敢做這種事？」

蕭少英笑嘻嘻的道：「因爲你並沒有不准我動她，你從來也沒有說過。」

葛停香看著他，目中居然又露出笑意，忽然放開手，板著臉道：「你最好老老實實的睡一覺，等你酒醒了，再來見我。」

蕭少英又倒下去，用被蒙住了頭，嘴裡卻還在咕嘟：「這麼大的床，叫我一個人怎麼睡得著。」

他畢竟還是睡著了，而且很快就睡著。

等他醒來時，才發現自己並不是一個人睡在床上，旁邊居然還睡著個女人。

就像是朵鮮花般的女人，雪白的皮膚，甜蜜的嘴唇，眼睛更媚得令人著迷。

郭玉娘？

蕭少英幾乎忍不住要跳了起來，揉了揉眼睛，再睜開，才發現這女人並不是郭玉娘，只不過長得跟郭玉娘有六七分相似。

「你是誰？」

「我叫小霞。」這女孩也睜大了眼睛，在看著他：「郭小霞。」

蕭少英笑了：「難道這地方的女人也全都姓郭？」

「只有兩個人姓郭。」

「哪兩個人？」

「我跟我姐姐。」

蕭少英終於明白：「郭玉娘是你姐姐？」

小霞眨著眼，道：「你是不是也認爲我跟她長得很像？」

蕭少英道：「像極了。」

小霞撇了撇嘴，道：「其實我跟她完全是兩個人。」

蕭少英道：「哦。」

小霞道：「我姐姐是個害人精。」

蕭少英又笑了。

小霞道：「也許她並不是真的想勾引別人，可是她天生就是個害人精，只要一看見男人，就會變得那樣子，讓別人以爲她對人家有意思。」

蕭少英道：「然後呢？」

小霞冷笑一聲，道：「男人本來就是喜歡自作多情的，看見她這個樣子，當然就忍不住想去勾搭勾搭她。」

蕭少英道：「以前也有人試過？」

小霞道：「非但有，而且還不止一個。」

蕭少英道：「現在……」

小霞冷笑道：「現在那些人已全都進了棺材。」

蕭少英嘆了口氣，苦笑道：「原來老爺子的醋勁還不小。」

小霞道：「所以我才奇怪。」

蕭少英道：「奇怪什麼？」

小霞盯著他，道：「你昨天晚上不是也試過？」

蕭少英道：「我也是個男人。」

小霞道：「但你現在居然還活著。」

她冷冷的接著道：「只要敢打她主意的男人，老爺子從來也沒有放過一個，我實在想不通他這次怎麼會放過了你？」

蕭少英笑道：「所以你就想來研究研究我，究竟有什麼跟別人不同的地方。」

小霞又撇了撇嘴，冷笑道：「你以爲是我自己要來的？」

蕭少英道：「你不是？」

小霞道：「當然不是。」

蕭少英道：「難道是老爺子叫你來的？」

小霞也嘆了口氣，道：「所以我更想不通，老爺子本來一向對我很好，從來也不許別的男人碰我，這次爲什麼偏偏一定要我來陪你？」

蕭少英眼珠子轉了轉，正色道：「這當然有原因。」

小霞忍不住問：「什麼原因？」

蕭少英翻了個身，一隻手摟住了她的腰肢，對著她的耳朵，輕輕道：「因爲他知道你一定會喜歡我的。」

二

花圃裡盛開著鳳仙、月季和牡丹，牆下的石榴花也開了。

長廊下有八個人垂手肅立，每個人看來都比葛新精壯剽悍。

這地方白天的防衛，爲什麼比晚上嚴密？

葛新想必已去睡了，無論誰總要有睡覺的時候。

蕭少英大步走過長廊，葛停香正在密室中等著見他。

葛老爺子一向很少在密室中接見他的屬下，他將蕭少英找來，莫非又有什麼機密的事？

「蕭堂主駕到。」

蕭少英剛走到門口，已有人在大聲叱喝，天香堂屬下分堂主的威風果然不小。

門立刻開了。

開門的竟是葛停香自己，郭玉娘並不在屋裡。

蕭少英鬆了口氣，他實在也有點不好意思再見郭玉娘。

葛停香背負著雙手，神情看來很悠閒，窗戶是開著的，一陣陣花香被風吹進來，太陽正照在屋角。

「今天的天氣真不錯。」葛停香嘴角帶著微笑，悠然道：「你的臉色看來卻不太好。」

蕭少英苦笑道：「我的頭還在痛，昨天晚上，我好像真有點醉了。」

葛停香道：「連小霞進去的時候你都不知道？」

蕭少英苦笑著搖頭。

葛停香道：「難道你竟虛度了春宵？」

蕭少英苦笑著點頭。

葛停香道：「所以你今天早上一定要想法子補償補償。」

蕭少英道：「所以我的臉色看來才會不太好。」

葛停香大笑，彷彿已完全忘記了昨夜的事。

他拍著蕭少英的肩笑道：「所以你從今以後最好還是老實些，那丫頭好像很不容易對付。」

蕭少英道：「她的話也很多。」

葛停香道：「她說了些什麼？」

蕭少英道：「她在奇怪，你爲什麼會放過我？」

葛停香道：「你也在奇怪？」

蕭少英苦笑道：「昨天晚上的事，我並沒有完全忘記。」

葛停香道：「那件事你雖然做錯了，但有時一個人做錯事反而有好處。」

蕭少英不懂：「做錯事也有好處？」

葛停香道：「一個人若有很深的心機，很大的陰謀，就絕不會做錯事。」

蕭少英好像還不懂：「可是我……」

葛停香道：「你若是來伺機復仇的，昨天晚上就不會喝得大醉，更不會做出那種事來。」

蕭少英終於懂了：「所以我雖然做錯了事，反而因此證明了我並沒有陰謀。」

葛停香微笑道：「所以今天我才會找你來。」

蕭少英忍不住問道：「來幹什麼？」

葛停香忽然轉過身，閂起了門，關上了窗戶，回過頭時，神情已變得很嚴肅：「我本來就一直想找個像你這樣的幫手。」

蕭少英道：「現在你還需要幫手？」

葛停香道：「因爲我還有對頭。」

蕭少英道：「雙環門已垮了，西北一帶，還有誰敢跟你作對？」

葛停香道：「只有一個。」

蕭少英道：「是個什麼人？」

葛停香道：「不是一個人，是一條龍。」

蕭少英輕輕吐出口氣：「一條青龍？」

葛停香點點頭。

蕭少英聳然動容：「青龍會？」

葛停香嘆了口氣，道：「除了青龍會外，還有誰敢跟我們作對？」

蕭少英閉上了嘴，青龍會是個多麼可怕的組織，他當然也聽說過的。

葛停香道：「據說青龍會屬下的秘密分舵，已多達三百六十五處，幾乎已遍佈天下。」

蕭少英道：「隴西一帶也有他們的分舵？」

葛停香道：「幾年前就已有了，只可惜這地方一直是雙環門的天下，所以他們的勢力一直沒有法子擴展。」

蕭少英道：「現在雙環門雖然垮了，天香堂卻已代之而起。」

葛停香道：「所以他們還是沒有機會！」

蕭少英道：「他們若是還有點自知之明，就應該從此退出隴西。」

葛停香冷笑道：「只可惜他們連一點自知之明都沒有。」

蕭少英也在冷笑，道：「難道他們還敢在這裡跟天香堂一爭短長？」

葛停香道：「他們甚至想要我也歸附他們，將天香堂也劃作他們的分舵。」

蕭少英冷笑道：「這簡直是在做夢！」

葛停香道：「只可惜這並不是夢。」

他神情更嚴肅：「他們已給了我最後的警告，要我在九月初九之前，給他們答覆。」
蕭少英道：「你若不肯呢？」
葛停香道：「我若不肯，我就活不過九月初九的晚上。」
蕭少英道：「這是他們說的話？」
葛停香道：「不錯。」
蕭少英道：「這簡直是在放屁。」
葛停香道：「只可惜這也不是放屁。」
青龍會說出來的話，一向是只要能說得出，就能做得到的。
蕭少英道：「你已見過他們的人？」
葛停香搖搖頭：「我只接到過他們三封信。」
蕭少英道：「連送信的人你都沒有見到？」
葛停香道：「沒有。」
蕭少英道：「信上具名的是誰？」
葛停香道：「九月初九。」
蕭少英道：「這是什麼意思？」
葛停香道：「一年有三百六十五天，他們的分舵正好有三百六十五處，所以他們一向都是用日子來做分舵的代號。」
蕭少英道：「九月初九就是他們隴西分舵的代號？」

葛停香道：「想必是的。」

蕭少英道：「這分舵的舵主是誰？」

葛停香道：「沒有人知道。」

蕭少英道：「也沒有人知道這分舵在哪裡？」

葛停香道：「沒有。」

他嘆了口氣，道：「這也正是他們最可怕的地方，他們若敢光明正大的來跟我鬥一鬥，我並不怕，但這又使我不得不提防著他們的暗箭。」

他緊握著雙拳，顯得很憤怒、很激動，似已忘了他對付雙環門時，用的也並不是什麼光明正大的手段。

蕭少英居然也立刻表示同意：「明槍易躲，暗箭難防，這句話我一直都認爲說得很不錯。」

葛停香道：「還有句話，你最好也記住。」

蕭少英道：「哪句話？」

葛停香道：「先下手的爲強，後下手的遭殃。」

他冷笑著，又道：「他們既然已準備在九月初九那天對付我，我就得在九月初九之前，先去對付他們。」

蕭少英道：「所以你一定還要先把他們的分舵找出來。」

葛停香點點頭，道：「這也正是我準備讓你去做的事。」

說到這裡，他才總算說到了正題：「這件事當然很不容易辦，我想來想去，也許只有你才能做得到。」

蕭少英沉思著，並沒有問他：「為什麼？」

葛停香卻已在解釋：「因為你雖然已是這裡的分堂主，外面卻沒有人知道，你雖然是個絕頂聰明的人，卻很會裝傻。」

蕭少英忽然問道：「你說你接到過他們三封信？」

葛停香點點頭，道：「信上說的話，我已全告訴了你。」

蕭少英道：「我還是想看看。」

葛停香道：「為什麼？」

蕭少英道：「因為這三封信，就是我們唯一的線索。」

葛停香嘆道：「只可惜我已看了幾十遍，卻是一點線索也沒有看出來。」

三

同樣的信箋，同樣的筆跡。

信箋用的是最普通的一種，字寫得很工整，但卻很拙劣。

信上說的話，也正是葛停香全都已告訴他的。

葛停香直等蕭少英在窗下反反覆覆看了很多遍，才問道：「你看出了什麼？」

蕭少英沉吟著，道：「這三封信全都是一個人寫的。」

這一點無論誰都可以看得出，看出了也沒有用。

葛停香道：「你能看得出這是誰寫的？」

蕭少英搖搖頭，道：「但我卻看出了另外兩件事。」

葛停香立刻問：「哪兩件？」

蕭少英道：「第一，這三封信並不是在同一個地方寫的。」

葛停香道：「哦。」

蕭少英道：「因爲這三封信的信箋筆跡雖相同，用的筆墨卻不一樣。」

葛停香道：「這一點也算是條線索？」

蕭少英道：「非但是條線索，而且很重要。」

葛停香道：「我倒看不出有什麼重要。」

蕭少英道：「這三封信是不是很機密？」

葛停香點點頭。

蕭少英道：「你若要寫這麼樣三封信給你的對頭，你會在什麼地方寫？」

葛停香道：「就在這裡。」

蕭少英道：「因爲這裡不但是你的密室，也是你的書房。」

葛停香道：「不錯。」

蕭少英道：「青龍會的分舵主寫這三封信給你，是不是也應該在他的書房中寫？」

葛停香道：「不錯。」

蕭少英道：「一個人的書房裡，會不會有兩種品質相差極大的筆墨？」
葛停香道：「不會。」
蕭少英道：「可是他寫這三封信用的筆墨，品質相差卻極大。」
葛停香道：「哦。」
蕭少英道：「他寫第一封信用的，是極上品的宋墨和狼毫筆，寫第三封信用的，卻是那種最多只值兩文錢的禿筆和墨盒。」
葛停香沉吟著，道：「由此可見，這三封信絕不是在他書房裡寫的。」
蕭少英道：「這麼機密重要的信，他爲什麼不在自己的書房密室中寫？」
葛停香道：「你說是爲了什麼？」
蕭少英道：「也許這只有一種理由。」
葛停香道：「哪一種？」
蕭少英道：「他根本沒有書房。」
葛停香道：「以青龍會的聲勢，他們的分舵裡，怎麼會沒有書房？」
蕭少英道：「這也只有一種解釋。」
葛停香道：「哪一種？」
蕭少英道：「他們在這裡根本沒有分舵。」
葛停香怔住。
蕭少英道：「他們就算在這裡有分舵，也絕不是一個固定的地方，而是流動的，這分舵裡的人，隨時都在改變他們的聚會之處，也隨時都在改變他們藏身之處。」

葛停香的眼睛裡發出了亮光，說道：「因爲這裡一直是雙環門的天下，他們根本沒法子在這裡生根。」

蕭少英點點頭，道：「這也正是他們最可怕的地方。」

葛停香道：「哦？」

蕭少英道：「就因爲他們的人隨時都在流動，所以無論何處，都很可能有他們的人隱藏。」

葛停香動容道：「連天香堂裡也有可能？」

蕭少英既沒有承認，也沒有否認，卻改變話題，道：「我還看出了另外一件事。」

葛停香道：「你說。」

蕭少英道：「這三封信的字跡雖然工整，字卻寫得很壞，而且每個字都微微向左傾斜，顯然是一個慣用右手寫字的人，改用左手寫出來的。」

葛停香道：「這一點又證明了什麼？」

蕭少英道：「慣用右手的人，改用左手書寫，通常也只有一種目的。」

葛停香道：「哪一種？」

蕭少英道：「他不願自己的筆跡，被別人辨認出來。」

葛停香動容道：「難道這個人的筆跡，我本該認得出的？」

蕭少英沉默。

沉默也有很多種，他這種沉默的意思，顯然是承認。

葛停香道：「難道他這個人也是我認得的，難道他就躲在天香堂裡？」

蕭少英依然沉默。

這些話他已不必回答，葛停香自己心裡想必也已明白。

窗外還是陽光燦爛，他鐵青的臉上卻已佈滿了陰霾，慢慢的坐下來，凝視著桌上的筆硯，忽然道：「我用的也是狼毫和宋墨。」

蕭少英點點頭。

他顯然早已看出來。

葛停香道：「第一封信，我是在上個月中旬收到的。」

蕭少英道：「哦。」

葛停香道：「那時大局未定，這地方還很亂，我也不像現在一樣，並不時常在書房裡。」

蕭少英道：「那時外面是不是也有人守衛？」

葛停香道：「有。」

蕭少英道：「既然有人守衛，能進來的人還是不會太多。」

葛停香道：「不多。」

他的臉色更陰沉，突然冷笑，道：「多不多都一樣，只要有一個人能進來已足夠。」

蕭少英道：「第三封信你是在哪天收到的？」

葛停香道：「前兩天。」

蕭少英道：「那時這地方已安定下來，他也不敢再冒險在這裡寫信了。」

葛停香道：「嗯。」

蕭少英道：「那種兩文錢一副的筆墨，不但到處都有，而且用時也很方便。」

葛停香道：「所以他隨時隨地都有機會寫那封信。」

蕭少英笑了笑，道：「就算蹲在茅坑裡，都一樣可以寫，而且寫完了隨手就可以把筆墨拋入茅坑裡去。」

葛停香握緊了雙拳，道：「所以，這三封信都是忽然出現了，我卻始終查不出送信的人是怎麼混進來的！」

蕭少英目光閃動，道：「我昨天晚上進來時，也很方便。」

葛停香冷冷道：「那只因爲進來的人是你。」

蕭少英道：「若是別人呢？」

葛停香答道：「你進來的那條路上，一共安置有十一道暗卡，絕沒有任何人能夠無聲息的通過，除非……」

蕭少英道：「除非他也跟我一樣，是你的屬下親信。」

葛停香冷笑。

蕭少英道：「據我所知，能接近你的人並不多。」

葛停香道：「不多。」

蕭少英道：「因爲你的屬下的四位分堂主，如今已死了三個。」

葛停香的臉色又變了。

他已聽出了蕭少英說的這句話裡，必定還含有深意，他正在等著蕭少英說下去。

誰知蕭少英忽然又改變話題，道：「這地方晚上的守衛，是不是比白天疏忽？」

葛停香道：「你為何會這麼樣想？」

蕭少英道：「因為現在外面有八個人守衛，晚上卻只有葛新一個。」

葛停香淡淡道：「那只因為一個人有時遠比八十個人還有用。」

蕭少英道：「葛新是個很有用的人？」

葛停香道：「你看不出？」

蕭少英苦笑，道：「我實在看不出。」

「若連你都看不出，就表示他這個人以後更可以重用。」

蕭少英道：「看來他非但深藏不露，而且一定很少做錯事。」

葛停香道：「他的確從來也沒有做錯過一件事……」

他的聲音突然停頓，臉色也變了。

——一個人若是有很深的心機，很大的陰謀，就絕不會做錯事的。

這是他自己剛說過的話，他當然不會忘記。

蕭少英正微笑著，看著他，悠然道：「他跟著你想必已有多年，若是真的連一件事都未做錯過，那的確很不容易。」

葛停香沉著臉，緩緩道：「三年，他跟我也只不過才三年。」

蕭少英道：「三年雖不算長，卻也不能算短了。」

葛停香道：「他本來的名字叫章新。」

蕭少英道：「這名字我從來未聽說過。」

葛停香道：「我也沒有。」

兩個人互相凝視，沉默了很久，葛停香忽然道：「他住的地方也在後院。」

蕭少英道：「哦。」

葛停香道：「就在你昨夜住的那間屋子後面，門口種著棵白楊樹。」

蕭少英道：「哦。」

葛停香道：「從今天起，你不妨也在這裡住下來，我可以叫小霞陪著你。」

蕭少英道：「可是……」

葛停香不讓他說下去，又道：「可是我也知道你受不慣拘束，所以你白天還是可以自由出入，只不過每天晚上一定要回來。」

蕭少英道：「爲什麼？」

葛停香道：「因爲我說的。」

他沉著臉，又道：「我要你替我在這裡留意著，只要一發現可疑的人，就立刻帶來見我。」

蕭少英道：「你說的話就是命令，可是我說出的話……」

葛停香道：「從今天起，你說的話也是命令，若有人敢抗命，先打斷他的腿。」

蕭少英道：「我可以全權作主？」

葛停香道：「你直接受命於我，除此之外，別的事你都可以全權作主。」

蕭少英道：「別的人也得聽我的？」

葛停香道：「不錯。」

蕭少英道：「連王桐也不例外？」

葛停香一字字道：「無論誰都不例外。」

蕭少英笑了笑，道：「其實我並沒有懷疑王桐，他跟王銳雖然是親兄弟，可是他們兄弟間並沒有秘密。」

葛停香臉上全無表情，王桐、王銳的關係，他顯然早已知道。

蕭少英道：「我懷疑的是另外一件事。」

葛停香道：「什麼事？」

蕭少英道：「那天你們夜襲雙環莊，去的一共有十三個人。」

葛停香道：「不錯。」

蕭少英道：「除了你和王桐外，四位分堂主也全都去了。」

葛停香道：「不錯。」

蕭少英道：「還有七個人是誰？」

葛停香道：「是我從外地請來的高手。」

蕭少英道：「花錢請來的嗎？」

葛停香道：「不錯。」

蕭少英道：「現在他們的人呢？」

葛停香道：「我找他們來，只不過是爲了對付雙環門的。」

蕭少英道：「現在雙環門既然已被消滅，他們也就全都走了。」

葛停香道：「每個人都帶著五萬兩銀子走了。」

蕭少英微笑道：「五萬兩銀子的確已不少，只不過也不太多。」

葛停香道：「還不太多？」

蕭少英道：「你能出得起五萬兩，青龍會說不定可以出十萬兩。」

葛停香動容道：「你懷疑他們也是青龍會的人？」

蕭少英道：「我只不過覺得很奇怪，那一戰之中，爲什麼他們全都沒有傷損，死的爲什麼全都是你的屬下親信？」

葛停香又握緊雙拳，那一戰的情況確實很混亂，除了專心對付盛天霸外，他確實沒有注意別的事。

天香堂的那四位分堂主，究竟是死在誰手下的？——是雙環門的子弟？還是他自己請來的那些幫手？

葛停香也不能確定。

蕭少英淡淡道：「我只不過覺得，你既然能收買他們，青龍會也同樣能收買他們。」

他慢慢的接著道：「那一戰之後，雙環門雖然垮了，天香堂的元氣也已大傷，真正得利的，也許就是青龍會。」

葛停香忽然冷笑，道：「我以前既然可以找到他們，現在還是一樣可以找得到。」

蕭少英道：「找到他們又如何？他們難道還會承認自己是青龍會的人？」

葛停香道：「無論他們是不是都一樣！」

蕭少英道：「怎麼會一樣？」

葛停香冷冷道：「到了這種時候，我已不怕殺錯人。」

——寧可殺錯一千個人，也不能放走一個。

這本就是江湖梟雄們做事的原則。

蕭少英道：「你準備叫誰去找？王桐？」

葛停香正在考慮。

蕭少英道：「以王桐一個人之力，能對付他們七個？」

葛停香沒有回答這句話，也不必回答，他忽然高聲呼喚：「葛成。」

門外立刻有人應聲：「在！」

葛停香已發出簡短的命令：「叫王桐來，快！」

蕭少英沒有再問，也不必再問。

他知道葛停香叫王桐來只有一個目的。

殺人！

他也很了解王桐殺人的手段，從葛停香發出命令的一刻開始，那七個幫兇已等於是七個死人！

七　暗殺

一

天香堂是個很大的莊院，一重重的院落也不知有多少重。

葛新住的地方是第六重院子，窄門前果然種著棵白楊樹。

門是開著的，裡面寂無人聲，葛新彷彿已睡得很沉，他看來的確總是很疲倦。

蕭少英背負著雙手，慢慢的走出這重院子，一個人恭恭敬敬的跟在他身後。

「你就叫葛成？」

「是。」

「你跟葛新認得已多久？」

「快三年了。」

「你們就住在一個院子裡？」

「是。」

「你覺得他是個什麼樣的人？」

「他好像是個怪人，平常很少跟我們說話。」

「也不跟你們喝酒？」

「他不喝酒，吃喝嫖賭這些事，他從來連沾都不沾。」

葛成不但有問必答，而且態度很恭謹，答得很詳細。

因爲這是老爺子的命令。

——帶著蕭堂主到處去看看，從今天起，你就是蕭堂主的長隨跟班。

蕭少英對這個人覺得很滿意，他喜歡聽話的人。

「你喝不喝酒？」

「我別的嗜好都沒有，就只喜歡喝點酒。」葛成囁嚅著，終於還是說了實話。

蕭少英更滿意——酒鬼豈非總是喜歡酒鬼的？

第七重院落裡繁花如錦，屋簷下的鳥籠裡，一對綠鸚鵡正在「吱吱喳喳」的叫。

「誰住在這院子裡？」

「是郭姑娘姐妹，還有六個小丫頭。」

「老爺子常到這裡來？」

「老爺子並不常來，郭姑娘卻常到老爺子那裡去。」

蕭少英笑了，又問：「郭姑娘已來了多久？」

「好像還不到兩年。」

「她妹妹呢？」

「郭姑娘來了七八個月後，才把二姑娘接來的。」

「二姑娘是不是也常到老爺子屋裡去？」

葛成立刻搖了搖頭，道：「二姑娘是個規矩人，平常總是足不出戶，從來也沒有人看見她走出過這個院子。」

蕭少英又笑了。

後面的一重院子裡，濃蔭滿院，彷彿比郭玉娘住的地方還幽靜。

有風吹過，風中傳來一陣陣藥香。

「這院子裡住的是誰？」

「這是孫堂主養病的地方。」

「孫堂主？孫賓？」

葛成點了點頭，嘆息著道：「以前的四位分堂主，現在也就只剩下孫堂主一位了。」

「他受的傷很重？」

葛成又點點頭：「他老人家受的是內傷，雖然換了七八個大夫，每天都得喝七八劑藥，可是直到今天，還是連一點起色都沒有，連站都沒法子站起來。」

蕭少英沉吟著，道：「我久聞他是個英雄，既然來了，就得去拜訪拜訪他。」

葛成想阻攔，卻又忍住。

對他說來，現在蕭少英的話也已是命令，命令只能服從。

他們剛走進院子，樹後忽然有人影一閃。

是個很苗條的人影，穿的彷彿是件鵝黃色的春衫。

蕭少英居然好像沒看見。

葛成卻看見了，搖著頭，說道：「這丫頭的年紀其實也不小了，卻還是像個孩子似的，總是不敢見人。」

蕭少英淡淡問道：「這丫頭是誰？」

葛成道：「一定是翠娥，郭姑娘使喚的丫頭們，全都是大大方方的，只有她最害羞。」

蕭少英道：「她也是郭姑娘的丫頭？」

葛成道：「是的。」

他好像生怕蕭少英誤會，立刻又解釋著說道：「孫堂主喝的藥水，一向都是由郭姑娘的丫頭們照顧的。」

蕭少英道：「哦？」

葛成道：「因爲她們都是由郭姑娘親手訓練出來的，做事最小心，照顧人也最周到。」

蕭少英笑了笑道：「只可惜孫堂主病得不輕，否則他一定還有很多別的事可以讓她們照顧。」

孫賓病得果然不輕。

屋子裡潮濕而陰暗，濃蔭遮住了陽光，門窗也總是關著的。

「孫堂主不能見風。」

藥香很濃。

「孫堂主每天都要用七八劑藥。」

現在正是盛暑。

這位昔年曾以一條亮銀盤龍棍，橫掃河西七霸的鐵漢，如今竟像是個老太婆般躺在床上，身上居然還蓋著棉被。

他非但一點也不嫌熱，而且好像還覺得很冷，整個人都蜷在棉被裡。

有人推門走了進來，他既沒有翻身，也沒有開口。

「翠娥剛走，孫堂主想必剛喝了藥，已睡著了。」葛成又在解釋：「每次用過藥之後，他都要小睡一陣子的。」

蕭少英遲疑著，終於悄悄退出去，輕輕掩上了門：「我改天再來。」

可是他並沒有立刻離開，站在門口，又停留了半晌，彷彿在聽。

他並沒有聽見什麼。

屋子裡很安靜，連一點聲音都沒有。

暮風中卻隱約有鐘聲傳來。

「是誰在敲鐘？」

「是後面的廚房裡。」

「現在已到了晚飯的時候了？」

「我們晚飯總是吃得早，因為天不亮就得起床了。」

「你趕緊去吃飯吧。」蕭少英揮手道：「天大的事，也沒有吃飯重要。」

「那麼你老人家……」

「我並不老。」蕭少英微笑道：「我自己還走得動。」

二

夕陽滿天，晚霞紅如火。

院子裡靜無人聲，蕭少英背負著雙手，慢慢的走到樹後。

一棵三五個人都抱不攏的大榕樹。

那個穿著鵝黃春衫，燕子般輕盈的人影，早已不見了。

可是蕭少英卻一直沒有看見有人走出這院子。

他繞著這棵大樹走了一圈，嘴角帶著微笑，笑得很奇怪。

就在這時，短牆外突然有人影一閃，一蓬銀光，暴雨般打向他的背。

他背後並沒有長眼睛，幸好他還有耳朵，而且耳朵很靈。

風聲窄響，他的人已竄起。

「叮」的一響，十七八根銀針釘在樹幹上，他的人卻已掠出短牆。

牆外的院子裡，繁花如錦，在夕陽下看來更燦爛輝煌。

剛才的人影卻已不見了。

花叢間有三五精舍，簷下的黃銅鳥籠裡，突然響起了一聲輕喚：「有客，有客……」

好一對多嘴的綠鸚鵡。

蕭少英只有走過去。

還沒有走到門口，已有個大眼睛、長辮子的綠衫少女迎了出來，手叉著腰，瞪著他問：「你來找誰的？」

蕭少英笑了笑，道：「我不是來找人的。」

小姑娘的樣子更兇：「既然不找人，鬼鬼祟祟的來幹什麼？」

蕭少英道：「只不過隨便來看看。」

「你知不知道這裡是什麼地方？」

「因爲我知道，所以我才來。」

小姑娘用一雙大眼睛上上下下的看著他：「你是什麼人？你姓什麼？」

「我姓蕭。」

小姑娘忽然不兇了，眨著眼笑道：「原來你就是蕭公子，你一定是來找我們二姑娘的。」

蕭少英只有承認：「二姑娘在不在？」

小姑娘吃吃的笑道：「她當然不在，連飯都沒吃，她就到蕭公子屋裡去了。」

蕭少英正想走，這小姑娘忽然又道：「我叫翠娥，蕭公子若有什麼事吩咐，只管叫人來找我，我不但會炒菜，還會溫酒。」

她叫翠娥。

她穿的是一身翠綠衣服。

她並不害羞。

那個不好意思見人的黃衫少女又是誰呢？

葛成是在說謊？還是根本沒看清楚？

三

「二姑娘臨走的時候，還特地叫我們小廚房做了幾樣菜送過去，現在，她一定在等著蕭公子回去喝酒。」

蕭少英沒有回去。

他反而又回到孫賓養病的那院子，門是他掩起來的，並沒有從裡面閂起。

他推開門走進去。

屋子裡更陰暗，孫賓還是蜷曲在棉被裡，連身都沒有翻。

床下面的一雙棉布鞋，還是整整齊齊的擺在那裡。

蕭少英還記得這雙鞋是怎麼樣擺著的，若是有人穿過，他一眼就可以看出來。

這雙鞋也沒有人動過。

蕭少英皺了皺眉，好像覺得有點奇怪，又好像覺得有點失望。

——難道他懷疑剛才暗算他的人，就是這重病的孫賓？

無論如何，這屋子裡的確充滿了一種說不出的陰森詭秘之意，無論誰都很難在這裡耽下去。

他準備走，剛轉過身子，就看見了葛停香。

葛停香的腳步很輕。

蕭少英想不到這麼樣一個高大的人，走路時的腳步竟輕如狸貓。

他卻忘了吃人的虎豹也和貓一樣，腳下也長著厚而柔軟的肉掌。

他們本就是同一種動物，都要有新鮮的血肉才能生存。

貓吃的是魚鼠，虎豹吃的是狐兔，葛停香吃的是人。

門外夕陽正照在葛停香身上，使得他看來更雄壯威武。

「你現在想必也已看出來了。」他忽然道：「暗算你的人，絕不是孫賓。」

「你已知道我被人暗算？」

葛停香淡淡道：「這裡的事，從來沒有一件瞞得過我的。」

他攤開手掌，掌心托著枚銀針：「暗算你的人，用的是不是這玩意兒？」

蕭少英板著臉道：「這不是玩意兒，這是殺人的暗器，只要有一根打在我身上，現在我早就已是個死人。」

葛停香卻笑了笑，道：「你不必對我生氣，暗算你的人並不是我。」

蕭少英道：「這也不是你的暗器？」

葛停香道：「這是我剛從那棵樹上起出來的。」

蕭少英道：「你知不知道這裡有誰能用這種歹毒的暗器？」

葛停香搖搖頭，道：「我也看得出這種暗器很毒……」

蕭少英打斷了他的話，道：「發暗器的手法更毒，一下子就發出了十七八根。」

葛停香道：「我已數過，只有十四根。」

蕭少英道：「十四根和十七八根也沒什麼太大的分別。」

葛停香道：「分別很大。」

蕭少英道：「分別在哪裡？」

葛停香道：「若是十七八根，就連我也看不出這是什麼暗器了。」

蕭少英道：「現在你已看出來？」

葛停香點點頭，道：「這種針雖細，可是打在樹上後，每一根都直透樹心。」

蕭少英道：「若是打在我身上，只怕已透入我骨頭裡。」

葛停香道：「一定會透入你的骨頭裡。」

蕭少英目光閃動，似已明白他的意思：「什麼人能有這麼大的手勁？」

葛停香道：「沒有人。」

蕭少英道：「所以這種暗器一定是機簧鋼筒發出來的？」

葛停香點點頭，道：「世上的機筒暗器，最可怕的一種當然是孔雀翎。」

蕭少英嘆道：「幸好這不是孔雀翎，否則就算有十個蕭少英也全都死光了。」

葛停香道：「除了孔雀翎外，還有幾種也相當霸道，七星透骨針就是其中之一。」

蕭少英動容道：「這就是七星透骨針？」

葛停香道：「所以它若打在你身上，就一定會透入你骨頭裡。」

蕭少英道：「七星應該是七根針。」

葛停香道：「練七星透骨針的人，都是左右雙手聯發的，這也正是它最可怕的地方。」左右雙手聯發，兩筒針正好是十四根。

蕭少英道：「能用這種暗器的人並不多。」

葛停香道：「這種暗器本就極難打造，最近更很少在江湖中出現。」

蕭少英拈起他手裡的銀針，道：「看來這玩意兒好像也並沒有什麼特別出奇的地方。」

葛停香道：「可是發射這玩意兒的針筒，卻出奇得很。」

蕭少英道：「哦？」

葛停香道：「據說昔年『七巧童子』爲了打造這種暗器，連頭髮都白了，一共也只不過才打造出七對，現在雖然還有剩下的，也絕不會太多。」

蕭少英苦笑道：「看來我的運氣真不錯，居然就恰巧被我遇上了一對。」

葛停香道：「我也想不到這種暗器居然會在這裡出現。」

蕭少英道：「你也不知道這是誰的？」

葛停香搖搖頭。

蕭少英道：「不管他是誰，反正一定是天香堂裡的人。」

葛停香突然冷笑，道：「不管他是誰，他這件事都做得很愚蠢。」

蕭少英道：「我若已死了，他這件事就做得一點也不愚蠢了。」

葛停香道：「但是你現在並沒有死，他卻已暴露了他的身分。」

蕭少英笑了，笑聲中帶著種譏嘲之意。

「你已知道他的身分？」

「嗯。」

「他是什麼身分？」

「他身上有一對七星透骨針的針筒。」葛停香道：「這就是他的身分。」

蕭少英臉上譏嘲的笑容已不見：「所以我們只要找出這對針筒來，就可以找出他的人。」

「你總算明白了我的意思。」

「可是針筒並不是長在身上的，他隨時都可以扔掉。」

「他一定捨不得。」葛停香道：「無論誰有了這種暗器，都絕對捨不得扔掉。」

「他能不能藏到別的地方去？」

「不能。」

「爲什麼？」

「因爲這是他的防身利器。」葛停香冷笑道：「我若要到青龍會裡去臥底，我也一定會將我的防身利器隨時隨刻都帶在身上。」

蕭少英嘆了口氣——看來薑還是老的辣。

他忽然發現葛停香實在不可輕視。

「只可惜這種事絕不能明查，只能暗訪。」

葛停香道：「所以我們不但要隨時睁大眼睛，還得要耐心。」

「不管怎麼樣，我們現在總算已知道天香堂裡確實有青龍會的人。」

「不錯。」

「我們也已知道，這個人身上一定有一對七星透骨針的針筒。」

「所以你的任務雖然剛開始，卻已有了收穫。」葛停香又露出微笑。

「難道他們已知道你交給我的是什麼任務，所以才對我下手？」

「也許他們只不過是在懷疑。」葛停香道：「做賊心虛，這種人的疑心總是特別重的。」

「我的疑心也很重。」蕭少英苦笑道：「剛才我一直在懷疑孫賓。」

現在他們當然也走出了孫賓的屋子。

風吹榕葉，樹幹上還釘著十三枚銀針。

他們就站在這棵榕樹下，風吹木葉聲，正好掩護了他們說話的聲音。

「絕不會是孫賓。」

「爲什麼？」

「他跟著我已有十五年，一向是我最忠實的朋友。」葛停香的語氣很肯定。

「可是天香堂的四位分堂主已經死了三個。」蕭少英卻還在懷疑，道：「他的運氣爲什麼會比別人好？」

葛停香笑了笑道：「因爲他一直是跟在我身邊的。」葛停香又接道：「否則他只怕也已死在李千山手下。」

「你殺了李千山？」

葛停香嘆息：「只可惜我出手還是遲了一步，他受的傷很重。」

「所以你又少了個好幫手。」

葛停香黯然點頭。

「可是我一定會想法子讓他活下去的，就算要我砍掉一隻左手，我也在所不惜。」

「我也希望他活著，跟他交個朋友。」蕭少英嘆道：「能被你如此看重的人，好像並不多。」

「的確不多。」

葛停香忽然拍了拍他的肩：「所以你一定也要替我好好活著。」

蕭少英臉上居然露出了被感動的表情來。

「我也一定要找出那個人。」他說得很堅決：「我一定會要他後悔的。」

「因爲他也暗算了你？」

蕭少英點了點頭：「我不喜歡被人暗算。」

「沒有人喜歡被人暗算的。」

「不管怎麼樣，這個人你一定要交給我。」

「我不但可以把他交給你，還可以把很多事都交給你。」葛停香微笑著，又拍了拍蕭少英的肩：「只要你能找出這個人來，隨便你要什麼，我都給你。」

「真的？」

葛停香彷彿又有了些疑難。

「只不過我已是個老人，會看上我的女人已不多，能讓我看上的女人也不多。」他還是在微笑：「我知道你一定會爲我保留一些的。」

蕭少英也笑了。

「不該要的，我當然不會要，也不想，我並不是個貪心不足的人。」

「所以我喜歡你這種人。」

葛停香慢慢的走出院子：「一個人只要懂得知足，就一定能活得比別人長些，而且也一定比別人活得快樂。」

四

白楊是春天的樹，現在卻已經是秋天。

葛新門外的白楊樹，木葉已凋，只剩下了一樹枯枝。

蕭少英又到了這棵樹下。

他還是沒有回到自己屋裡去，他知道小霞一定在等他。

一個女人若是已被男人征服，無論要她等多久，她都會等。

可是一個男人若暗算了別人，就絕不會等著別人來抓證據。

他一定要找出這個人的證據來。

他好像已認定這個人不是孫賓，就是葛新。

——暗算他的那個人，的確是個男人，他看得出，看得很清楚。

可是他卻沒有看見葛停香。

葛停香也沒有回書房，此刻正站在院子外面的短牆下，背負著雙手聽著院子裡的動靜。

他聽見了兩下敲門聲，只敲了兩下，葛新沒有回應，也沒有開門。

他知道蕭少英絕不會在外面等著，更不會就這麼樣走了的。

——這小子若要到一個人的屋裡去，世上絕沒有任何一扇門能擋得住他。

「砰」的一聲，門果然被撞開了。

葛停香目中又露出笑意。

——這件事不能明查，只能暗訪。

這句話雖然是他自己說的，可是他並沒有出去阻攔，他想看看蕭少英用什麼新法子來處理這件事。

他也想看看葛新怎麼樣應付。

門被撞開了之後，屋子裡居然沒有響起驚呼怒喝的聲音。

葛新一向是個很沉得住氣的人。

看著蕭少英闖進來，他居然還躺在床上沒有動，只不過嘆了口氣，喃喃道：「看來我下次應該換種比較薄的木板來做門才對。」

蕭少英冷笑道：「不是換厚一點的？」

葛新搖搖頭，道：「厚木板不好，一定要換薄的，愈薄愈好。」

蕭少英忍不住問道：「爲什麼？」

葛新道：「薄木板一撞就破，那麼蕭堂主下次要來時，就不會撞痛身子了，也不必再費這麼大的力氣。」

蕭少英笑了。

「這次我也沒有費力氣。」他笑得實在有點令人毛骨悚然：「我的力氣要留著殺人。」

「殺人？殺誰？」

「我只殺一種人。」蕭少英沉下了臉：「想在背後暗算我的人。」

「誰敢暗算蕭堂主？」

「你也不知道？」

「不知道。」葛新打了個呵欠：「我很難得有機會好好睡一覺。」

「你剛才一直都在睡覺。」

葛新點點頭：「就因爲我總是睡不夠，所以只要一睡著，就睡得像死人一樣。」

「只可惜你看來並不像死人。」蕭少英冷笑道：「也不像剛睡醒的樣子。」

「剛睡醒的人應該是什麼樣子？」

「剛睡醒的人，鞋底下不會有泥。」

葛新的腳正好從被窩裡露了出來，腳底的確很髒……這是不是因爲他剛才赤著腳溜出去過，還打出了兩筒七星透骨針。

「我的腳面上也很髒。」葛新道：「我不喜歡洗腳，據說洗腳傷元氣。」

蕭少英盯著他。

「你的力氣是不是也要留著殺人的？在背後用暗器殺人？」

「只不過我也只殺一種人。」

「哪種人？」

「我一殺就死的那種人。」

「人有失手，馬有失蹄。」蕭少英冷笑道：「無論誰都難免偶而失手一兩次的。」

葛新忽然張大了眼睛，吃驚的看著他，好像直到現在才聽出他的意思。

「蕭堂主難道認爲我就是那個在背後發暗器的人？」

蕭少英冷冷道：「不管是不是你都一樣。」

葛新道：「都一樣？」

蕭少英道：「我都一樣要殺你……」

葛新怔住。

蕭少英道：「站起來。」

葛新苦笑道：「我既然已經要死了，爲什麼還要站起來？」

蕭少英道：「我不殺躺著的人。」

葛新道：「但是我卻喜歡躺著死。」

他嘆了口氣喃喃道：「一個人要死的時候，總該有權選擇怎麼樣死的。」

蕭少英冷笑道：「我要你站著死，你就得站著死。」

葛新道：「看來你並不像是個這麼不講理的人。」

蕭少英道：「現在我變了。」

他忽然衝過去，一把揪住了葛新的衣襟，反手摑在他臉上。

葛新非但完全不閃避，反而閉上了眼睛，淡淡道：「現在你自己是分堂主，你可以不講理，只不過我也可以不站起來。」

蕭少英道：「我總有法子叫你站起來的。」

他的手又揮出，忽然聽見床底下發出一陣奇怪的聲音，就像是牙齒打戰的聲音。

「床底下莫非有人？」

蕭少英膝蓋一撞，木板床就垮了，下面立刻又響起一聲驚呼。

是女人聲音。

床下果然有人，一個幾乎完全赤裸的女人。

這次怔住的是蕭少英。

這女人不僅年輕，而且很漂亮，堅挺的胸，纖細的腰，修長的腿。

蕭少英雖然沒有盯著她看，卻已看得很清楚。

他的眼睛一向很不老實的。

這女孩子的臉已紅了，一把拉過葛新身上的被，卻忘了葛新下半身，除了這床被外，也像個剛出世的嬰兒一樣。

這次蕭少英雖然看了一眼，卻沒有看清楚。

葛新苦笑道：「你現在總該明白我爲什麼不肯站起來了吧？」

蕭少英也不禁苦笑：「我現在也明白你爲什麼總是睡眠不足了。」

那女孩子忽然大聲道：「那麼你更該明白，暗算你的人絕不是他。」

蕭少英道：「你一直都在這裡？」

女孩子的臉更紅，卻還是點了點頭：「他也一直都沒有出去過。」

蕭少英看了看她，又看了看葛新，忽然笑了。

她已將棉被分了一半蓋在葛新身上，棉被下面還在動。

蕭少英微笑道：「有你這麼樣一個女孩在身邊，看來他的確不會有空出去暗算別人的。」

女孩子咬著嘴唇，道：「他就算想出去，我也不會讓他走的。」

蕭少英笑道：「我看得出，我是個很有經驗的男人。」

女孩子居然笑了笑，道：「我也看得出。」

蕭少英大笑。

「我若有這麼樣個女子陪著我，我也會睡眠不足的。」他大笑著，拍了拍葛新的肩：「可是你爲什麼不早說？」

「因爲……」葛新囁嚅道：「因爲這件事不能讓老爺子知道。」

「爲什麼？」

「因爲她是郭姑娘房裡的人，本不能到我這裡來的。」葛新終於說了實話。

「她也是郭姑娘房裡的人？她叫什麼？」

「叫翠娥。」

翠娥，又是翠娥。

「那裡一共有幾個翠娥？」

「只有一個。」

蕭少英又不禁苦笑，只有一個翠娥，他卻已見到了三個。

「我就是翠娥，你告訴老爺子我也不怕，我死也要跟著他。」翠娥居然拉住了葛新：「不管死活，我都要跟著他。」

看來這翠娥倒是真的。

另外那兩個呢？

「翠娥」這名字既不太好，又不特別，她們為什麼要冒翠娥的名？

葛成為什麼要說謊？他是替誰在說謊？

「我雖然有點不講理，卻不算太不識相。」蕭少英終於走了，對這種事他總是很同情的，他微笑著走出去，還特地把那扇已被他撞裂的門閂起來。

「只不過你倒真該換個門了，一定要換厚點的木板，愈厚愈好。」

五

「只可惜遇著了你這種人，我就算替他裝個鐵門，也一樣沒有用的。」

這句話是葛停香說的。

蕭少英一走出院子，就看見了葛停香。

他臉上居然還帶著微笑，又道：「看來你的疑心病的確很重，而且很不講理的。」

蕭少英也笑了笑，道：「寧可殺錯一千人，也不能放過一個，這句話好像是你自己說的。」

葛停香道：「我說的話你全都記得？」

蕭少英道：「每個字都絕不會忘記。」

葛停香看著他，目中露出滿意之色。

「我並不是個很苛求的人。」他慢慢說道：「因爲我的兄弟們不但都爲我流過汗，也流過血，所以他們平時就算荒唐些，我也不過問。」

「可是你對葛新卻是例外的。」

葛停香承認：「他晚上的責任很重，我要他白天好好的養足精神。」

蕭少英笑了笑，道：「無論誰跟翠娥那種女人在一起，都沒法子養好精神的。」

葛停香也笑了：「聽她說話，對葛新倒不是虛情假意。」

蕭少英道：「你準備成全他們？」

葛停香點了點頭，道：「一個男人到了相當的年紀，總是需要個女人的，他今天雖然做錯了事，可是……」

蕭少英替他說了下去道：「有時做錯了事反而有好處，因爲一個人若是有很深的心機，很大的陰謀，就絕不會做錯事的。」

葛停香大笑，道：「我說的話，你果然連一句都沒有忘記。」

夕陽的最後一瞥餘暉，正照著他們的笑臉，今天他們的心情彷彿特別愉快。

「你若沒有別的事，就留下來陪我吃晚飯，我爲你開一罈江南女兒紅。」

「我有事。」蕭少英居然拒絕了他的邀請。

「什麼事？」

「我也是個男人，而且也已到了相當年紀。」蕭少英笑了笑道：「聽說小霞還特地爲我燒了幾樣好菜。」

葛停香又大笑：「有小姑娘在等著的時候，當然沒有人願意陪我這老頭子吃飯。」

「有一個人。」蕭少英笑著：「就算有八百個小姑娘在等著，她一定還是寧願陪你。」

葛停香當然知道他所說的是誰。

「可是我今天沒有打算要她來。」

「爲什麼？」

「因爲我不願別人把我看成個無精打采的老頭子。」葛停香笑道：「有她在旁邊，也沒有人能養好精神的。」

蕭少英忽然又露出被感動的表情。

他忽然發現這老人已將他當做朋友，這種話本就是只有在朋友面前才能說得出口的。

葛停香又拍了拍他的肩。

「你走吧，我叫人把那罈女兒紅也替你送去，既然有好菜，就不能沒有好酒。」

蕭少英忽然道：「我留下來陪你。」

葛停香卻搖了搖頭，笑道：「你不必陪我，一個人年紀若是漸漸老了，就得學會一個人喝酒吃飯，我早已學會了。」

他帶著笑，大步走出院子。

蕭少英看著他高大的背影消失在暮色裡，眼裡忽然露出種很奇怪的表情，彷彿有些悲傷，又彷彿有些恐懼。

他已漸漸了解這老人。

他發現這老人並不如他想像中那麼冷酷無情。

友情豈非本就是因了解而產生的？

這本不是件應該悲傷恐懼的事。

他心裡究竟在想著什麼？

沒有人知道——蕭少英的心事永遠都沒有人知道。

八 廝殺

一

暮色已臨。

葛停香走上長廊，長廊裡已燃起了燈，燈正照在廊外的鳳仙花上。

他臉上居然還帶著微笑，他忽然覺得蕭少英這青年人有很多可愛的地方。

「假如我能有個像他一樣的兒子……」

他沒有再想下去。

他沒有兒子。

早年的掙扎奮鬥，艱辛血戰，使得他根本沒有成家的機會。

可是現在他已百戰功成，已不必再掙扎奮鬥。

百戰英雄遲暮日，溫柔不住住何鄉？

——也許我已該叫玉娘替我養個兒子。

他正想改變主意，再叫人把郭玉娘找來，忽然聽見一聲慘叫。

呼聲是從後面的院子裡傳出來的。

葛停香並不是第一次聽見這種呼聲，他的刀砍在別人身上，總會聽見這個人發出這種呼喊，他已聽過無數次，但他卻是第一次聽見蕭少英發出這種呼喊。

這一聲呼喊竟赫然是蕭少英的聲音。

除了刀砍在身上時之外，絕沒有人會發出如此慘厲的呼聲。

是誰的刀砍在他身上了？

這機警靈活，武功又高的年輕人，居然也會挨別人的刀？

葛停香已竄出長廊，掠上屋脊。

他的動作仍然靈敏、矯健，反應仍然極快，看他的身手，誰也看不出他已是個老人。

歲月並沒有使他變得臃腫遲鈍，只有使他的思慮變得更周密，更沉得住氣。

但是現在他卻已沉不住氣，他想不出天香堂裡有什麼人能傷得了蕭少英，那絕不會是王桐。

王桐已奉命出去行動。

那更不會是郭玉娘。

郭玉娘根本不是拿刀的女人，她的手只適宜於被男人握在手上。

難道是葛新？

葛停香掠過了兩座屋脊，就看見下面院子裡正有兩人在惡戰。

兩個人的武功都不弱，其中有一個果然就是葛新，另一個人卻不是蕭少英。

蕭少英已倒在地上，半邊身子已被鮮血染紅，果然已挨了一刀，而且挨得不輕。

刀也被鮮血染紅了。

這柄血刀卻不在葛新手上，反在另一個人手上。

另一個竟赫然是王桐。

王桐一接到命令後，就應該立刻開始行動。

現在他為什麼還沒有走？

葛停香還沒有開始想這問題，倒臥在血泊中的蕭少英忽然平空躍起，雙腿連環飛出，用的竟是江湖鮮見的絕技，死中求活的殺招「臥雲雙飛腳」。

王桐的反應似已遲緩，閃開了他的左腳，卻閃不開他的右腳。

蕭少英一腳踢中他的後腰，葛新捏拳成鷹喙，已一拳猛擊在他喉結上。

無疑是致命的一拳。

葛停香就算想阻止，已來不及了。

他已聽見王桐喉骨折斷的聲音，已看到王桐眼睛忽然死魚般凸出。

蕭少英又倒了下去，伏在地上喘息。

王桐瞪著他，死魚般凸出的眼睛裡，充滿了憤怒與恐懼，像是想說什麼，卻連一個字都沒有說出，人已倒了下去。

葛新身上也被劃破了兩道血口，也彎下腰，不停的喘息，甚至想嘔吐。

但他卻還是掙扎著，扶起蕭少英，道：「你怎麼樣啦？」

蕭少英勉強笑了笑，道：「我還死不了。」

他扶著葛新的肩，喘息著又道：「我想不到你會來救我，我一直都看錯了你。」

葛新咬著牙，道：「我也一直都看錯了王桐。」

他們居然都沒有看見葛停香，這場生死一髮的浴血苦戰，已耗盡了他們全部精力。

葛停香的臉色鐵青。

他已躍下來，已確定王桐必死無救。

天香堂裡的這位頭一號殺手，還沒有死之前，身上的骨頭就已斷了五根。

蕭少英傷得也不輕。

葛停香直到這時，才發現他的一隻左手已被齊腕砍斷，立刻衝過去，扶起了他：「這究竟是怎麼回事？」

看見了他，蕭少英才長長吐出口氣。

「你總算來了，」他想笑，笑容卻因痛苦而變形，「我總算已替你找出了一個人。」

「一個什麼人？」

「青龍會的人！」

「王桐？」

蕭少英嘆道：「我也想不到是他，所以我才來。」

「是他要你來的？」

「他說他有機密要告訴我，誰知他竟然對我下毒手！」蕭少英悽然接道：「他好快的出手。」

葛新嘆了口氣道：「我趕來的時候，正好看見蕭堂主倒下去，王桐還趕過去砍第二刀呢。」

蕭少英苦笑道：「若不是他救了我，我早已死在王桐刀下了。」

葛新道：「我本也是不知道這是怎麼回事，也不敢出手，幸好我恰巧聽見王桐說了一句話。」

葛停香立刻問：「什麼話？」

「你要找的七星透骨針，就在我身上，等你死了後，我就送給你。」——這就是王桐在揮刀時對蕭少英說的話。

葛新道：「然後蕭堂主就問他，是不是想栽贓？他居然承認了。」

葛停香道：「所以你才出手的？」

葛新道：「他也沒有想到我會來。」

葛停香道：「你怎麼會恰巧及時趕來的？」

他來得也很快，一聽見慘呼聲就趕來了，他想不通葛新怎麼會比他來得更快。

「因爲我一直都在跟著蕭堂主，」葛新遲疑著，終於鼓起勇氣道：「我本想問問蕭堂主，老爺子在他面前說了些什麼話？」

葛停香沉著臉，忽然道：「去看看七星透骨針是不是在他身上？」

七星透骨針果然在王桐身上。

葛停香看著這對精巧的暗器，又看了看王桐，眼睛裡的表情也不知道是悲哀，是惋惜，還是憤怒？

「我一直都對他不錯，他爲什麼要做這種事，爲什麼要出賣我？」

蕭少英了解他的心情。

王桐一直是他最親信、最得力的助手，被自己最親信的人出賣，心裡的滋味當然不會好受。

「我也許不該殺他的。」蕭少英嘆道：「殺了他，就等於毀了你的一條左臂。」

葛停香忽然笑了笑。

「我雖然損失了一條左臂，卻不是沒有代價的。」

「什麼代價？」

「你。」

「可惜我只剩下一隻手。」蕭少英黯然道。

葛停香笑道：「一隻手又如何？一隻手的蕭少英，也遠比王桐好得多。」

他扶起蕭少英，又道：「所以你也不必難受，你雖然也損了一隻左手，卻替你換回了很多其他的東西回來。」

「我換回的是什麼？」

「你至少換來了我對你絕對的信心。」葛停香緩緩的說道：「從今天起，你就是天香堂的第一位分堂主。」

「可是我……」

葛停香打斷了他的話：「我已是個老人，我沒兒子，等我百年之後，這一片江山就是你的。」

「所以你一定要打起精神來，好好的去做。」

蕭少英看著他，眼睛裡又露出那種奇怪的表情，竟忘了說話。

葛停香道：「你看來好像有心事？」

蕭少英點點頭。

葛停香道：「你在想什麼？」

蕭少英笑了笑，道：「我在想，不知道今天是不是還能喝你那罈江南女兒紅。」

葛停香也笑了：「一個人的手被砍斷，居然還在想著喝酒，這種人只怕不多。」

蕭少英道：「我本來就不是人，我是個酒鬼。」

葛停香微笑著，回過頭問葛新：「你見過這樣的酒鬼沒有？」

葛新道：「沒有。」

葛停香看著蕭少英血淋淋的斷腕，忍不住嘆了口氣，說道：「這人就算是個酒鬼，也一定是個鐵打的。」

二

蕭少英並不是鐵打的，直到現在，他還是覺得很虛弱。

現在夜已很深。

葛停香用最好的刀創藥，親手爲他包紮了傷口。

「我會把那罈女兒紅留給你的，可是你現在最好不要想它。」葛停香再三囑咐：「你最好什麼都不要想，好好的睡一覺。」

蕭少英自己也知道自己應該睡一覺，但卻偏偏睡不著。

睡眠也像是女人一樣，你愈想要她的時候，她往往反而離得你愈遠。

何況他心裡還有很多事都不能不去想。

想到了女人，他就想到了郭玉娘，想到了翠娥，當然也想到了小霞。

就在他開始想的時候，小霞已來了。

燈光朦朧。

在朦朧的燈光下看來，小霞實在像極了郭玉娘，只不過比郭玉娘年輕些，眼睛比郭玉娘大些，卻沒有郭玉娘那麼嫵媚溫柔。

可是，她另外有一股勁。

蕭少英看得出，她外表雖然是個淑女，骨子裡卻是團火。

像她這種女人並不多。

就因爲這種女人不多，所以大多數男人才能好好的活著。

她已坐下來，坐在床頭，看著蕭少英，忽然道：「你知不知道我等你一下午了？」

蕭少英點點頭。

小霞道：「你如果早點回來，豈非就不會出這種事了。」

蕭少英淡淡道：「這種事也沒什麼不好。」

小霞冷笑道：「只可惜沒有女人會喜歡一隻手的男人。」

蕭少英笑道：「你錯了，大錯而特錯。」

小霞道：「哦！」

蕭少英道：「一隻手的蕭少英，也比別人的八隻手有用。」

他忽然伸出了他唯一的一隻手，抱住了小霞的腰。

他這隻手的確很有用。

一倒下去，小霞整個人都似已溶化，輕撫著他的斷臂：「你難道一點也不心疼？」

蕭少英道：「我從來也沒有爲任何事心疼過。」

小霞柔聲道：「可是我心疼，疼得要命。」

蕭少英道：「可是你看來並不像疼的樣子。」

蕭少英輕輕的咬了咬她的耳朵，她的人立刻縮成一團。

「你看來就像是隻貓。」蕭少英笑道：「一條正在叫春的母貓。」

小霞「嚶嚀」了一聲，溫暖柔軟的身子，已蛇一般纏住了他。

「我若是條貓，你就是隻老鼠。」她吃吃的笑著道：「我要吃了你。」

她好像真的已變得像要吃人的樣子。

這世上本就有這種女人，站著的時候雖然端莊文雅，可是一躺下去就變了。

她就是這種女人。

她現在已完全顧不到端莊文雅的形象了。

「輕一點行不行，莫忘記我現在是個受了傷的人。」蕭少英像是在求饒。

小霞卻偏偏不饒他。

「我不管誰叫你受傷的。」她身子在發燙：「別人都說你是個鐵人，我倒要看看你究竟是不是鐵打的？」

「我只有一個地方是鐵打，我……」

他的話還沒有說完，她已一口咬在他脖子上，連血都咬了出來。

可是她的嘴並沒有放鬆，眼睛裡反而發生了異樣的光。

蕭少英從來也沒有怕過女人，現在卻好像有點害怕了。

這個人的情慾，簡直就像是野獸一樣。

——事實上，她有很多地方都像野獸一樣。

——「二姑娘是個規矩人，平常總是足不出戶，從來也沒有人看見她走出過這院子。」

他又想起了葛成說的話。

葛成看來也像是個老實人，說的卻偏偏像是謊話。

爲什麼？

蕭少英沒有再想下去，也沒空再想。

有了小霞這麼樣一個女人在旁邊，無法也不會有空去想別的。

幸好就在這時，窗外忽然有人在輕喝：「二姑娘？」

「誰？」

「我，翠芬。」

「什麼事？」

「大姑娘有事，請二姑娘趕快。」

小霞嘆了口氣。

「平常她從來也不管我，一有事她就來催命了，這就是她的本事。」

她輕攏著鬢髮，想站起來。

蕭少英卻又抱住了她的腰。

小霞嬌笑著求饒：「放過我好不好？我去去就來。」

「不行，不准你去。」

「可是我姐姐一向比我兇，我不去，她會生氣的。」小霞居然也有怕的人。

「你姐姐是誰？」

「你壞死了。」小霞嘟起了嘴，「……你明明知道，爲什麼還要故意問。」

「你說的是郭玉娘？」

「嗯。」

蕭少英忽然笑道：「你自己就是郭玉娘，爲什麼還要找你自己？」

小霞彷彿吃了一驚：「你說什麼？」

蕭少英淡淡道：「我說你就是郭玉娘，郭玉娘就是你。」

小霞吃驚的看著他，摸了摸他的額角：「你是不是在發燒？」

蕭少英道：「我清醒得很，從來也沒有這樣清醒過。」

小霞道：「那麼你為什麼一定要說我就是我姐姐？」

蕭少英道：「因為我今天看見一樣怪事。」

小霞道：「你看見了什麼呢？」

蕭少英道：「我看見了三個翠娥。」

小霞嘆了口氣。

「你一定是發燒，而且燒得很厲害，所以你說的話，我連一句都不懂。」

「你應該懂的，而且比別人都懂。」蕭少英淡淡道：「可是我本來卻不懂，翠娥明明只有一個，怎麼會變成了三個？」

「現在你已懂了？」

蕭少英點點頭。

「三個翠娥中當然有兩個是假的。」

「哪兩個？」

「我在孫賓那院子裡看見的不是翠娥，是你。」蕭少英道：「我沒有看清楚，葛成也沒有看清楚，但是他卻知道你常常到那裡去，他不願讓我知道這件事，所以就隨口編了個謊話來騙我，說你是翠娥。」

「孫堂主的病，本就是我在照應的，就算我到了那裡去，也不算什麼奇怪的事。」

「但你卻不是真正的小霞。」蕭少英道：「我第一個看的翠娥，才是真正的小霞。她當然也知道你的秘密，所以，也不願我知道她才是小霞，就也隨口說了個謊，說她就是翠娥。」

「爲什麼她們不說別的名字，都說翠娥，難道這名字特別好？」

「這名字並不好。」蕭少英道：「只不過她們都知道翠娥白天都躲在葛新房裡，絕不會被我見著，所以才選了這名字。」

他笑了笑：「誰知道我卻偏偏闖進葛新屋裡去，看見了那個真的翠娥。」

小霞眨了眨眼睛，道：「我若不是小霞，爲什麼要冒充她呢？」

「因爲小霞隨便跟什麼男人在床上都沒關係，郭玉娘卻不行的。」

「因爲郭玉娘知道老爺子的醋勁很大？」

「只可惜老爺子的醋勁雖然大，別的勁卻不大，有時候甚至有點怕郭玉娘，寧願把自己一個人關在書房裡。」

蕭少英嘆了口氣，又道：「郭玉娘卻偏偏是個少不了男人的人。」

「郭玉娘冒充小霞，難道就不怕老爺子知道？」

「因爲老爺子從來也不管別人的私事，也不會到郭玉娘房裡去，他若要找郭玉娘的時候，翠芬就會去通知的。」

「就好像剛才一樣？」

「不錯，就好像剛才一樣，剛才就是老爺子在找你。」

「所以你認爲我就是郭玉娘。」

「你根本就是。」

「看來你的確是個很厲害的人，比我想像中還要厲害得多。」

「我本來也沒有把握，只不過覺得很奇怪，世上怎麼會有長得這麼像的姐妹。」蕭少英笑了笑：「你的易容術本來是很不錯，只可惜你卻不肯把自己扮得醜些。」

「因爲我根本想不到有人會揭穿我的秘密。」她居然也笑了笑，不再否認。

她笑得嫵媚而甜蜜、慢慢的接著道：「這秘密揭穿後，對你們男人並沒有好處。」

蕭少英道：「幸好這秘密現在還沒有被揭穿。」

郭玉娘道：「哦！」

蕭少英道：「除了我之外，現在還沒有別人知道這件事。」

郭玉娘道：「你是不是個能保守秘密的人？」

蕭少英道：「這就得看了。」

郭玉娘道：「看什麼呢？」

蕭少英道：「看你是不是有法子能讓我保守秘密了？」

郭玉娘笑得更媚，道：「我一定會想出個法子來的，我……」

她的聲音被打斷。

蕭少英手又攬住了她的腰。

就在這時，突然間，兩個人同時發出了一聲驚呼——

蕭少英的胸膛上，已被刺了一刀，刀鋒仍留在胸膛上。

可是他的手，也已擰住了郭玉娘的右腕，將她整個手臂都擰到背後，厲聲道：「你竟敢暗算我，竟敢下毒手？」

郭玉娘嘶聲道：「你瘋了嗎？」

蕭少英道：「瘋的是你。」

郭玉娘美麗的臉已因痛楚而扭曲，道：「你放開我。」

蕭少英道：「不放。」

郭玉娘道：「難道你想擰斷我的手！」

蕭少英冷冷道：「不但要擰斷你的手，還想挖出你的眼睛，割下你的舌頭。」

他的手更用力。

郭玉娘耳中已可聽見被擰斷的聲音，忍不住流淚哀求。

「只要你放過我這一次，隨便要我怎麼樣，我都答應你。」

蕭少英冷笑道：「我也想放開你，只可惜你說的話，我一個字也不信。」

郭玉娘道：「你要怎麼樣才信？」

蕭少英道：「桌上有筆墨，你想必一定會寫字的。」

郭玉娘道：「你要我寫什麼？」

蕭少英道：「寫一首詩，我吟一句，你寫一句。」

郭玉娘道：「你不放開我，我怎麼寫？」

蕭少英道：「你還有左手。」

郭玉娘嘆了口氣，道：「我左手寫字很難看，可是你若一定要我寫，我也沒法。」

蕭少英冷冷道：「你最好快寫，若是寫得慢了，只怕就一輩子再也休想看你這隻右手。」

郭玉娘咬著嘴唇，道：「你爲什麼還不快唸？」

蕭少英已開始在唸：「本屬青龍會，來作臥底奸，厭臥老人側，竊笑金樽前，雙環已腐朽，此地亦不遠，九月初九日，停香奈何天。」他唸一句，郭玉娘就寫一句。

她是個非常聰明、非常美麗的女人，像她這種女人，最不能忍受的，就是肉體上的痛苦。

蕭少英將她寫的看了一遍，忽然大聲呼喝道：「葛成。」

他知道外面一定有人在守著，也知道葛成與郭玉娘之間，一定有極不平常的關係。

葛成本就是個很精壯的男人。

「在……」

門外已有人應聲而入。

進來的人，果然是葛成。

蕭少英冷冷道：「你想不想活下去？」

葛成點點頭，臉上已變了顏色。

蕭少英道：「你若想活下去，就趕快將這張紙送去給老爺子。」

葛成去得真快。

郭玉娘看著他走出去。

她看了看蕭少英，忽然笑了。

她搖著頭笑道：「你這首詩做得實在不太高明。」

蕭少英淡淡道：「我並不是李白。」

郭玉娘道：「你這件事做得也不太高明。」

蕭少英道：「哦！」

郭玉娘道：「我實在想不到你會做出這麼滑稽的事。」

蕭少英道：「這件事很滑稽？」

郭玉娘冷笑道：「不但滑稽，簡直滑稽得要命。」

蕭少英道：「要誰的命？」

郭玉娘道：「當然不會要我的命，老爺子並不笨。」

蕭少英道：「他本來就不笨。」

郭玉娘道：「難道你真的認爲他看了那首詩，就會相信我是青龍會的人？」

蕭少英道：「難道你不是？」

郭玉娘嘆了口氣，道：「不管我是不是，現在都已沒關係了。」

蕭少英道：「爲什麼呢？」

郭玉娘道：「因爲你已做了件又可憐、又滑稽的笨事。」

蕭少英忽然也笑了笑，道：「只不過這件事的確能要人的命。」

他沒有再說下去。

郭玉娘也沒有再問。

他們都已聽見了門外的腳步聲。

一種狸貓般的腳步聲，踏在落葉上，輕得又彷彿一陣風。

老爺子終於來了。

蕭少英蒼白的臉上，忽然泛起了一陣興奮的紅暈。

他知道所有的一切事，現在都已將近到了結局。

這結局本是他一手造成的。

九　仇恨

一

沒有敲門，門已被推開。
葛停香慢慢的走進來，走到郭玉娘面前。
他的雙拳緊握，目光就像是一雙出了鞘的刀，盯著郭玉娘的臉。
郭玉娘輕輕嘆了口氣，道：「你總算來了，快叫他放開我的手。」
葛停香沒有開口。
他看著她凌亂的衣襟、凌亂的頭髮，眼睛裡忽然充滿了悲哀和憤怒。
他慢慢的伸出手，攤開，他乾燥堅定的手也已變得潮濕而顫抖了。
他的掌心捏著一團已揉皺了的紙，忽然問：「這是不是你寫的？」
郭玉娘咬緊了牙，道：「是他強迫我寫的，每個字都是。」
葛停香道：「當然是。」
郭玉娘道：「你知道？」
葛停香冷冷道：「誰也不會心甘情願的寫出自己的罪狀來的。」
郭玉娘道：「可是上面寫的那些話，也不是我自己的意思。」

葛停香道：「我只問你這是不是你自己的筆跡？」

郭玉娘只有承認：「是的。」

葛停香忽然冷笑，道：「你自己去看，這是不是一個人的筆跡。」

他拋出那團揉皺了的紙，拋在郭玉娘面前。

郭玉娘攤開，才發現紙有兩張，一張是剛才那首詩，另一張卻是一封信。

——九月初九日，不歸順，就得死！

這是青龍會的最後通牒，看筆跡也是用左手寫出來的。

兩張紙上的筆跡，果然是完全一樣的，只不過……

郭玉娘忽然叫了起來，道：「這……這不是我寫的。」

葛停香冷笑道：「你剛才沒有否認。」

郭玉娘道：「我剛才沒有看出來，這不是我剛才寫的那張紙。」

「本屬青龍會，來作臥底奸……」

紙上的詩句雖然完全一樣，可是筆跡卻已不一樣了。

她當然認得出自己的筆跡。

是誰寫了這麼樣完全相同的一首詩來害她？

葛停香道：「這張紙是不是這裡的？」

郭玉娘點點頭，桌上還有一疊同樣的紙。

葛停香道：「寫詩用的筆墨，是不是這裡的筆墨？」

郭玉娘也只有承認。

葛停香道：「我已問過葛成，他也知道這是蕭少英強迫你寫的，他接過之後，就立刻趕去送給我，就算有人想再仿造一張，也萬萬來不及，何況別人也沒有這樣的筆墨、這樣的紙。」

郭玉娘道：「可是我……」

葛停香打斷了她的話，冷冷道：「你現在總該已明白，蕭少英故意要你用左手寫這首詩，爲的只不過要騙出你的筆跡來。」

郭玉娘的心沉了下去。

她忽然發現這件事的確一點也不滑稽，卻真的能要命。

蕭少英嘆了口氣，苦笑道：「我本來也想不到她會是青龍會的人，更想不到她會忽然下毒手來暗算我，幸好我沒有醉，否則這一刀就已要了我的命了。」

郭玉娘又叫了起來，大聲道：「你瘋了嗎……」

葛停香答道：「他沒有瘋，瘋的是你，你本不該做這種蠢事的。」

郭玉娘道：「可是我並沒有暗算他，我根本沒有動過手。」

葛停香道：「這一刀不是你刺的？」

郭玉娘道：「絕不是。」

葛停香冷笑道：「若不是你，難道是他自己？」

沒有人會自己對自己下這種毒手的。

無論誰都看得出，蕭少英絕不是個瘋子。

葛停香道：「他殺了王桐，他知道的秘密太多，又太聰明，現在距離九月初九已不遠，你絕不能讓他活到那一天。」

郭玉娘道：「可是我明明知道他的武功，我爲什麼要自己下手？」

葛停香道：「因爲你知道他已對你動了心，而且已受了傷，這正是你最好的機會。」

他眼睛裡又充滿了悲哀和憤怒，徐徐道：「只可惜你不但低估了他，也看錯了他，他並不是那種會爲女人去死的男人，世上絕沒有任何女人能騙過他，連你也不能。」

郭玉娘道：「可是……」

葛停香緊握雙拳道：「可是你卻幾乎騙過了我。」

郭玉娘道：「難道你……你寧願相信他，不相信我？」

葛停香道：「我本來也寧願相信你的……」

要一個老人承認自己被一個自己心愛的女人欺騙，那的確是種令人很難忍受的痛苦。

他堅毅嚴肅的臉已因痛苦而扭曲，黯然道：「我也寧願殺了他，說他是騙子，在冤枉你。」

郭玉娘突然冷笑，道：「可是你不能這麼樣做，因爲你是葛停香，是個了不起的大英雄，你當然不能爲了一個女人毀了你的威望。」

葛停香道：「絕不能的。」

郭玉娘道：「爲了表現你自己是個多麼有勇氣，多麼有決心的人，你只有殺了我？」

葛停香道：「天香堂能有今天，並不是我一個人造成的，天香堂的基業下，也不知已埋藏了多少人的屍骨，就算我不惜讓你毀了它，那些死後的英魂也不會答應。」

他慢慢的轉過身，沉聲呼喚道：「葛新！」

葛新就站在門外。

在夜色中看來，他顯得更冷酷鎮定，就像是變成了第二個王桐。

王桐的任務通常只有一種：殺人！

蕭少英放開了郭玉娘的手，他知道現在她已無異是個死人。

葛停香已連看都不再看她一眼，緊握的雙拳上，青筋凸出。

他已下了決心！

葛停香的決心，是不是真的沒有人能動搖？

郭玉娘忽然衝過來，拉住了他的衣襟，嘶聲道：「你爲什麼要叫別人來殺我，你爲什麼不敢自己動手？」

葛停香手掌一劃，衣襟斷裂。

這就是他的答覆，他們之間的恩情，也正如這衣襟一樣被劃斷。

郭玉娘咬緊了牙，冷笑道：「不管怎麼樣，我總是你的女人，你若真的是個男子漢，要殺我，就應該自己動手。」

她忽然撕開了自己的衣襟，露出了雪白的胸膛。

「只要你忍心下手，隨時都可以拔出你的刀，把我的心挖出來。」

她的乳房玲瓏堅挺，就如白玉。

她知道他絕不忍下手的，她了解他對她的感情和慾望。

只可惜她這次想錯了。

葛停香的眼睛裡，並沒有慾望，只有憤怒。

這雙晶瑩無瑕的乳房，本是他所珍愛的，現在他才知道，曾經撫摸佔有過的並不止他一個人。

這種忌妒的火焰，甚至遠比怒火更強烈。

他已是個老人。

她卻很年輕。

只要她活著，遲早總有一天要屬於別人。

「你真的要我殺了你？」

郭玉娘挺起了胸，道：「只要你忍心，我情願死在你的手上。」

葛停香道：「好。」

「好」字出口，刀已出手。

刀光一閃，閃電般刺入了她的胸膛。

郭玉娘吃驚的看著他，一雙美麗的眼睛漸漸凸出，充滿了驚慌和恐懼。

她死也不信他真的能下得了手。

「你……你好狠……」

這就是她最後說出的三個字。

二

夜已深。

晚風中帶著刺骨的寒意，郭玉娘溫暖柔軟的軀體已漸漸冰冷了。

大地也是冰冷的。

葛停香動也不動的站著，眼角不停的在跳，皺紋更深了，就像是忽然又老了十歲。

蕭少英看著他，忽然大笑，笑個不停。

葛停香忍不住厲聲道：「住口！」

蕭少英還在笑：「我沒法子住口，我忍不住要笑！」

葛停香怒道：「爲什麼？」

蕭少英笑道：「無論誰殺錯了人時，我都忍不住要笑的。」

葛停香霍然轉身，瞪著他，瞳孔收縮，全身都已繃緊。

「我殺錯了她？」

蕭少英點點頭，微笑道：「錯得很厲害。」

葛停香就像是突然被人一拳打在胸膛上，連站都已站不穩。

「她不是青龍會的人？」

「不是！」

「她沒有暗算你？」

「沒有，」蕭少英拔下胸口的刀，刀鋒很短，傷口並不深：「這把刀是我自己特地打造的，我只不過自己輕輕刺了自己一刀。」

「可是這筆跡……」

「這筆跡也不是她的，她寫的不是這一張。」蕭少英微笑著接道：「她寫的那張已被人在中途掉了包。」

葛停香踉蹌後退，倒在椅子上。

這打擊對他太大——無論對什麼人都太大。

親手殺死自己最心愛的女人，本就已是種無法忍受的痛苦，何況殺錯了。

蕭少英微笑道：「這首詩本就是我做的，紙筆也在我房裡，我早就叫人先寫了一張。」

「那三封信也是你叫人寫的？」

「不錯。」

「你才是青龍會的奸細？」

「錯了。」

「你究竟是什麼人？」

「是個早就在等著找你算帳的人。」蕭少英道：「已等了兩年。」

「兩年？」

「兩年前我被逐出雙環門，本就是爲了要對付你。」

蕭少英笑了笑：「你總該知道，我就算喝醉了，也不會真的做出那種事。」

葛停香又顯得很吃驚：「難道你並沒有真的被逐出雙環門？」

蕭少英道：「你是不是認為自己本該知道這秘密？」

葛停香道：「為什麼？」

蕭少英道：「兩年前，我們已知道雙環門中有你的奸細，而且這秘密除了先師和盛如蘭外，絕沒有別人知道。」

葛停香道：「只可惜你倒一直不知道誰是我們的奸細。」

蕭少英嘆道：「我們的確一直都看不出是誰被你收買了，雙環門的弟子本都是鐵血男兒。」

葛停香冷笑道：「鐵打的人，也一樣有價錢的。」

蕭少英恨恨道：「只恨我們一直都沒有找出來，否則雙環門也不致一敗塗地。」

葛停香道：「所以現在你就算已知道他是誰，也已太遲了。」

蕭少英道：「還不太遲。」

葛停香道：「現在你已有把握擊敗我？」

蕭少英道：「現在我已擊敗了你。」

葛停香冷笑道：「這句話，你說得未免太早了些。」

他忽然揮手，厲聲呼喚：

「葛新！」

「在！」

葛新臉上全無表情，一雙眼睛卻刀鋒般盯在蕭少英身上。

他知道自己的任務。

他的任務就是殺人。

蕭少英卻笑了，微笑著道：「他要你來殺我？」

葛新道：「是。」

蕭少英道：「你是不是真的要殺我？」

葛新道：「不是。」

蕭少英道：「你要殺的是誰？」

葛新道：「他！」

三

葛停香的心已沉了下去。

葛新要殺的人居然不是蕭少英，而是他。

他以前雖然絕對想不到，但現在卻已忽然完全明白，天香堂中的奸細既不是王桐，更不是郭玉娘。

「原來天香堂裡唯一的奸細就是你。」

葛新承認，「我唯一的朋友，就是蕭少英。」

葛停香道：「是他要你來的。」

葛新冷笑道：「若不是爲了他，我怎麼肯做葛家的奴才？」

葛停香長嘆，道：「只恨我當時竟沒有仔細查問你的來歷。」

葛新冷冷道：「那時你並沒有打算重用我，也沒有人會真心去調查一個奴才的來歷。」

葛停香道：「你倒算得很準。」

葛新道：「若是算得不準，我也不會來了。」

葛停香道：「那三封信是你寫的？」

葛新道：「每個字都是。」

葛停香嘆道：「我早就該想到的，要進我的書房，誰也沒有你方便。」

葛新道：「只可惜你一直都沒有想到。」

蕭少英笑了笑，道：「因爲你一直都在爲青龍會擔心，你全心全意都在提防著他們，根本就沒有心思去注意別的事。」

葛新道：「你認爲雙環門已一敗塗地，根本已不足懼。」

蕭少英道：「但你卻忘了，雙環門裡，還有一個蕭少英。」

葛停香道：「難道青龍會根本就沒有來找我！」

葛新道：「沒有。」

蕭少英道：「我們只不過是在利用青龍會這三個字，引開你的注意力，讓你緊張。」

無論誰心情緊張時，都難免會有疏忽。

無論多麼小的疏忽，都可能造成致命的錯誤。

蕭少英道：「王桐並沒有找我，是我找他的，我叫葛新想法子留住了他。」

葛新道：「我是你的親信，他也像你一樣，做夢都沒有懷疑到我。」

蕭少英道：「天香堂裡，我真正顧忌的，只有他。」

葛停香道：「所以你既然已決定對我下手，就一定要先殺了他。」

蕭少英道：「其實我可以多等幾天的，可是……」

葛停香道：「可是你沒有等。」

蕭少英道：「因爲我已不能再等下去。」

葛停香道：「爲什麼？」

蕭少英嘆了口氣，道：「因爲我的心腸並不太硬，因爲你對我實在不錯，我只怕我自己會改變了主意。」

直到現在葛停香才明白，爲什麼蕭少英看著他的時候，眼睛裡總會露出那種奇怪的表情。

那的確是恐懼，對自己信心的恐懼。

葛停香道：「你是不是在怕你自己會不忍對我下手？」

蕭少英長嘆道：「我的確怕，怕得要命，我付出的代價已太多。」

葛停香道：「你付出什麼？」

蕭少英道：「我至少已付出了一隻手。」

葛停香道：「這隻手也是你自己砍斷的？」

蕭少英點點頭，道：「我絕不能讓你懷疑我，我也知道王桐在你心裡的份量，我若忽然殺了他，你免不了要起疑心的。」

葛停香道：「但是無論疑心多重的人，也不會想到你會自己砍斷自己的手。」

蕭少英道：「你是個非凡的對手，我要對付你，就得用非凡的手段，也得付出非凡的代價。」

他慢慢的接著道：「不管怎樣，用一隻手去換王桐的一條命，總是值得的。」

葛新道：「他不但是你最得力的助手，也是你忠實的朋友。」

葛停香黯然道：「但我卻眼看著他死在你手裡。」

葛新冷冷道：「我絕不能讓他有開口的機會。」

蕭少英淡淡道：「其實他就算有開口的機會，你也未必會相信他的話。」

葛停香道：「我……」

蕭少英打斷了他的話，道：「郭玉娘就不是沒有開口的機會，她說的話，你豈非就一個字都不相信？」

葛停香的臉又因痛苦而扭曲。

他這一生中，做事從來沒有後悔過，可是現在他心裡的悔恨，卻像是條毒蛇，咬住了他的心。

蕭少英道：「現在你當然也明白，她寫的那首詩，筆跡爲什麼會和我那封信一樣了。」

葛停香道：「因爲那也是葛新僞造的。」

蕭少英點點頭道：「我叫葛成將那首詩去送給你，我知道他一定會先交給守在門口的葛新。」

葛停香道：「所以你就先叫他寫了一張，帶在身上。」

蕭少英道：「他還沒有進門，已將郭玉娘寫的那張掉了包。」

這計劃不但毒辣，而且周密。

葛停香道：「她跟你並沒有仇，你爲什麼一定要她死？」

蕭少英道：「我不但要她死，我還要她死在你手裡。」

葛停香道：「爲什麼？」

蕭少英眼睛裡忽然充滿了仇恨，一字字道：「因爲盛如蘭也是死在你手裡的。」

葛停香道：「盛如蘭？盛天霸的女兒？」

蕭少英道：「不錯。」

葛停香道：「你豈非就是因爲她，才被逐出雙環門的？」

蕭少英道：「我已說過，那只不過是種手段，爲了對付你的手段，其實……」

葛停香道：「其實她卻是你的情人。」

蕭少英道：「不但是我的情人，也是我的妻子，若不是你，我們本來可以快快樂樂的過一輩子，我們甚至已計劃好，要生三個兒子，三個女兒。」

他的臉也已因痛苦而扭曲，連眼睛都紅了：「但是你卻殺了她，所以我也要你親手殺死你自己最心愛的女人。」

仇恨！

這就是仇恨。

這本就是種除了報復外，絕沒有任何方法能淡忘的感情，有時甚至比愛更強烈。

蕭少英道：「現在你已親眼看著你最忠實的朋友死在刀下，又親手殺了你最心愛的女人，你活著還有什麼意思？」

葛停香道：「你要我死？」

蕭少英冷冷道：「我並不一定要你死，因為我知道你就算活著，也已等於是個死人。」

葛停香緊握雙拳，盯著他，忽然問道：「你呢？現在你活著是不是很有意思？」

這句話也像是條鞭子，重重的抽在蕭少英身上。

——報復是不是真的能使人忘記所有的痛苦和仇恨？

——已經被毀滅了的一切，是不是能因報復而重生？

蕭少英不能回答。

沒有人能回答。

世上有了人類時，就有了愛。

有了愛，就有了仇恨。

這問題遠古時就存在，而且還要永遠存在下去，直到人類被毀滅為止。

——盛天霸從十六歲出道，闖盪江湖四十年，身經數百戰，手創雙環門，也算是威風了一世，現在留下來的，卻只不過是這雙銀環而已。

——也許他留下的還不止這一點。

——還有什麼？

——仇恨！

葛停香忽然想起了郭玉娘對他說過的這些話，現在郭玉娘已死了，仇恨卻還存在。

現在他終於明白仇恨是件多麼可怕的事。

葛停香長嘆道：「你本來可以好好的活下去的，因爲我可以讓你比大數人都活得好些，我甚至已準備將天香堂交給你，但你卻寧願砍斷自己的一隻手，寧願終生殘廢。」

蕭少英道：「你現在是不是已明白，我爲什麼要這麼樣做了？」

葛停香點點頭，道：「我明白，你是爲了仇恨。」

蕭少英道：「不錯，仇恨！」

葛停香道：「所以我縱然明白了，擊敗我的卻不是你，更不是雙環門。」

蕭少英道：「我明白的。」

葛停香道：「你最好也永遠不要忘記。」

蕭少英道：「我絕不會忘記。」

葛停香忽然笑了笑，道：「只可惜你還是忘了一件事。」

蕭少英道：「哦！」

葛停香道：「你忘了一個人。」

蕭少英道：「誰？」

葛停香道：「那個真正出賣了雙環門的人。」

蕭少英道：「你錯了，我更不會忘了他的！」

葛停香道：「你已知道他是誰？」

蕭少英道：「李千山。」

葛停香又顯得很吃驚道：「你怎麼會知道一定是他？」

蕭少英道：「因爲我找不到他的屍身。」

葛停香道：「你已去找過？」

蕭少英道：「我在那亂石山崗上，整整找了十三天。」

葛停香長長吐出口氣。

他實在想不到蕭少英做這種事，世上本沒人會做這種事。

唯一能令人做這種事的，只有仇恨。

「你也已知道他在哪裡？」

蕭少英點了點頭，說道：「你不該對孫賓那麼關心的，你所以關心他，只因爲他不是孫賓，而是李千山。」

葛停香道：「就憑這一點，你就已看出來？」

蕭少英道：「還有一點。」

葛停香道：「哪一點？」

蕭少英道：「你說孫賓是傷在李千山掌下的，所以受了極重的內傷，但我卻知道，李千山的內力並不深，掌力並不重。」

他冷笑著又道：「因爲他一向是個聰明人，聰明人總是不肯吃苦，總是要走近路，要練好內功和掌力，卻沒有近路可走。」

「而且那屋子裡的光線實在太暗，『孫賓』又總是躲在被窩裡，不敢見人。」

葛停香道：「所以你早就看出他了。」

蕭少英道：「雖然並不太早，也不太遲。」

葛停香道：「你爲什麼沒有對他下手？」

蕭少英道：「我並不急。」

葛停香道：「爲什麼？」

蕭少英道：「因爲你已是個老人，又沒有兒子，等你百年之後，這一片江山就是我的，所以只要你一死，他也沒法子再活下去。」

葛停香苦笑道：「看來我說的話，你果然每句都沒忘記。」

蕭少英淡淡道：「因爲我也知道，仇人說的話，往往比朋友的更有價值。」

葛停香看著他，眼睛裡完全空洞洞的，又像是在眺望著遠方。

遠方卻只有一片黑暗。

「盛天霸臨死前也說了一句話，我也沒有忘記。」葛停香忽然道。

「他說了什麼？」

「我問他，還想不想再活下去？他的回答是——

——一個人到了該死的時候，若還想活下去，這個人不但愚蠢，而且很可憐很可笑。」

「你不想做一個可笑的人嗎？」

「我不想，」葛停香道：「我絕不想。」

他忽然走過去，從桌下拿出了一雙閃閃發光的銀環。

多情環。

環上有十三道刻痕。

「殺一個人，就在環上刻一道刀痕。」

葛停香又在上面加了一道。

蕭少英忍不住道：「你也想用這雙銀環殺人？」

葛停香道：「不錯。」

蕭少英道：「你要殺誰？」

葛停香道：「我。」

銀環還在閃著光，他慢慢的接著道：「這雙多情環在我的眼中雖然不值一文，可是它留下來的仇恨卻太可怕，這雙多情環雖然永遠無法擊敗我，可是它留下來的仇恨，卻足以毀滅我這個人。」

他說的聲音很低，但是他手裡的銀環卻已高高舉起了。

忽然間，銀光一閃，重重擊下。

鮮血雨點般濺了出來。

葛停香的人已倒了下去，倒在血泊中，忽然又掙扎著道：「還有一件事，你也不能忘記。」

蕭少英在聽著。

他並不想聽，但卻不能不聽，因爲他知道一個人在臨死時所說出來的話，一定每個字都很有價值。

葛停香並沒有讓他失望：「殺死我的並不是這雙多情環，而是仇恨！」

你若也聽過這故事，就該明白這故事給我們的教訓！

仇恨的本身，就是種武器，而且是最可怕的一種。

四

你若是已經在聽這故事，就最好再繼續聽下去，因爲現在還不是這故事的結局。

十 透骨針的秘密

一

夜深，更深。

每一個院子裡都靜悄悄的，看不見人，也聽不見人聲。人呢？

「大廚房裡每頓都要開三次飯，每次都要開十來桌。」葛新臉上帶著得意的微笑：「今天晚上，我每頓都加了菜。」

「什麼菜？」

「菜是普通的紅燒肉，伴料卻是特別爲他們從辰州買回來的。」

「什麼作料？」

「瞌睡藥。」

蕭少英笑了：「難怪他們都睡得這麼熟。」

他雖然在笑，笑容看來卻很空虛，報復並沒有爲他帶來愉快和滿足，現在他反而覺得整個人都空空洞洞的，彷彿失落了什麼。

第八重院子裡，夜色更濃，小窗戶中卻有燈光露出。

一燈如豆。

床上的病人已起來了，正坐在燈下，等著。

燈光照在他臉上，他的臉枯瘦蠟黃，的確好像是久病未癒。

可是他一雙眼睛裡卻在發著光，比燈光更亮。

門是開著的。

他看著蕭少英和葛新走進來，忽然笑了笑，道：「你們果然來了。」

蕭少英道：「你知道我們會來？」

病人點點頭。

蕭少英冷冷道：「你爲什麼還不走？是不是知道已無路可走了？」

病人又笑了。

他笑的時候，臉上還是完全沒有表情，笑聲就像是從遠方傳來的。

蕭少英盯著他，冷冷道：「你臉上這張人皮面具做得並不好。」

病人道：「所以我總是不願讓人看見。」

蕭少英道：「你想不到我會看出來？」

病人微笑道：「但我卻知道你一定會猜出來的，我一直認爲你是個絕頂聰明的人。」

他忽然轉過身，低下頭，等他再轉回來面對著蕭少英時，一張枯瘦蠟黃的臉，已變得蒼白而清秀，他少年時本是個風采翩翩的美男子。李千山，果然是李千山。

蕭少英忽然嘆了口氣，道：「我們已有兩年不見了，想不到竟會在這種情況下再見。」

李千山道：「我也想不到。」

桌上居然有酒，烈酒，他倒了一杯，自斟自飲。

李千山道：「你若不怕酒裡有毒，我也可以替你倒一杯。」

蕭少英道：「我怕。」

葛新忽然道：「我不怕。」他居然真的倒了杯酒，一飲而盡。

蕭少英看著他，忽然問道：「你記不記得我們是怎麼認識的？」

葛新道：「昔年我本來也想投入雙環門，我被仇家追得很緊。」

蕭少英道：「可是有個人堅持不答應，因為他已看出你是為了避禍而來的，他不願惹麻煩。」

葛新道：「所以我只好走了。」

蕭少英道：「可是我卻很同情你，所以你走了之後，我還追出很遠，在暗中助你殺了三個從中原追來的仇人。」

葛新道：「所以我們就交了朋友。」

蕭少英道：「你還記不記得，那個堅持不讓你入雙環門的人是誰？」

葛新道：「李千山，現在你是不是想要我替你殺了他？」

蕭少英嘆了口氣，道：「他畢竟總算還是我的同門兄弟。」

葛新道：「所以你自己不願出手。」蕭少英並沒有否認。

蕭少英道：「現在你已準備殺人？」

葛新點點頭，道：「只不過我要殺的人並不是他。」

蕭少英道：「不是他是誰？」

葛新道：「是你。」

蕭少英怔住，他臉上的表情，甚至比剛才葛停香還驚訝。

直到現在，他才了解葛停香當時的心情，但他卻還是不明白葛新爲什麼要殺他。

李千山又笑了，大笑道：「我知道你一定想不通這是怎麼回事的。」

蕭少英吃驚的看著他，又看了看葛新，道：「你們……」

葛新冷冷道：「我們並不是好朋友，只不過他若要我殺人時，我就殺。」

蕭少英道：「爲什麼？」

葛新道：「因爲一條龍。」

「青龍……」

蕭少英終於明白：「難道你們都是青龍會的人？」

李千山微笑著，朗聲而吟：「本屬青龍會，來作臥底奸，九月初九日，翱翔上九天。」

葛新道：「他堅持不讓我入雙環門，只爲他要我加入青龍會。」

蕭少英道：「你早已入了青龍會？」

李千山點點頭，道：「所以葛停香要來勾引我，我當然不會不答應。」

蕭少英道：「因爲你正好乘機利用他，來消滅雙環門。」

李千山道：「不錯。」

蕭少英道：「然後你再利用我，來消滅天香堂。」

葛新道：「所以你要我寫那三封信時，也正合我的心意。」

蕭少英道：「那些蒙面的刺客，也是你們找去的。」

李千山道：「所以天香堂的四位堂主都死了，雙環門的七大弟子也死了三個。」

葛新道：「我們特地留下楊麟和王銳，爲的就是要引你上鈎。」

蕭少英道：「郭玉娘當然也是你們的人，所以她才會時常到這裡來。」

葛新道：「葛成也是我們的人，所以他才替郭玉娘說謊的。」

蕭少英道：「但你們卻讓我害死了郭玉娘。」

李千山淡然道：「現在我們的任務已完成，雙環門和天香堂，都已被我們連根剷盡，她的死活，我們已不放在心上。」蕭少英只覺得手足冰冷，全身都已冰冷。

蕭少英慢慢的站起來，突然間，右手揚起，「叮」的一響，七點寒光暴射而出。

「七星透骨針。」

葛新身子躍起，卻已遲了一步，七點寒星全都釘入他的胸膛，他凌空翻身，撞到牆上就倒下。

李千山冷冷的看著，臉上居然全無表情，淡淡道：「想不到你居然還有一筒七星透骨針。」

蕭少英冷笑道：「莫忘七星透骨針留在世上的還有兩對。」

李千山道：「你將一對給葛新，故意要他在背後暗算你。」

蕭少英道：「那只不過是一齣戲，特地演給葛停香看的。」

李千山道：「然後你就要葛新乘機將針筒塞入王桐懷裡。」

蕭少英道：「我也學會了栽贓。」

李千山道：「現在你又用它殺了葛新。」

蕭少英道：「他也不知道我還有一對，無論做什麼事，我總會爲自己留一著的。」

李千山冷笑道：「只可惜這已是你最後一著。」

他忽然飛起一腳，踢翻了桌子，出手如閃電，反切蕭少英的左脅。

蕭少英已只剩下一隻手，胸膛上還在流著血。

他已無法招架，不能閃避，可是他還有一著，真正的最後一著。

李千山竟忘記了，他的斷腕上，還是可以裝一筒七星透骨針的。

發那種暗器，用不著腕力和手力。

他們同時倒了下去，桌子翻倒，燈也翻倒，倒在烈酒上，烈火忽然間就已將他們的人吞沒。

……

他們的恩怨，仇恨，愛情和秘密，就這麼樣全都埋葬在火焰裡，等到火燄熄滅，天已亮了

仇恨本來就是人類最原始的情感。

很可能就是其中力量最大的一種，有時甚至可以毀滅一切。

所以我說的第五種武器，並不是多情環，而是仇恨。

離別鉤

「我知道鉤是種武器，在十八般兵器中名列第七，離別鉤呢？」

「離別鉤也是種武器，也是鉤。」

「既然是鉤，為什要叫做離別？」

「因為這柄鉤，無論鉤住什麼都會造成離別。如果它鉤住你的手，你的手就要和腕離別；如果它鉤住你的腳，你的腳就要和腿離別。」

「如果它鉤住我的咽喉，我就要和這個世界離別了？」

「是的。」

「你為什麼要用如此殘酷的武器？」

「因為我不願被人強迫跟我所愛的人離別。」

「我明白你的意思了。」

「你真的明白？」

「你用離別鉤，只不過為了要相聚。」

「是的。」

【導讀推薦】

大師手筆，信手拈來

——《七種武器：離別鉤》導讀

專欄作家、資深文學評論家
李榮德

七種武器前五種寫於一九七四年、一九七五年，第六種武器在嗣後的一九七八年才與讀者見面，這時古龍武俠小說創作的巔峰時期已即將過去，此後寫作出版的續楚留香的《新月傳奇》、《午夜蘭花》等似已略見遜色，例如《風鈴中的刀聲》由于東樓代筆寫完結尾。《白玉雕龍》、《那一劍風情》也都有代筆者，英雄已顯氣短，創作的靈感漸弱，思路也漸見模糊。前面五部作品寫精神力量都很明確，而這一部顯然不那麼確定，他在「鈎」的章前語注解道：「鈎是種武器，殺人的武器，以殺止殺。」這一境界與前迥然有異，而且不再是一種精神力量，看似與七種武器的總體主旨有了距離。

然而，古龍畢竟是進入武俠小說聖手級的人物，無論語言運用、故事架構、情節謀布都已爐火純青，信手拈來皆文章，就像一個高明的紫砂壺製作大師，他的極普通、極平凡作品也會顯現出一種不同凡響的神韻，往往是壺中聖物。

《離別鈎》是一部以情節取勝的推理武俠小說。

故事分爲「離別」和「鉤」兩個部分。

「離別」總旨是寫：外界種種壓力要使人們離別；破壞，是生活中一部分人的生活內容和樂趣。鉤的總旨是寫：對付離別的最好方法，是消滅讓人離別的惡行，而唯有捨生才能保住生命和生活。

本書故事情節曲折誘人，章前語一開始從離別鉤之名，到離別鉤之用，本身就是兩大懸念。

本書一開章就亮出了人物的底牌，將讀者的視線引去追蹤人物和事件。與草蛇灰線法（**驟看似無物，細尋有線隱，扯一扯通身皆動，俗稱為伏線**）不同，這是一種龍行布雨法，可以見到龍在雲中行動，騰雲駕霧，哈氣成雲，吹雲化雨。使正義的讀者明眼觀察，也如觀螃蟹，看牠橫行到幾時，產生一種強烈的參與意識。

《離別鉤》敍述方式沒有出奇之處，大有傳統評話之風，是那種聽我從頭一一道來的順敘方式。這種敍述方式，猶如帶你遊歷奇山怪洞，讀者的享受來自於幻景詭影、峻險幽邃，是嚮導指引下的探奇尋幽。這就使《離別鉤》不同於《碧玉刀》、《孔雀翎》、《長生劍》。《離別鉤》的真正特色還是重在塑造人物，展現他們的人性光輝。圍繞著一個劫鏢大案敍述破案者所歷的艱辛，以及作案者、謀奪者所使出的種種鬼蜮伎倆，塑造出了像楊錚這樣稟直有公義之心和愛心的捕快典型形象。（**這種形象在後來溫瑞安的《四大名捕》中還能看到他的影子。**）

相對楊錚而言，作者花在狄青麟身上的筆墨並不算多，但後者形象更爲突出和典型，雖與金庸筆下《笑傲江湖》中的岳不群不屬同類同級，岳不群是巨憨大頑，狄青麟是嫩梟幼獍。岳不群是金庸爲中國文學史所創造的虛僞得十分嚴密、十分徹底的藝術典型——僞君子。而筆者認爲狄青麟是武俠小說人物畫廊中同樣具有典型意義的另一種僞君子，這是一種銜內型的、太保式的戴著僞善面具卻有著兇殘獸性的藝術典型。這種人在中國歷史長河中從不乏見，在當代中國兩岸三地也不鮮有。可以說是中國三千年封建統治遺傳基因下的怪胎。而古龍用不多的筆墨將他藝術化了。

風流倜儻的外表，揮金如土的豪爽，連作兩大案，殺河朔大俠於無形，害美女思思於溫柔之鄉。內外相照，狄青麟之狠毒躍然紙上。古龍僅以三個細節就將狄青麟這個極端自私自負的人物，刻劃得入木三分。

——競價時爭搶風頭，競價獲勝後卻將用三萬零三兩銀子買來的好馬拱手送給競爭者，他作事的標準是如此無常；

——贈後又用極薄的刀在無聲無息無影無形間殺萬君武於剎那，他殺人的標準方法是如此的輕鬆、殘忍；

——委身於他的美人思思自以爲知道他的事情多了可以控制他，而狄青麟毫不戀情，溫柔地屠殺思思更見毒辣，不光如此，用三個細節塑造狄青麟的同時，還塑造了精明豪俠的萬君武和小性、自作聰明的思思，文中不過略加點染，卻無不給讀者留下了印象。

本書中連連出現「殺氣」、「人氣場」的描寫，先是盲礬神劍，後是青衫人。

殺氣常常出現在古龍中晚期成熟的作品中，《楚留香傳奇》、《多情劍客無情劍》中已有表現，楚留香從沒殺死過一個對手，卻總是能戰勝比他高強的人，是靠他的智慧、應變能力、武功基礎等凝聚成的一種浩然正氣。「殺氣」看似神乎其神，其實有其真實性，是人的精氣神，也即性格、脾氣、情緒以及身體狀況組成的一種人的總體精神狀況和氣質，反映在身體各部位，肌肉緊張狀態，目光、表情，對環境的敏銳強烈反應等等。古龍發掘出「殺氣」用在「人氣場」的運用、發揮、造勢甚至取代一招一式、一門一派、有套路的武功技擊。殺氣對峙帶來的緊張壓力、刺激感，有時往往遠比套路招式的來來去去更令人駭怖。

如同電閃雷鳴的蓄勢，烏雲翻滾，狂風勁吹比起最終結果下雨要驚心動魄得多。

第一部

離別

黯然銷魂者唯別而已。

一　不愛名馬非英雄

一

「此間無他物，唯有美酒盈樽，名駒千騎，君若有暇，盍興乎來。」

這是關東落日馬場的二總管裘行健代表金大老闆發出的請帖，為的是落日馬場第一次在關內舉辦的春郊試騎賣馬盛會，地點在洛陽鉅富「花開富貴」花四爺的避暑山莊，日期是三月月圓時。

這樣的請帖一共只發出十幾張，值得裘總管邀請的對象並不多。

被邀請的當然都是江湖大豪，一方雄傑，不愛名馬非英雄，來的都是英雄，都騎過落日馬場的名駒。

——只要有日落處，就有落日馬場的健馬在奔馳。

這是馬場主人金大老闆的豪語，也是事實。

三月，洛陽，春。

十七夜的月仍圓，夜已深，風中充滿了花香，山坡後的健馬輕嘶，隱約可聞，人聲卻已靜了，月光從窗外斜照進來，把獨立在窗前的裘行健高大魁偉的影子，長長投影在地上。他的濃眉大眼，高顴、鷹鼻、虬髯，在月光下看來更顯得輪廓明顯而突出。

他是條好漢，關外一等一的好漢，現在卻彷彿有點焦躁不安。

這是他第一次獨擔重任，他一定要做得盡善盡美。從十五開始，這三天來的成績雖然不錯，最大的一圈馬也已被中原鏢局的王總鏢頭以高價買去，可是他一直在期待著的兩位大買主，至今還沒有來。

他本來就不該期望他們來的。

威鎮江湖的河朔大俠萬君武，自從三年前金盆洗手退隱林下後，就沒有再踏出莊門一步。視富貴功名如糞土的世襲一等侯狄青麟，多年來一直浪跡天下，也許根本就沒收到他的請帖。

他希望他們來，只因為他認為由他遠自關外帶來的一批好馬中，最好的一匹只有他們才識貨。

只有識貨的人才會出高價。

他不願委曲這匹好馬，更不願把他帶回關東。

現在已經是第三天的深夜了，他正開始覺得失望時，莊院外忽然有人聲傳來，三年未出莊門的「威鎮河朔」萬大俠，已輕騎簡從連夜趕到了牡丹山莊。

二

萬君武十四歲出道，十六歲殺人，十九歲時以一把大朴刀，割大盜馮虎的首級於太行山下，二十三歲將慣用的大朴刀換爲魚鱗紫金刀時已名動江湖，未滿三十已被武林中人尊稱爲河朔大俠。

他的生肖屬「鼠」，今年才四十六歲，年紀遠比別人想像中小得多。

這次他沒有帶他的刀來。

因爲他已厭倦江湖，當著天下英雄好漢面前封刀洗手，那柄跟隨他多年的魚鱗紫金刀已用黃布包起，被供在關聖爺泥金神像前的檀木架上。

可是他另外帶來了三把刀。

他的師兄「萬勝刀」許通，他的得意弟子「快刀」方成，和他的死黨「如意刀」高風。

一個像他這樣的人，手邊如果沒有刀，就好像沒有穿衣服一樣，是絕不會隨便走出房門的。

但是他相信這三個人的三把刀。

無論誰身邊有了這三把刀，都已足夠應付任何緊急局面。

洛陽三月，花如錦。

「牡丹山莊」後面的山坡上，開遍了牡丹，山坡下剛用木欄圍成的馬圈裡，處處都有馬在騰躍。

馬不懂欣賞牡丹；牡丹也不會欣賞馬，但卻同樣是値得人們欣賞的。

牡丹的端莊富貴、美麗大方，如名門淑女，馬的矯健生猛，靈活雄駿，如江湖好漢。

山坡上下都擠滿了人，有的人在欣賞牡丹的柔美富態，有的人在欣賞馬的英姿煥發，可是讓大多數人最感興趣的還是一個人。

萬君武卻好像對什麼事都不感興趣了，半閉著眼，斜倚在一張用柔籐編成的軟椅上。他太累。

無論誰在一夜間連換三次快馬，趕了九百三十三里路之後，都會覺得很累的。

他的師兄、弟子、死黨，一直都在他身邊，寸步不離，一群群好馬被帶到他面前的木欄裡，被人用高價買去，他的眼睛都是半閉著的。

直到最後有匹很特別的馬，單獨被帶進馬欄時，他的眼睛才睜開。

這匹馬是裘總管親手牽進來的，全身馬色如墨，只有鼻尖一點雪白。

人群中立刻發出了驚嘆聲，誰都看得出這是千中選一的好馬。

裘行健輕拍馬頭，臉上也露出欣喜驕傲之色。

「牠叫神箭，萬大俠是今日之伯樂，當然看得出這是匹好馬。」

萬君武卻懶洋洋的搖了搖頭。

「我不是伯樂，這匹馬也不是好馬。」他說：「只聽這名字就知道不好。」

「爲什麼？」裘行健問。

「箭不能及遠，而且先急後緩，後勁一定不足。」萬君武忽然改變話題：「我少年時有個朋友，作風也跟裘總管一樣。有次他請我吃了隻雞，卻是沒有腿的。」

他忽然說起少年時的朋友和一隻沒腿的雞，誰也不明白他是什麼意思。

裘行健也不懂，忍不住問：

「雞怎麼沒有腿？」

「因爲那隻雞的兩隻腿，都已經先被他切下來留給自己吃。」萬君武淡淡的說：「裘總管豈非也跟他一樣，總是要把好的馬藏起來留給自己。」

裘行健立刻否認：「萬大俠法眼無雙，在萬大俠面前，我怎麼會做那種事？」

萬君武眼睛忽然射出了刀鋒般的光：「那麼裘總管爲什麼要把那匹馬藏起來？」

他眼睛盯著最後面一個馬欄，馬欄中只有十幾匹被人挑剩下的瘦馬，其中有一匹毛色黃中帶褐，身子瘦如弓背，獨立在馬欄一角，懶懶的提不起精神，卻和別的馬都保持著一段距離，就好像不屑和牠們爲伍似的。

裘行健皺了皺眉。

「萬大俠說的難道是那一匹？」

「就是牠。」

裘行健苦笑：「那匹馬是個酒鬼，萬大俠怎麼會看上牠呢？」

萬君武的眼睛更亮。

「酒鬼？牠是不是一定要先喝點酒才有精神？」

「就是這樣子的。」裘行健嘆息：「如果馬料裡沒有羼酒，牠連一口也不肯吃。」

「牠叫什麼名字？」

「叫老酒。」

萬君武霍然長身而起，大步走過去，目光炯炯，盯著這匹馬，忽然仰面大笑！

「老酒，好！好極了。」他大笑道：「老酒才有勁，而且愈往後面愈有勁，我敢打賭，神箭若是跟牠共馳五百里，前面百里神箭必定領先，可是跑畢全程後，牠必定可以超前兩百里。」

他盯著裘行健：「你敢不敢跟我賭？」

裘行健沉默了半天，忽然也大笑，大笑著挑起了一根大拇指。

「萬大俠果然好眼力，果然什麼事都瞞不過萬大俠的法眼。」

人群中又發出讚嘆聲，不但佩服萬君武的眼力，對這匹看來毫不起眼的瘦馬也立刻刮目相看了，甚至有人在搶著要出價競爭，就算明知爭不過他，能夠和河朔大俠爭一爭，敗了也有光采。

最高價喊出的是「九千五百兩」，這已經是很大的數字。

萬君武只慢慢的伸出了三根手指，比了個手勢，裘總管立刻大聲宣佈：「萬大俠出價三萬兩，還有沒有人出價更高的？」

沒有了。每個人都閉上了嘴。萬君武意氣飛揚，正準備親自入欄牽馬，忽然聽見有個人說：「我出三萬零三兩。」

萬君武的臉色立刻沉了下去，喃喃的說：「我早就知道這小子一定會來搗亂的。」

裘行健卻喜形於色，大笑道：「想不到狄小侯終於還是及時趕來了！」

人叢立刻分開，大家都想瞧瞧這位世襲一等侯，當今天下第一風流俠少的風采。

三

一身雪白的衣裳，一塵不染，一張蒼白清秀的臉上，總是顯得冷冷淡淡的，帶著種似笑非笑的表情，身邊總是帶著個風姿綽約的絕代佳人，而且每次出現時，帶的人又都不同。

這就是視功名富貴如塵土，卻把名馬美人視如生命的狄小侯爺狄青麟。

無論走到什麼地方，他都是個最引人注意，最讓人羨慕的人。

今天也不例外。

今天依偎在他身旁的，是個穿一身鮮紅衣裳的美女，白玉般的皮膚，桃花般的腮容，春水般的眼波，酒一般的醉人。

誰也不知道狄小侯是從什麼地方把這麼樣一位美人找來的。

萬君武看到他，只有搖頭嘆氣：「你來幹什麼？你爲什麼要來？」

狄小侯冷冷淡淡的笑了笑，簡簡單單的告訴萬君武：

「我是來害你的。」

「害我？你準備怎麼害我？」

「不管你出多少，我都要比你多出三兩。」

萬君武瞪著他，眼睛裡光芒閃動，也不知瞪著他看了多久，忽然大笑：

「好，好極了。」

大家都以爲這位威震河朔的一方大豪，一定又要出個讓人嚇一跳的高價。

想不到萬君武的笑聲忽然停頓，大聲道：「這匹馬我不買了，你賣給他吧！」

裘行健怔住，萬君武一說完話，掉頭就走，想不到狄青麟卻叫住了他：

「等一等。」

萬君武回頭瞪了一眼：「你還要我等什麼？」

狄小侯先不回答，卻問裘行健：

「還有沒有人肯出更高的價？」

「大概沒有了。」

「那麼這匹馬現在是不是已經可以算是我的？」

「是。」

狄小侯轉身面對萬君武：「那麼我就送給你。」

萬君武也怔住。

「你說什麼？你真的要把這匹馬送給我？你爲什麼要做這種事？」

他不懂，別人也不懂，狄青麟卻只淡淡的說：

「我也不爲什麼，把一匹好馬送給一位英雄，本來就是天經地義的事，又何必要爲了什麼？」

這就是狄青麟做事的標準作風。

四

夜，華燈初上，筵席盛開。美酒像流水般被倒進肚子，豪氣像泉水般湧了出來。

萬君武一直在不停的喝。

江湖中人人都知道他是海量——「萬大俠不但刀法無雙，酒量也一樣天下無雙。」

今天他當然喝得特別多。

他不能不接受狄青麟的好意，接受了後又不知道是高興還是不高興。

所以他喝酒，喝點酒之後總是高興的。

他的師兄、弟子、死黨，讓他這麼喝，因爲喝酒的這地方是在花四爺的私室裡，客人並不多，而且他們已經把每個人的來歷都調查過了。

萬君武常常告訴他的朋友：「在江湖中成名太快，並不是件好事，成名太快的人，晚上都難免有睡不著的時候。」

像他這種人無論做什麼都不能不特別小心，所以他才能活到現在。就算有人想要他的命，也永遠沒有機會。

先退席的是狄青麟。

他一向不喜歡喝酒，他已很疲倦，主人爲他準備的客房中，還有美人在等他——對大多數男人來說，只要有最後一個理由就已足夠。

大家都帶著羨慕的眼光目送他出去，不但羨慕，而且佩服——「這位小侯爺做事真漂亮，難怪女人們都愛死他了。」

花四爺也是海量。

他高大、肥壯、誠懇、熱心，肿嘟嘟的一張臉上，連一點機詐的樣子都沒有，雖然每年都要上別人幾次當，可是他一點都不在乎。

萬君武問他：

「這次你買了幾匹馬？」

「連一匹都沒有買。」

花四爺笑嘻嘻的解釋：「因爲金大老闆和裘總管都是我的朋友，我不能害朋友，要他們讓我上當，所以我只上別人的當，不上朋友的當。」

萬君武大笑。

「說得好，好極了，我敬你三杯。」

三杯之後，花四爺又回敬三杯，萬君武就要去「方便」一下了。

他的酒量好，因爲他喝酒有個秘訣——他能吐。喝多了就去吐，吐完了馬上就能回來再喝。

這是他的秘密。

雖然他的師兄、弟子、死黨，都知道他這個秘密，他卻以爲他們不知道，他們也只有裝作不知道，所以他要去「方便」，他們只有讓他一個人去。

很深的坑上面，用紫檀木裝成個架子，架上鋪著錦墊，坑底鋪滿鵝毛。

花四爺是個很懂得享受的人，一切都力求完美，連「方便」的地方也不例外。

萬君武走進來，帶醉的銳眼中露出讚賞之色。決定回去後也照樣做一間。

於是他開始吐了。

這並不難，把食指伸進嘴裡，在舌根上用力一壓，就會吐了出來。

這次他沒有吐出來。

他剛把食指伸進嘴裡，就有隻手從後面伸過來，托住了他的下顎。用他自己的兩排牙齒，咬住了他自己的指頭。

他痛極，可是叫不出，他用力以肘拳撞後面這個人的肋骨，可是這個人已經先點了他肘上的「曲池穴」。

他苦練武功廿八年，可是現在全身的功夫力氣，連一點都使不出來。

他身經百戰，殺人無算，要殺他的人也不少，只有這個人才能抓住最好的時機，把握住最好的機會。

他只想知道這個人是誰。

這個人也願意讓他知道，在他耳畔輕輕的說：

「我告訴過你，我是來害你的，我已調查過你很久，對你的每件事我都很清楚，也許比你自己還清楚，我也知道你一定要來吐。」這個人的聲音冷冷淡淡：「所以你死得並不冤。」

萬君武知道這個人是誰了，只可惜他已永遠沒有機會說出來。

最後他只看見了一道淡淡的刀光，淡得就像是黎明時初現的那一抹曙色。

然後他就覺得心口一陣劇痛，一柄刀已刺入他的左胸肋骨間，刺入他的心臟。

一柄其薄如紙的刀。

沒有人能形容這把刀出手的速度。

拔出時也同樣快。

一柄太薄太快的刀刺入再拔出後，傷口是不會留下任何痕跡來的。

所以沒有人會替萬君武復仇。

因爲他的死，只不過由於他的酒喝得太多，在大多數人的觀念中，都認爲一個人如果酒喝得太多，往往就會突然暴斃。

大家當然更不會想到剛送了一匹名馬給他的狄小侯，和這件事有任何關係。

所以名馬還是隨靈柩而去，狄小侯還是陪伴著他的美人走了。

等到他下次出現時，大家還是會用一種既羨慕又佩服的眼光去看他，還是沒有人會相信他曾經殺過人，在無聲無息無形無影間殺人於一剎那中。

這就是狄青麟殺人的標準方法。

五

車廂寬大舒服，馬匹訓練有素，車伕善於駕馭，坐在狄小侯的這輛用一斛明珠向某一位王妃換來的馬車上，就像是坐在水平如鏡的西湖畫舫上那麼平穩，甚至感覺不出來馬在行走。

思思穿著一件鮮紅柔軟的絲袍，像貓一樣蜷曲在車廂的一角，用一雙指甲上染了鮮紅鳳仙花汁的纖纖玉手，剝了顆在溫室中培養成的葡萄，餵到她男人的嘴裡。

她是個溫柔的女人，聰明美麗，懂得享受人生，也懂得讓男人享受她。

她不願失去現在在她身邊的這個男人，可是她知道現在已經快要失去他了。

狄小侯從來不會在任何一個女人身上留戀太久。

可是她下定決心，一定要想法子留住他。

狄青麟看看他身邊的這個女人，看看她露在絲袍外一雙纖柔完美的腳。

他知道她在絲袍裡的胴體是完美而赤裸的。

她的胴體豐滿光滑柔軟，在真正興奮時，全身都會變得冰涼，而且會不停的顫抖。

她懂得怎麼才能讓男人知道她已完全被征服。

想到她完美的胴體，狄青麟身體裡忽然有一股熱流升起。

他經歷過太多女人，只有這個女人才能完全配合他，讓他充分滿足。

他決定讓她多留一段時候，他身體裡的熱意已使他作下這個決定，他的手輕輕潛入了她絲袍寬大的衣袖，她的胸膛結實堅挺，盈盈一握。

想不到她卻忽然問了他一句很奇怪的話。

「我知道你跟萬君武早就認得了。」思思問狄小侯：「你們之間有沒有仇恨？」

「沒有。」

「他以前有沒有得罪過你？」

「沒有。」

思思盯著他，一個字一個字的問：「那麼你爲什麼要殺他？」

狄青麟身上熱意立刻涼透。

思思還在繼續說：「我知道一定是你殺了他，因爲他死的時候，恰巧就是你不在我身邊的時候，你回來後又特別興奮，一個晚上要了三次，比你第一次得到我時還要得多。以前我曾經聽我一個大姐說過，有些人只有在殺了人之後才會變成這樣子，變得特別瘋，特別野，就像你昨晚上一樣。」

狄青麟靜靜的聽著，一點反應都沒有。

思思又說：「我還知道你貼身總是藏著把很薄很薄的刀，我那個大姐也告訴過我，用這種刀殺了人後，很不容易看出傷口。」

狄青麟忽然問她：

「你那位大姐怎麼會懂得這些事的？」

「因爲她有個老客人，是位很有名的捕頭，這方面的事沒有一樣能瞞過他的。」思思說：「別人都說他心如鐵石，但他對我那個大姐卻好極了，在我大姐面前，簡直溫柔得像條小狗。」

狄青麟心裡在嘆息。

她不該認得她那位大姐的，一個女人不應該知道得太多。

思思看看他，輕撫他蒼白的臉：

「什麼事你都用不著瞞我，我反正已經是你的人了，不管你做了什麼事，我都一樣會永遠跟著你。」她柔聲說：「所以你可以放心，你的事我絕對不會說出去，死也不會說出去。」

她的聲音溫柔，她的手更溫柔。

她很快就感覺到他又興奮起來，鮮紅的絲袍立刻就被撕裂。

她放心了。

因爲她知道她用的這種方法已有效，現在他已經不會再拋下她了，也不敢再拋下她了。

激情又歸於平靜，車馬仍在往前走。

狄青麟在車座下的酒櫃裡，找出一瓶溫和的葡萄酒，喝了一小杯後才說：「你剛才問我爲什麼要殺萬君武？現在還要不要我告訴你？」

「只要你說，我就聽。」

「我殺他，只因爲我有個朋友不想再讓他活下去。」

「你也有朋友？」思思笑了：「我從來不知道你也有朋友。」

她想了想之後又問：「你那個朋友隨便要你做什麼事你都答應？」

狄青麟居然點了點頭。

「只有他才能讓我這麼做，因為我欠他的情。」狄小侯接著說：「他是現在江湖中最龐大的一個秘密組織的首腦，曾經幫過我一次很大的忙。唯一的條件是，他需要我為他做事的時候，我也不能拒絕。」

他又說：「這個組織叫青龍會，有三百六十五個分舵，每一州每一府每一縣每一個地方都有他們的人，勢力之大，絕不是你能想得到的。」

思思又忍不住問：

「他既然有這麼大的勢力，為什麼還要你替他殺人？」

「因為有些人是殺不得的。」狄青麟說：「因為殺了他們後，影響太大，糾紛太多，而且這種人一定有很多朋友，一定會想法子替他們復仇。」

「而且官府一定會追查。」思思說：「江湖中人總是不願惹上這種麻煩的。」

狄青麟承認。

「只不過別人殺不得的人，我卻能殺，也只有我能殺。」他說：「因為誰也想不到我會殺人，所以我殺了人後絕不會引起任何麻煩，更不會連累到我那個朋友。」

思思沒有追問下去，因為她更放心了。

一個男人只有在自己最喜愛最信任的女人面前，才會說出這種秘密。

她決心替他保守這個秘密，因為她喜歡這個有時溫柔如水，有時冷淡如冰，有時又會變得熱烈如火的男人。

她相信自己可以管得住他的。

可惜她錯了。

她雖然了解男人，這個男人卻是任何人也沒法子了解的。

也許連他自己都不了解自己。

車馬仍在繼續前行，車上卻已經只剩下狄青麟一個人。

思思已經在這個世界上消失了。

狄青麟有三種能夠讓人忽然消失的方法，對思思用的是其中最有效的一種。

沒有人知道他用的是什麼方法，他那三種方法都是只有他一個人才知道的秘密。

他的秘密除了他自己之外，永遠不會有第二個活人知道。

思思錯了。

因爲她不知道狄青麟永遠不會信任任何一個還能呼吸著的人。

她也不知道狄青麟唯一真正喜愛的人只有他自己。

一個像思思這樣的女人如果忽然消失，是絕不會引起什麼糾紛麻煩的。

她這樣的女人就像是風中的楊花，水中的浮萍，如果她不見了，很可能是跟一個沒有根的浪子走了，也很可能是被一個腰纏萬貫的大腹賈藏在金屋裡，甚至有可能是自己躲到深山中某一個小廟裡去削髮爲尼。

像她這樣的女人，是什麼事都做得出來的。

所以她無論做出什麼事，都沒有人會覺得驚奇，也沒有人關心。

所以就在她自己覺得可以全心全意依靠狄青麟的時候，狄青麟就讓她離開了這個世界。

這就是狄青麟對女人的標準作風。

六

「大姐」斜倚在她那張青銅床柱上掛著粉紅流蘇錦帳的床邊，心裡在想著：「思思是不是已經該回來了？」

她喜歡思思。她在這個世界上已經沒有親人，她已經開始被人稱爲「大姐」。

一個像她這樣的女人被人稱爲大姐是件多麼悲哀的事。

她的年華已逝去，只希望思思不要再糟蹋自己，而能好好的嫁一個老實本份的男人。

可惜思思不喜歡老實本份的男人。

思思太聰明、太驕傲、太想出人頭地，就好像她年輕的時候一樣。

屋子中間一張鋪著雲石桌面的檀木圓桌旁，坐著一個瘦削、黝黑、沉默，還不到三十歲的男人，默默的坐在那裡望著她。

他叫楊錚，是她童年時的玩伴，青梅竹馬的朋友。

她十五歲時因爲要埋葬雙親而淪落入風塵，經過十餘年的別離後又在這裡重遇，想不到他已經做了縣城裡三班捕快的頭子。

以他的身分，是不該到這種地方來的。

但是他每隔兩三天都要來一趟，來了就這樣默默的坐在那裡看著她。

他們之間絕對沒有一點別人想像中那種關係，他們之間的情感竟沒有別人了解，也沒有人相信。

她總是叫他不要來，免得別人閒言閒語，影響到他的事業和聲名。

可是楊錚說：「只要我問心無愧，什麼地方我都可以去。」

他就是這麼樣一條硬漢。

只要他認爲應該做的事，做了後問心無愧，你就算拿把刀架在他脖子上，也攔不住他的。

他要娶她。

在他心目中，她永遠都是那個梳著大辮子的小姑娘「呂素文」，既不是當年的名妓「如玉」，也不是現在的「大姐」。

她心裡又何嘗不想嫁給這個又倔強又多情又誠實的男人。

多年前她就爲自己贖了身，只要她願意，隨時都可以跟著他走。

可是她不能這麼做。他比她還小一歲，在六扇門的兄弟心目中，他是條鐵錚錚的好漢，有前途，有朋友，有幹勁。

她的青春卻已像殘花般將要凋零枯萎，而且是個人人看不起的婊子。

她不能毀了他，只有狠下心來拒絕他，寧願在夜半夢醒時獨自流淚。

楊錚忽然問她：

「思思是不是找到了一個很好的男人，已經有了歸宿？」

「我也希望她能有個歸宿。」呂素文輕輕嘆息：「可惜她遲早還是會回來的。」

「爲什麼？」

「你知不知道狄青麟這個人？」呂素文反問。

「我知道，世襲一等侯，江湖中有名的風流俠少。」楊錚說：「思思就是跟他走的？」

呂素文點了點頭：「像狄青麟這樣的男人，怎麼會對一個女人有真情？還不是想玩玩她而已，玩過了就算了。」

楊錚又坐在那裡默默的發了半天愣，才慢慢的站起來。

「我走了。」他說：「今天晚上我還有件差事要做。」

呂素文沒有挽留他，也沒有問他要去做什麼差事？

她想留住他，想問他，那件差事是不是很危險？她心裡一直在爲他擔心。擔心得連覺都睡不著。

可是她嘴上只淡淡的說了句：「你走吧。」

夜已靜。

「怡紅院」大門外掛著兩盞紅燈籠，遠遠看過去就像是一隻惡獸的眼睛。一隻吃人不吐骨頭的惡獸，自古以來已不知有多少可憐的弱女子被牠連皮帶骨吞了下去。

想到這一點，楊錚的心裡就好恨！

可惜他完全無能爲力，因爲這是合法的，只要是合法的事，他非但不能干涉，還得保護。

暗巷中的晚風又濕又冷，他逆風大步走出去，忽然有個人從橫衖裡閃出來，笑嘻嘻的跟他打招呼。

這個人叫孫如海，是一家鏢局裡的二鏢頭，在江湖中頗有名氣，在城裡也很吃得開，而且聽說武功也不弱。

但是楊錚一向不喜歡他，所以只冷冷的問了句：「什麼事？」

「我有點東西要交給楊頭兒，是位好朋友託我轉交的。」孫如海從身上掏出疊銀票：「這裡是十張山西『大通』錢莊的銀票，每張一千兩，到處都可以兌銀子，十足十通用。」

楊錚冷冷的看著他，等著他說下去。

「有了這些銀子，楊頭兒就可以買棟很講究的四合院房子，風風光光的把如玉姑娘接回去了。」孫如海笑得很曖昧：「只要楊頭兒今天晚上躺在家裡不出去，這疊銀票就是楊頭兒的。」

楊錚不動聲色：「這是誰託你轉交的？是不是今天晚上要從這裡過境的那位朋友？」

孫如海承認：「明人面前不說暗話，就是他。」

「聽說他剛在桑林道上劫了一趟鏢，鏢銀有一百八十萬兩，他只送我這麼點銀子，未免太少了吧。」

「楊頭兒想要多少？」

「我要的也不多，只不過想要他一百八十萬兩，另外再加上兩個人。」

孫如海笑不出了，卻還是問：「哪兩個人？」

「一個你，一個他。」楊錚道：「你幹鏢局，卻在暗中和大盜勾結，你比他更該死。」

孫如海後退兩步，銀票已收進懷裡，掌中已多了把寒光閃閃的手叉子，陰森森的冷笑：

「一個小小的縣城捕快，居然有膽子想去動倪八太爺，該死的只怕是你。」

橫衖中又有個生硬冷澀的聲音接著說：「他不但該死，而且死定了！」

二 一身是膽

一

狼牙棒是種江湖中很少見的兵器，它太重、太大、攜帶太不方便，運用起來也很不方便，兩臂如果沒有千斤之力，連玩都玩不轉。

這種兵器通常只有在兩軍對決時，屍橫遍野血流成渠的大戰場上才能偶然看得見，江湖中人用這種兵器的實在太少。

現在從橫衖中衝出來的這個人，用的居然就是根最少也有七八十斤重的狼牙棒，棒上的狼牙光芒閃動，看來就像是有無數匹餓狼在等著要把楊錚一條條一片片一塊塊撕裂。

這個人身高九尺，橫量也有三尺，赤膊、禿頭、左耳上戴一枚大金環，臉上的肉都是橫的，卻有條直直的刀疤從額上一直劃到嘴角，把一個鴨蛋般大的鼻子削成了半個，半夜裡看見這種人不做噩夢的恐怕很少。

楊錚轉身面對這個巨人，根本不理後面的孫如海，好像根本不知道孫如海手裡的那對手叉子也是件致命的武器，而且已經有很多人死在這對手叉子的尖鋒下。

楊錚也很高，可是站在這個巨人的面前，卻矮了一截。

「聽說倪八手下有個叫『野牛』的苗子。」楊錚問：「你就是那個苗子？」

「老子我就是。」

「聽說你又兇又橫又不怕死。」楊錚又問：「你真的不怕死？」

「要死的不是老子，是你這個龜兒子。」這個苗子居然能說一口半生熟的川語，尤其是罵人的話說得特別好。

楊錚手上沒有武器，很少有人看見他用過武器。

他赤手空拳，站在這麼樣一個巨人面前，居然還能沉得住氣。

但是就在這一瞬間，一根七十九斤重的狼牙棒已經夾帶著虎嘯般的風聲向他斜斜的掃了過來。

他不能招架，他手上沒有東西可以招架。

他也不能退，他後面還有對手叉子。

他連閃避都不能閃避。

巷子太窄，狼牙棒太長，一棒掃過來，所有的退路都被封死，不管往哪裡閃避都仍在它的威力控制下。

孫如海沒有出手。

他已經不必再出手，已經在想法子準備毀屍滅跡，讓楊錚這個人永遠消失。

他還沒有想出一個完美的法子來，也不必再想了。

因爲就在這一刹那間，他已經發現楊錚暫時還不會死。

在剛才那一瞬間，楊錚的確像是死定了。

不管他是準備招架，還是準備後退閃避，都難免要挨上一棒。

沒有人能挨得了這一棒。

想不到楊錚既沒有招架閃避，也沒有後退——有些人是永遠不會後退的，楊錚就是這種人。

他非但沒有後退，反而衝了上去，迎著狼牙棒衝上去。

沒有人想到他會這麼做，因爲從來也沒有人敢這麼做。

真正的一流武林高手當然有別的更好的方法對付這一棒，如果武功差一點的人，現在早已被棒上的狼牙撕裂。

楊錚卻衝了上去。

就在那間不容髮的一瞬間，他的身子忽然伏倒，雙手一按地，整個人就從狼牙棒下衝了過去，一頭撞在「野牛」的小肚子上。

這一著，絕不能算是武功的招式，真正的武林高手，絕不會用這一著，也不肯用。

但是這一招絕對有效。

「野牛」兩百斤重的身子一下子就被撞倒，倒在地上捧著肚子打滾，慘叫的聲音連三條街之外睡著了的人都聽得見。

楊錚順手掏出一條牛筋索，一下子就把他兩隻手一隻腳綑了起來，又順手用一個鐵胡桃塞進他的嘴，然後才長長吐出口氣，轉身面對孫如海，淡淡的問：

「怎麼樣？」

孫如海已經看呆了，過了半天才能開口：「這算什麼武功？」

「這根本不算什麼武功。」楊錚說：「我根本不懂什麼叫武功。我只懂得要怎麼樣才能把人打倒。」

「這種不入門的招式，江湖好漢們寧死也不肯使出來的。」

「我根本不是江湖好漢，我也不想死。」楊錚說：「我只想把犯了法的人抓起來。」

孫如海握緊掌中一對純鋼手叉子：

「你準備用什麼法子來抓我？」

「只要能抓住你，隨便什麼法子都沒關係，我都用得出。」

孫如海冷笑。

楊錚盯著他：「你懂武功，我不懂，你是成名的江湖好漢，我不是，你手上有傢伙，我沒有，如果你有種過來把我做了，我也沒話說。」

孫如海雖然在冷笑，臉色卻已發白。

楊錚慢慢的走過去：「可惜你沒種，我看準了你沒種，只要你敢動一動，我就要你在床上躺三個月，連爬都爬不起來，你信不信？」

他走到孫如海面前，他的心臟要害距離孫如海掌中那對手叉子的尖鋒已不及一尺。

孫如海不敢動。

「咔嚓」一聲響，一副純鋼打成的手銬已經銬住了他的手。

暗巷外忽然傳來一陣喝采聲，十來條黑衣大漢大聲喝采，大步走過來。

的。」

他們都是楊錚的屬下，也是楊錚的兄弟，他們對楊錚不但佩服，而且尊敬。

「楊大哥，你真行。」

「你們也真行。」楊錚在笑：「居然一直躲在巷子外面看熱鬧，也不過來幫我一手。」

「我們早知道這件事就憑大哥一個人已經足夠對付了，我們是來幫大哥做下面那件事的。」

楊錚的臉色沉了下去。

「你們也知道那件事？」他厲聲問：「你們是怎麼知道的？」

「昨天晚上府裡的趙頭兒派小劉連夜趕來找大哥，我們就知道有大事要辦了，所以今天晌午，我們兄弟就把小劉留下來喝酒。」

「是他告訴你們的？」楊錚大怒：「我再三囑咐他不要把這件事洩露出去，這個王八蛋好大的膽子。」

「我們明白大哥的意思，大哥不讓我們知道這件事，只因爲對頭太厲害，事情太兇險，一失手就難免要送命。」

兄弟們紛紛搶著說：「可是我們跟隨大哥多年，如果不是有大哥在前面擋著，我們這票人只怕早就死了一大半，我們早就準備把這條命交給大哥了。就算拚不過別人，好歹也得去拚一拚，就算要去死，弟兄們好歹也得死在一起。」

楊錚緊握雙拳，眼睛彷彿已有熱淚要奪眶而出，他總算忍住了。

弟兄們又說：「我們雖然不知道那個姓倪的究竟有多厲害，可是他敢動『中原鏢局』的鏢，當然是個扎手的角色，可是我們兄弟也不含糊，在大哥手下，我們也辦過不少有頭有臉的案子，就算要用兩條命去換一條，好歹也能拚掉他們幾個。」

楊錚用力握住弟兄們的手，大聲道：「好，你們跟我走。」

弟兄們立刻大聲歡呼，不知是誰居然還捎了一大罈子燒酒來。

「大哥要不要先喝兩杯？」

「咱們用不著喝酒來壯膽，要喝，等辦完了事咱們再痛痛快快的喝他娘的一頓來慶功。」

弟兄們又大聲歡呼：「對，先扁那個泥王八，再喝他娘的一個不醉『烏龜』。」

但孫如海和「野牛」總得先派兩個人送回去，派誰呢？誰也不願意去，誰都不願錯過這件大事。

大家準備抽籤，楊錚卻決定：「要老鄭和小虎子送他們回去。」

老鄭新婚，兒子還沒有滿週歲，老鄭明白楊錚的意思，心裡又難受又感激。

小虎子卻不服：「大哥為什麼派我去？」

楊錚先給了他一巴掌，再問他：「你難道忘了你家裡的老娘？」

小虎子不說話了，掉過頭去的時候，眼眶裡已滿盈熱淚。

孫如海看著他們，忽然覺得心頭一股熱血上湧，大聲向楊錚呼喊：「你放開我，我再跟你拚一拚，我孫如海也不是孬種，我也一樣不怕死。」

在他旁邊被牛筋索四馬攢蹄綑住的「野牛」，忽然一口痰吐在他臉上，破口大罵：「你個龜兒子不怕死誰怕死？現在你鬼叫有個屁用？還不快閉上你的鳥嘴。」

看著老鄭和小虎子把這兩個人架走，楊錚忽然嘆了口氣。

「孫如海本來也許真的不是孬種，只不過最近日子過得太舒服了，人也變了。」他的嘆息聲中頗有感懷：「一個人能在江湖中像他混得那麼久已經很不容易，要真的不怕死更不容易。」

二

倪八太爺的頭在疼。

他當然不是爲了楊錚頭痛，一個小小的縣城捕頭，根本沒有放在他眼裡。

他頭痛，只因爲他晚上喝的酒現在已經快醒了。晚上他喝得真不少。

「中原鏢局」的總鏢頭「寶馬金刀」王振飛，雖然因爲要趕到牡丹山莊去買馬而沒有親自押這趟鏢，可是押鏢的五位鏢師也不是好對付的。

他以掌中一對跟隨他已有三十年，陪伴他出生入死至少已有兩三百次的「刀中拐」，和他十五個死黨並肩苦戰了大半個時辰，折損了六個人後，才總算把這趟鏢劫了下來。只不過這還是値得的，一百八十萬兩雪花花的紋銀，已經足夠他舒舒服服的度過餘年了。

他已經有五十六歲，把這筆銀子運回老家後，他就準備洗手不幹，到一個別人找不到的地方去享受幾年。

倪八太爺是蜀人，喜歡坐「滑竿」。

兩根竹竿間綁著張椅子，用兩個人抬著走，就叫做「滑竿」。

坐在滑竿上，又舒服、又通風，四面八方都可以照顧到，只要一回頭，就可以看到後面那一長串裝滿了銀子的大車。

押車的都是他的死黨，都是身經百戰的好手。

雖然他相信在這條路上絕對沒有人敢來動他，行動卻還是很謹慎。

他用這種獨輪車來運銀子，就因爲這種小車子最靈巧方便，走在道上也絕不會驚擾到別人。

這種車子是用人推的。

騾馬有蹄聲，人沒有，騾馬會亂叫，人不會。

他很放心。

天已經快亮了。

倪八太爺坐在滑竿上閉著眼養了一會兒神，偶然回過頭，忽然發現後面那一長串獨輪車好像短了一截！

他數了數，果然少了七輛。

在最後押車的「銅鎚」，也跟「野牛」一樣，是他從滇邊苗疆裡帶出來的，無論在任何情況下都絕不會出賣他。

銀車怎麼會少？

倪八太爺雙手一按滑竿上的扶把，人已飛身而起，凌空翻身，腳尖在後面第四輛獨輪車推車伕的頭上一點，剎那間就已踩過八個車伕的頭頂，竟在人頭上施展出他傲視江湖的「八步趕蟬」輕功絕技，掠過了這一長串銀車，到了最後一輛。

後面一點動靜也沒有，可是在最後押車的「銅鎚」已不見了。

在銅鎚前面押車的是成剛，今天也多喝了一點，根本不知道後面發生了什麼事，看見八太爺滿天飛人，才趕過來問。

倪八太爺什麼話都不說，先給了他兩個大耳光，然後才吩咐他：

「快跟我到後面去看看。」

月落星沉，四野一片黑暗，黎明前的片刻總是大地最黑暗的時候。

後面還是沒有一點異常的動靜，聽不見人聲，也看不見人。

可是路旁的長草間卻好像有點不對——風吹長草，其中卻有一片草沒有動。

因爲這片草已經被人壓住了，被八個人壓住了。

七個車伕已經被打暈，被人用四馬攢蹄綑住，嘴裡都被塞上了一枚只有公門中人才常用的鐵胡桃，在最後押車的「銅鎚」已經被人用一根牛筋索從背後絞殺。

倪八太爺反而鎮定了下來，只問成剛：「剛才你連一點動靜都沒有聽見？」

成剛低頭，他什麼都沒有聽見，他一直都不太清醒。

倪八從車伕嘴裡掏出一枚鐵胡桃，四下張望，不停的冷笑：

「好，好快的手腳，想不到六扇門裡也有這樣的角色。」

成剛終於囁嚅著開口：「聽說這裡的捕快頭兒叫楊錚，手底下很有兩下子。」

倪八皺眉：「難道連孫如海和『野牛』兩個人都對付不了他？如果他真是個這麼厲害的角色，現在只怕已經繞到前面去對付我那頂滑竿去了。」

成剛變色：「我去看看！」

倪八卻不動聲色，只淡淡的說：「現在趕去恐怕已太遲。」

他果然不愧是身經百戰的老江湖，雖然已中計遇伏，頭腦仍極清楚，判斷仍極準確。

就在這時候，車隊的前面已經傳來一聲慘呼。是巴老禿的聲音。

巴老禿也是他的得力屬下，是在前面押隊的。此刻無疑也已中伏。

倪八居然還是神色不變：

「巴老禿完了，黑鬼、黃狼、大象，三個脾氣毛躁，一定會急著趕去，楊錚一定會先避開他們，轉到中間去對付彭虎。」

「我們去接應他。」

「我們不去，我們哪裡都不去。」

成剛怔住：「難道我們就站在這裡，眼看著他殺人？」

倪八太爺冷笑：

「他還能殺得了誰？只要我不死，他遲早都要落入我的手裡。」倪八冷冷的說：「他的目標是我，我在這裡，他遲早總會找到這裡來送死的。」

風更急，月更黑，成剛忽然覺得一股寒意自腳底升起。

他終於明白倪八的意思了。

別人的死活，倪八太爺根本不在乎，就算是跟隨他出生入死多年的死黨也一樣。

車子反正走不了的，車上的銀鞘子也走不了，只要能堅持到最後擒殺楊錚，銀子還是他的，分銀子的人反而少了，他又何必急著去救人，消耗他的力氣。

他當然能沉得住氣，只要能沉住氣等在這裡，以逸待勞，楊錚就必死無疑。

成剛的心也寒了，可是臉上卻不敢露出一點聲色來。

他忽然又想到，就算楊錚不下手，倪八自己說不定也會對他們下手的。

如果沒有人來分他這一百八十萬銀子，也沒有人知道這秘密，他以後的日子豈非過得更舒服？

倪八太爺已拿出那對寸步不離他身邊的「刀中枴」。

一把柳葉刀，一把鑌鐵枴，刀中夾枴，枴中夾刀；一剛一柔，剛柔並濟；一攻一守，攻守相輪，正是倪八太爺威鎮江湖的獨門絕技。

他將鐵枴夾在脅下，用手掌輕拭刀鋒，眼角卻盯在成剛臉上，忽然問：「你是不是已經明白我的意思了？」

成剛一驚，既不敢承認，也不敢否認。

黑暗中不時傳來驚喝慘呼，倪八卻好像完全沒有聽見。

「如果你心裡認爲我是借刀殺人，你就錯了。」他淡淡的說：「這些人跟我多年，如果連一個小小的捕頭都對付不了，我們爲什麼要管他們的死活？」

「是。」成剛低著頭說：「我懂。」

「可是你不同，你跟我最久，只要能一直對我忠心耿耿，會有你好日子過的。」

「是，我懂。」

倪八太爺笑了笑：「你懂得就好。」

他右手握㭼，左手揮刀，刀光逆風一閃，忽然大喝：「楊錚，我就在這裡，你還不過來？」

車隊已散亂，呼喝叱吒聲卻少了，黑暗中終於出現了一個人，面對倪八厲聲道：「姓倪的，你的案子已經發了，快跟我回去吧。」

「你就是楊錚？」

「嗯。」

倪八冷笑：「對付你這種人，也用不著我八老爺親自出手，成剛，你去做了他！」

成剛立刻反手抽出一條竹節鞭，揮鞭撲上去。

他不是不明白倪八的意思，是要拿他當試刀石，先試試楊錚的功夫。

但是他怎麼能不去？

倪八太爺握緊刀㭼，眼睛盯著對面這個人的雙肩雙腿雙拳。

只要能看出這個人的出手路數和武功招式，成剛的死活他也不放在心上。自從他被人出賣過兩次之後，他就已學會這一點，只要自己能活著，能活得好些，又何必在乎別人的死活？

就在成剛身子撲起時，左面草叢裡忽然有「噗」的一聲響。

右面草叢裡被打暈了的車伕中，忽然有個人翻身滾了出來，卻乘機反手打出三根弩箭，打向倪八身上面積最大的胸膛。

倪八太爺雖然料事如神，也沒有料到這一著。

他大吃一驚，可是雖驚不亂，身子忽然直直的凌空拔起，就在這間不容髮的一瞬間施展出最難練的「旱地拔蔥」絕頂輕功，避開了這三箭。

假扮車伕的捕快還在往前滾，倪八想改變身法撲過去。

可是就在他凌空換氣時，後面忽然有個人豹子般竄過來揮拳痛擊他的腰眼。

這一拳沒有打空。

身經百戰，老謀深算的倪八太爺，終於還是中了別人的道兒，被一拳打翻在地上，一口氣幾乎被噎死，幾乎爬不起來。

但是他一定要爬起來，否則對方再跟過來給他一腳，他就死定了。

他勉強忍耐住氣穴間針刺般的痛苦，用鐵枴點地，勉強躍起。

一個瘦削黝黑沉靜的人就站在他對面，用一雙豹子般的亮眼看著他，而且還告訴他：「我才是楊錚，剛才你弄錯人了。」

倪八滿嘴苦水，卻連一口都沒有吐出來，反而笑了，大笑：「好，我佩服你，是我錯了。」他的笑聲嘶啞：「我不但弄錯了人，而且低估了你，想不到你竟是這樣一個詭計多端的小人。」

「我不是君子也不是小人。」楊錚說：「只不過有時候我確實會用一點詭計的，應該用的時候我就用，能用的時候我就用。」

「不能用的時候怎麼樣？」

「不能用的時候我就只有去拚命。」

倪八又大笑，其實現在他已經笑不出來了，可是他一定要笑。

平時他很少笑，該笑的時候他也不笑，不該笑的時候他卻往往會笑得好像很開心。

他一向認爲笑是種最好的掩護，最能掩護一個人的痛苦和弱點。

楊錚果然覺得很奇怪，一個人在這種時候怎麼還能笑得出來？就在這時候，倪八已撲起，刀中夾枴，一招「天地失色」猛攻過來。

這一招有缺點，有空門，但是攻勢卻凌厲之極，這一招本來就是要和對方同歸於盡的拚命招式。

在這種情況下，他已不能不用這種招式，只有這種絕中又絕的招式才能一招制楊錚的死命。

他不信楊錚真的會拚命，一個詭計多端的人通常都不敢拚命的。

只要楊錚有一點畏懼，錯過了那一點稍縱即逝的機會，就必將死在他這一著絕招下。

他想不到楊錚真的拚命。

楊錚絕不是個沒有腦筋的人，但是他隨時隨地都會準備拚命。

他不想死。

但是真的到了非死不可的時候，死也沒有關係。

他抓住了那一瞬間的機會，他拚死的方法比任何人都不要命。

他用的不是正統武功，從來也沒有人看見他用過正統武功。

倪八的出手也已經不太對了。

一個人在換氣時腰眼上被打了一拳，運氣時總難免有偏差，出手也難免有偏差。

他這一著「天地失色」雖然是正統和對方同歸於盡的招式，卻沒有做到這一點。

所以他死了，楊錚卻沒有死。

成剛沒有看見倪八的死。

他用盡全力揮了鞭撲過去時，並沒有撲向那個被倪八當做是楊錚的人。

他乘著黑暗逃走了，就在「天地失色」那一刻逃走了。

沒有人去追他，大家所關心的是倪八和楊錚的勝負生死。

倪八倒下去時，楊錚也倒了下去，只不過倪八永遠再也站不起來。楊錚站了起來。

他的背後雖然挨了一楞，卻還是站了起來，站起後只說了一句話：「我們喝那罈酒去。」

三

他們沒有喝到那罈酒。

酒是由老鄭和小虎子押解人犯時順便帶走的，可是他們沒有回到衙門去。

老鄭和小虎子也沒有回家，他們竟和孫如海、「野牛」一起神秘的失蹤了，誰也不知道他們的下落，也打聽不到他們的行蹤。

楊錚帶著所有弟兄找遍了縣城裡每一個角落，也找不到他們的人影。孫如海的兄弟孫全海，帶著他哥哥的一妻一妾四個兒女，在衙門外又哭又吵又鬧又要上吊，吵著向縣太爺要人。

——人活著見人，人死了也要收屍。

縣太爺只有問楊錚要人。

老鄭的新婚妻子和小虎子七十六歲的老娘，聽到這消息都急得暈了過去。

他們的人到哪裡去了？怎麼會突然失蹤？

沒有人知道。

四

黃昏。

楊錚又疲倦又焦躁又餓又渴，心裡更難受得要命。

他已將近有一天半水米未沾，也沒有闔過眼，每個人都逼著要他回去睡一覺，連縣太爺都說：

「著急有什麼用？急死了也沒有用的，如果你要查明這件事，就不能倒下去。你若倒了下去，誰來負這件事的責任？」

所以楊錚只有回去。

他雖然是單身一個人，卻沒有住在衙門後面的班房裡，因爲他初到這地方的時候，就在城郊租了一房一廳兩間小屋子。

房東姓于，年老無子，只有個獨身女兒蓮姑，就住在楊錚那兩間小屋前的院子裡，于老頭對待他就好像對待自己的兒子一樣。

蓮姑每天早上都會送四個水煮的荷包蛋和一大碗乾麵來給他做早點，再把他的髒衣服帶回去洗，衣服如果破了，鈕扣如果少了一顆，送回來時一定也已經補得好好的。

蓮姑並不漂亮，但卻健康溫柔誠實。楊錚一天沒有回去，她就會急得躲到洗衣服的小溪邊去偷偷流淚。

如果楊錚沒有和他從小就喜歡的呂素文偶然重逢，現在很可能已做了于家的女婿。也就不會發生以後那些讓人又驚奇又害怕又感動的事了。

造化弄人，陰錯陽差。

改變了一個人一生命運的重大事件，往往都是在偶然間發生的。

在楊錚回家的小路上有個小麵舖，附帶著賣一點滷菜和酒，菜滷得很入味，大滷麵都做得很合楊錚味口。店東張老頭也是楊錚的朋友，沒事總會陪他喝兩杯。

他已經非常非常疲倦了，但卻還是想先到那裡去吃碗麵，再切點豆腐乾大腸豬耳朵下酒。

漫天夕陽多彩而絢麗，一個穿灰色衣褂敲小銅鑼的賣卜瞎子，拄著根竹杖，從這條小路盡頭處的一個樹林子裡走出來，鑼聲「噹噹」的響，隨著暮風飄揚四散，雖然並不悅耳，在黃昏時聽來也宛如音樂。

楊錚讓開了路，站在道旁讓他先走過去。

瞎子的臉上木無表情，人生的悲歡離合對他說來都只不過像是一場春夢。

銅鑼輕輕的敲著，一聲快，一聲慢，他慢慢的走到崎嶇的小路上，一腳深，一腳淺，走過楊錚面前時，楊錚的心忽然一跳，就好像忽然被一根看不見的尖針刺了一下。

他是個反應極快極敏感的人，但是也只有在面臨生死危機時才會有這種感覺。

這個瞎子對他並沒有惡意，而且已經從他面前走了過去。

他怎麼會有這種感覺的？

楊錚忽然想起以前有個跟他極親近的人曾經告訴過他。

——一個殺人無算的武林高手，平常時也會帶著種無形無影的殺氣，就好像一柄曾經傷人無算的寶劍一樣。

難道這個瞎子也是位身懷絕技，深藏不露的武林高手？瞎子已經走遠，楊錚也沒有再去想這件事。

他已經非常非常疲倦，什麼都不願多想了，只想先去喝杯酒，好讓晚上能睡得著。

穿過樹林，就是張老頭的小麵舖。

楊錚來的時候，舖子裡已經有兩個客人在吃麵，吃的也是楊錚平時最愛吃的大滷麵，也切了一點豆腐乾豬耳朵在喝酒。

這個人頭上戴著頂寬邊竹笠，戴得很低，不但蓋住了眉毛擋住了眼睛，連一張臉都隱藏在竹笠的陰影裡，楊錚只能看到他的一隻手。

他的手掌很寬，手指卻很長，長而瘦，指甲剪得很短，手洗得很乾淨。

楊錚看得出像這麼樣一雙手無論什麼都一定拿得非常穩，無論什麼人想要從這雙手上搶過一樣東西來，都非常不容易。

他喝酒喝得很少，吃也吃得很少，而且吃得特別慢，每一筷子挾下去都非常小心，就好像生怕挾到個蒼蠅吃下去一樣。

張老頭的麵舖雖然小，卻很乾淨，菜裡絕不會有蒼蠅。只不過盛滷菜的大盤子就擺在路旁的竹紗櫃裡，總難免有點灰塵。這個人竟好像連每一粒灰塵都能看得見，每吃一口菜，都要先把灰塵挑出去。

他身上穿著件已經洗得發白的藍布長衫，洗得非常非常乾淨，背後還揹著柄裝在小牛皮劍鞘裡的長劍，比平常人用的劍最少要長七八寸，劍鞘已經很破舊，劍柄上卻纏著嶄新的藍綾，用黃銅打成的劍鍔和劍鞘的吞口也擦得很亮。

這個人無疑是個非常喜歡乾淨的人，連一點灰塵都不能忍受。

難道他真的連灰塵都能看得見？

楊錚的心忽然又一跳，只看見這個人的一隻手時，他的心就一跳。

這個人正在專心吃他的麵和滷菜，連看都沒有看楊錚一眼，對他更不會有惡意。

楊錚怎麼會忽然又有了這種感覺？

難道這個人也和那賣卜的瞎子一樣，也是位身懷絕技的劍客？

像他們這樣的武林高手，平時連一個都很難見得到，今天怎麼會有兩位同時到了這個無名的小城？

他們是不是約好了來的？他們到這個無名的小城裡來幹什麼？

楊錚也叫了碗麵，叫了點酒菜。

他實在太疲倦，只想吃完了之後立刻回去蒙頭大睡一覺。

他自己的麻煩已夠多，實在不想管別人的閒事，尤其是這種人的事，無論誰要去插手，都難免會惹上殺身之禍。

戴竹笠的藍衫人已經站起來準備付賬走了。

他一站起來，楊錚才發現他的身材也跟他的劍一樣，比平常人最少要高出一個頭，身上絕沒有一分多餘的肌肉。

他的動作雖然慢，卻又顯得說不出的靈巧，每一個動作都做得恰到好處，絕沒有多用一分力氣，從他掏錢付賬這種動作上都能看得出。

他的力氣好像隨時隨地都要留著做別的事，絕不能浪費一點。

麵來了，楊錚低頭吃麵。

青衫人已經走出門，楊錚忍不住又抬頭去看他一眼。就在這時候，青衫人忽然也回過頭來看了他一眼。

楊錚的心又一跳，幾乎連手裡拿著的筷子都掉了下去。

這個青衫人的眼神就像是柄忽然拔出鞘來的利劍，殺人無算的利劍！

楊錚從來未曾見過如此銳利的眼神。

他只不過看了楊錚一眼，楊錚就已經彷彿有一股森寒的劍氣撲面而來，到了他的咽喉眉睫間。

五

暮色漸深。

頭戴竹笠身佩長劍的青衫人已經消失在門外蒼茫的暮色裡。

楊錚再三告訴自己，不要再去想他，更不要想去管他們的事，趕快吃完自己的麵喝完自己的酒，回到自己的床上去。

張老頭卻在他對面拉開個凳子坐下來。

「楊頭兒，你是有眼光的人，你看不看得出這個人有點邪氣？」

「什麼地方邪氣？」

「一條條麵一煮下鍋，總難免有幾條會被煮斷的，撈麵的時候也難免會撈斷幾條。」張老頭說：「這個人吃麵卻只吃沒有斷過的，每一根斷過了的麵條都被他留在碗裡。」

張老頭嘆了口氣：「我真不明白，他是怎麼能看得這麼清楚的？」

楊錚立刻又想起他挾菜時的樣子。

這個人的那雙銳眼難道真的能看得見別人看不見的事？

張老頭替楊錚倒了杯酒，忽然又說了句讓人吃驚的話：

「我看他一定是來殺人的。」他說得很有把握：「我敢打賭一定是。」

「你怎麼能確定他要來殺人？」

「我也說不出，可是我能感覺得到。」張老頭說：「我一走近他，就覺得全身發冷，寒毛直豎，連雞皮疙瘩都冒了出來。」

他又說：「只有在我以前當兵的時候，要上戰場去殺賊之前，我才會變得這樣子，因為那時候大家都要上陣殺人，都有殺氣。」

楊錚麵也不吃了，酒也不喝了，什麼話都不再說，忽然站起來衝了出去。

這地方的治安是由他管的，他絕不允許任何人在這裡殺人，不管這個人是誰都一樣。

就算他明知這個人能在一瞬間將他刺殺於劍下，他也要去管這件事。

就算他已經累得走不動了，他爬也要爬去。

三　暴風雨的前夕

一

夕陽已逝，暮色蒼茫，在黑夜將臨未臨的這一刻，天地間彷彿只剩下一片灰濛，青山、碧水、綠葉、紅花，都變得一片灰濛，就像是一幅淡淡的水墨畫。

青衫人慢慢的走在山腳下的小路上，看起來走得雖然慢，可是只要有一瞬間不去看他，再看時他忽然已走出了很遠。

他的臉還是隱藏在竹笠的陰影裡，誰也看不見他臉上的表情，忽然間，遠處傳來「噹」的一聲鑼響，敲碎了天地間的靜寂。

宿鳥驚起，一個賣卜的瞎子以竹杖點地，慢慢的從樹林裡走了出來。

青衫人也迎面向他走過去，兩人走到某一種距離時，忽然同時站住。

兩個人石像般面對面的站著，過了很久，瞎子忽然問青衫人：「是不是『神眼神劍』藍大先生來了？」

「是的，我就是藍一塵。」青衫人反問：「你怎麼知道來的一定是我？」

「我的眼雖盲，心卻不盲。」

「你的心上也有眼能看？」

「是的。」瞎子說：「只不過我能看見的並不是別人都能看見的那些事，而是別人看不見的。」

「你看到了什麼？」

「看到了你的劍氣和殺氣。」瞎子說：「何況我還有耳，還能聽。」

藍一塵嘆息：「瞽目神劍應先生果然不愧是人中之傑，劍中之神。」

瞎子忽然冷笑。

「可惜我還是個瞎子，怎麼能跟你那雙明察秋毫之末的神眼相比。」

「你要我來，就只因爲聽不慣我這『神眼』兩個字？」

「是的。」瞎子很快就承認：「我學劍三十年，會遍天下名劍，只有一件心願未了，在我有生之年，我一定要試試我這個瞎子能不能比得上你這對天下無雙的神眼。」

藍一塵又嘆了口氣：

「應無物，你的眼中本應無物，想不到你的心裡也不能容物，竟容不下我這『神眼』二字。」

「藍一塵，現在我才知道你爲什麼叫藍一塵。」應無物冷冷的說：「因爲你心裡還有一點塵埃未定，還有一點傲氣，所以你才會來。」

「是的。」藍一塵也很快就承認：「你要我來，我就來，你能要我去，我就去。」

「去？到哪裡去？」

「去死。」

應無物忽然笑了：「不錯，劍是無情之物，拔劍必定無情，現在你既然來了，我也來了，我們兩人中總有一個要去的。」

他已拔劍。

一柄又細又長的劍在一眨眼間就已從他的竹竿裡拔出來，寒光顫動如靈蛇，在晚風中一直不停的顫動，讓人永遠看不出他的劍尖指向何方？更看不出他出手要刺向何方？連劍光的顏色都彷彿在變，有時變赤，有時變青。

藍大先生一雙銳眼中的瞳孔已收縮。

「好一柄靈蛇劍，靈如青竹，毒如赤練，七步斷魂，生命不見。」

青竹赤練，都是毒蛇中最毒的。

「你的藍山古劍呢？」瞎子問。

「就在這裡。」

藍一塵一反手，一柄劍光藍如藍天的古拙長劍已在掌中。

應無物的長劍一直在顫動，他的劍不動。應無物的劍光一直在變，他的劍不變。以靜制動，以不變應萬變。

如果說應無物的劍像一條毒中至毒的毒蛇，他的劍就像是一座山。

應無物忽然也嘆了口氣。

「二十年來，我耳中時時聽見藍大先生的藍山古劍是柄吹毛斷髮的神兵利器，我早就想看一看。」瞎子嘆息：「只可惜現在我還是看不見。」

「實在可惜。」藍一塵冷冷的說：「不但你想看，我也想讓你看看。」

劍一出鞘，一到了他的掌中，他就變了，變得更靜、更冷、更定。

冷如水，定如山。

夜色又臨，一片灰濛已變爲一片黑暗，驚起的宿鳥又歸林，應無物忽然問藍一塵：

「現在天是不是黑了？」

「是的。」

「那麼我們不妨明晨再戰。」

「爲什麼？」

「天黑了，我看不見，你也看不見，你有眼也變爲無眼，我已不想勝你。」

「你錯了！」藍一塵聲音更冷：「就算在無星無月無燈無燭的黑夜，我也一樣能看得見，因爲我有的是雙神眼。」

他橫劍，劍無聲：「你看不到我的劍，又低估了我的眼，你實在不該要我來的。」

「爲什麼？」

「因爲我既然來了，去的就一定是你。」

劍勢將出，還未出，人也沒有去，小路上忽然傳來一陣飛掠奔跑聲，一個人大聲呼喊：

「你們誰也不能去，哪裡都不能去。」這個人的聲音真大：「因爲我已經來了。」

聽他說話的口氣，就好像只要他一來什麼事都可以解決，什麼問題都沒有了。

應無物皺了皺眉，冷冷的問：

「這個人是誰？」

「我姓楊，叫楊錚，是這地方的捕頭。」

「你來幹什麼？」

「我不許你們在這裡仗劍傷人。在我的地面上，誰也不許做這種殘暴兇殺的事。」楊錚說：「不管你是什麼人都一樣。」

應無物臉上完全沒有表情，掌中的蛇劍忽然一抖，寒光顫動間，楊錚前胸的衣襟已經被劃破了十三道裂口，卻沒有傷及他毫髮。

這一劍不但出手奇快，力量也把握得分毫不差。

「剛才你說不管我們是誰都一樣？」應無物冷冷的問楊錚：「現在還一樣不一樣？」

「還是一樣，完全一樣。」楊錚道：「你要殺人，除非先殺了我。」

應無物的答覆只有一個字：「好。」

這個字說出口，靈蛇般顫動不息的劍光已到了楊錚的咽喉。

他的眼雖盲，劍卻不盲。

他的劍上彷彿也有眼，如果他要刺你喉結上的「天突」，絕不會有半分偏差。

顫動的寒光間，「殺著」連綿不斷，一劍十三殺，江湖中已很少有人能避開這一劍的。

想不到楊錚居然避開了，避得很險。

在這兇極險極的一刹那間，他居然還沒有忘記要把對方擊倒。

他天生就是這種脾氣，一動起手來，不管怎麼樣都要把對方擊倒，不管對方是誰都一樣。

他用的又是拚命的法子，居然從顫動的劍光下撲了過去，去抱應無物的腰。

應無物冷笑：「好。」

他的蛇劍迴旋，將楊錚全身籠罩，在一瞬間就可以連刺楊錚由後腦經後背到足踝上的十三處穴道，每一處都是致命的要害。

可是楊錚不管。

他還是照樣撲過去，去抱應無物的腰，只要一抱住，就死也不放。

就算他非死不可，他也要把對方撲倒。

應無物不能倒下。

他能死，不能倒，就算他算準這一劍絕對可以將楊錚刺殺，他也不能被撲倒。

顫動的劍光忽然消失，應無物已後退八尺，居然不再出手，只說：

「藍一塵，我讓給你。」

「讓給我？把什麼讓給我？」

「把這個瘋子讓給你。」應無物道：「讓他試試你的劍。」

「你也有劍，你的劍也可以殺人，爲什麼要讓給我？是不是怕我看出你劍上的變化？是不是怕我看到你的奪命殺手？」

應無物居然立刻就承認：「是的。」

藍大先生忽然笑了。

「劍是兇器，我也殺人。」他說：「可是只有一種人我不殺。」

「哪種人？」

「不要命的人。」藍一塵道：「連他自己的命都不要了，我何必要他的命？」

夜漸深，風漸冷。

應無物靜靜的站在冷風裡，靜靜的站了很久，顫動的劍光忽然又一閃，蛇劍卻已入鞘。

他又以竹杖敲銅鑼，鑼聲「噹」的一響，他的人已消失在黑夜中。

一陣風吹過，只聽見他的聲音從風中從遠處傳來。

他的人彷彿已經在很遠，可是他的聲音卻還是聽得很清楚。

他只說了六個字，每個字都聽得很清楚：

「我會再來找你。」

二

楊錚全身都是汗，風是冷風，他的汗也是冷汗，風吹在他身上，他全身都是冰涼的。

一個連自己都認爲自己已經死定的人，忽然發現自己還活著，心裡是什麼滋味？

藍大先生看著他，忽然問他：

「你知不知道那個瞎子是什麼人？」

「不知道。」

「你知不知道你自己是什麼人？」藍一塵居然問楊錚，卻又搶著替楊錚回答：「你是個運氣非常好非常好的人。」

「爲什麼？」

「因爲你還活著，在瞽目神劍應無物劍下還能活著的人並不多。」

「你知不知道你是什麼人？」楊錚居然也這麼樣問藍一塵，而且也搶著替他回答：「你也是個運氣很好的人，因爲你也沒有死。」

「你認爲是你救了我？」

「我救的也許是你，也許是他。」楊錚道：「不管怎麼樣，反正我都不能讓你們在我這裡殺人，既不能讓他殺你，也不能讓你殺他。」

「如果我們殺了你呢？」

「那麼就算我活該倒楣。」

藍大先生又笑了，笑容居然很溫和，他帶著笑問楊錚：「你是哪一門哪一派的弟子？」

「我是楊派的。」

「楊派？」藍一塵問：「楊派是哪一派？」

「就是我自己這一派。」

「你這一派練的是什麼武功？」

「我也不知道是什麼武功，也沒有什麼招式。」楊錚說：「我練功夫只有十個字秘訣。」

「哪十個字？」

「打倒別人，不被別人打倒。」

「若你遇到一個人，非但打不倒他，而且一定會被他打倒。」藍一塵問：

「那時候你怎麼辦？」

「那時候我只有用最後兩個字了。」

「哪兩個字？」

「拚命。」

藍大先生承認：「這兩個字確實是有點用的，遇到個真拚命的人，誰都會頭痛，如果你有七八十條命可以拚，你這一派的功夫就真管用了。」

他嘆了口氣：「可惜你只有一條命。」

楊錚也笑了笑。

「只要有一條命可以拚，我就會一直拚下去。」

「你想不想學學不必拚命也可以將強敵擊倒的功夫？」

「有時也會想的。」

「好。」藍大先生道：「你拜我爲師，我教給你，如果你能練成我的劍法，你以後就用不著去跟別人拚命了，江湖中也沒有什麼人敢來惹你了。」

他微笑道：「你實在是個運氣很好的人，想拜我爲師的人也不知有多少，我卻選上了你。」

這是實話。

要學藍大先生的劍法確實不是件容易事，這種機緣，誰也不會輕易放過的。

楊錚卻似乎還在考慮。

藍大先生忽然揮劍，劍光暴長，一柄長達三尺七寸長的劍鋒，彷彿忽然間又長了三尺，劍尖上竟多出了一道藍色的光芒，伸縮不定，燦爛奪目，竟像是傳說中的劍氣。

劍氣迫入眉睫，楊錚不由自主後退幾步，幾乎連呼吸都已停頓，只聽見「咔嚓」一聲響，七尺外一棵樹忽然攔腰而斷。

藍大先生劍勢一發即收：「你只要練成這一著，縱然不能無敵於天下，對手也不多了。」

楊錚相信。

他雖然看不懂這一劍的玄妙，可是一棵大樹竟在劍光一吐間就斷了，他卻是看見的。

古劍發寒光，藍大先生以指彈劍，劍作龍吟，楊錚忍不住脫口而讚：

「好劍。」

「這是柄好劍。」藍大先生傲然道：「我仗著這柄劍縱橫江湖二十年，至今還沒有遇到對手。」

「你以前一定也沒有遇到過不想學你劍法，也不想要你這把劍的人。」楊錚說。

「的確沒有。」

「你現在已經遇到一個了。」楊錚說：「我從來都不想當別人的師傅，也不想當別人的徒弟。」

說完這句話，他對藍一塵抱了抱拳，笑了笑，然後就頭也不回的走了。

他不想再去看藍一塵臉上的表情，因爲他知道那種表情一定很不好看。

三

有星，星光閃爍，小溪在星光下看來，就像是條鑲滿寶石的藍色玉帶。

實際上這條小溪並沒有這麼美，白天女人們在這裡洗衣裳，孩子們在這裡大小便，可是一到晚上，經過這裡的人都會覺得美極了，美得幾乎可以讓人流淚。

楊錚走過這裡的時候，就看到有個女人坐在小溪旁的青石上流淚。

她是個結實而健康的女人，一套去年才做的碎花青布衣裳現在已經嫌太緊了，緊緊的繃在她身上，讓她連呼吸都覺得困難，蹲下去的時候更要特別小心，生怕把褲子繃破。

附近的少年看見她穿這身衣裳時，眼珠子都好像掉了下來。

她喜歡穿這套衣裳，她喜歡別人看她。

她年紀還輕，但是已經不能算是小姑娘了，所以她有心事，所以她才會流淚。

她的眼淚總是爲一個人流的，現在這個人已經站在她面前。

「蓮姑，這麼晚了，你一個人坐在這裡幹什麼？」

她低著頭，雖然已經偷偷的用袖子擦乾了眼淚，卻還是沒有抬頭，過了很久才輕輕的說：「昨天晚上你怎麼沒有回來？」她說：「昨天我們殺了一隻雞，今天早上特地用雞湯替你煮了蛋，還留了個雞腿給你。」

楊錚笑了，拉起她的手：「現在我們就回去吃，我吃雞腿，你喝湯。」

每次他拉住她的手時，她雖然會臉紅心跳，可是從來也沒有推拒過。

這一次她卻把他的手掙開了，低著頭說：

「不管你有什麼事，今天都應該早點回來的。」

「爲什麼？」

「今天有位客人來找你，已經在你屋裡等了半天了。」

「有客人來找我？」楊錚問：「是個什麼樣的人？」

「是個好漂亮好漂亮的女孩子，好香好香，還穿著件好漂亮的衣裳。」蓮姑頭垂得更低：「我讓她到你屋裡去等，因爲她說她是你的老朋友，從你還在流鼻涕的時候就已經認識你。」

「她的名字是不是叫呂素文？」

「好像是的。」

楊錚什麼話都不再問，忽然變得就像是匹被別人用鞭子抽著的快馬一樣跑走了。蓮姑抬起頭看他時，他已經人影不見。

星光閃爍如寶石，蓮姑臉上的眼淚就像是一串斷了線的珍珠。

四

楊錚住的是一房一廳兩間屋子，屋子不小，東西不少，卻總是收拾得非常乾淨。

不是他收拾的，是蓮姑幫他收拾的。

他推開門衝進去的時候，廳裡面沒有人，只有一碗茶擺在方桌上，早就涼了。

他的客人已經躺在他臥房裡的床上睡著，一頭每天都被精心梳成當時最流行的貴妃髻的烏黑頭髮，現在已經打開了，散在他的枕頭上。

他的枕頭雪白，她的頭髮漆黑，他的心跳得很亂，她的鼻息沉沉。

她的睫毛那麼長，她的身子那麼柔軟，她的腿卻那麼長。

她清醒時那種被多年風月訓練的成熟嫵媚老練，在她睡著時都已看不見了。

她睡得就像是個孩子。

楊錚就站在床邊，像個孩子般癡癡的看著她，看得癡、想得更癡。

也不知癡了多久，楊錚忽然發現素文已經醒了，也在看著他，眼波充滿了溫柔和憐惜，也不知過了多久，才輕輕的說：

「你累了。」她讓出半邊床：「你也來躺一躺。」

她只說了幾個字，可是幾個字裡蘊藏的情感，有時已足勝過千言萬語。

楊錚默默的躺下去，躺在他朝思暮想的女人身旁，心裡既沒有激情，也沒有慾念，只覺得一片安靜平和，人世間所有的委曲痛苦煩惱彷彿都已離他遠去。

她從未來過這裡，這次爲什麼忽然來了？他沒有問，她自己卻說出來了。

「我是爲了思思來的。」呂素文說：「因爲昨天下午，忽然有個讓我想不到的人到我那裡去找思思。」

「是什麼人？」

「狄小侯，狄青麟。」

「他去找思思？」楊錚也很意外：「他們沒有在一起？」

「沒有。」呂素文道：「他說思思已經離開他好幾天。」

「離開他之後到哪裡去了？」

「不知道，誰都不知道。」呂素文說：「他們一起到牡丹山莊去買馬，第二天晚上她就忽然不辭而別，狄青麟也不知道她是爲了什麼事走的？」

——「是不是因爲他們吵了架？還是因爲她又遇到個比狄青麟更理想的男人？」

在那次盛會中牡丹山莊裡冠蓋雲集，去的每個男人都不是平凡的人，每個男人都可能看上思思。

思思本來就是個風塵中的女人，和狄青麟又沒有什麼深厚的感情。

楊錚心裡雖然這麼想，卻沒有說出來，他知道呂素文一直把思思當做自己的妹妹，聽到這些話一定會不高興的。

所以他只問：「你想她會到什麼地方去？」

「我想不出，也沒有去想。」呂素文說：「因爲我根本就不相信。」

「不相信什麼？」

「不相信狄青麟說的話，不相信思思會離開他。」素文說：「因爲思思曾經告訴過我，像狄青麟這樣的男人，正是她夢想中的男人，她一定要想法子纏住他。」

她說：「思思在我的面前絕不會說謊的。」

——世事多變，女人的心變得更快，尤其像思思這樣的女人，就算那時候她說的是真話，誰敢保證她的想法不會變？

楊錚當然也不會把這種想法說出來。

「難道你認爲狄青麟會說謊？」他問呂素文：「難道你認爲他會對思思怎麼樣？」

「我也不知道。」呂素文說：「以狄青麟的身分，本來的確是不應該會說謊，可是我心裡還是覺得有點怕。」

「你怕？」楊錚問：「怕什麼？」

「怕出事。」

「會出什麼事？」

「什麼樣的事都有可能。」呂素文說：「因爲我知道像狄青麟那樣的男人，絕不願意讓一個女人死纏住他的。」

她忽然握住楊錚的手：「我是真的害怕，所以在他面前，我什麼都不敢說，什麼都不敢問，他的身分雖然尊貴，可是我總覺得他是心狠手辣的人，什麼事都做得出來。」

楊錚知道她是真的在害怕，她的手冰冷。

「沒什麼好害怕的。」楊錚安慰她：「如果狄青麟真的對思思做出了什麼事，不管他的身分多尊貴，我都不會放過他，而且一定替你把思思的下落查出來。」

呂素文輕輕的嘆了口氣，閉上了眼睛：「昨天晚上一夜都沒有睡，我能不能在你這裡睡一下？」

她很快就睡著了。

因爲她已經放心了，雖然她從未信任過任何男人，可是她信任楊錚。

她相信只要楊錚在身邊，就沒有任何人能夠傷害她。

夜漸深，人漸靜。

在這個淳樸的小城裡，人們過的日子都是單純而簡樸的，現在都早已睡了。

除了小虎子傷心欲絕的寡母和老鄭新婚的妻子外，現在城裡也許只有一個人還沒有睡。

狄青麟還留在城裡，還沒有睡。

五

城裡最大的客棧是「悅賓」。

這是家新開的客棧，房子也是新蓋的，可是前幾天忽然又花了幾百兩銀子把西面的跨院重新整修了一遍。

客棧的老闆並不願意花這筆銀子，卻不能不花。

這是一位極有勢力的人要他這麼樣做的，因爲最近有一位身分極尊貴的人要到這裡住一個晚上。

這個貴賓是個非常講究的人，雖然只住一個晚上，也不能馬虎。

這位貴賓就是狄青麟。

狄青麟穿一身雪白的寬袍，拿一盞盛滿琥珀酒的白玉杯，斜倚在一張鋪著雪白色波斯羊毛氈的短榻上，彷彿在想心事，又彷彿在等人。

他是在等人。

因爲這時候外面已經有人在敲門，「篤，篤篤篤。」，用這種方法連敲兩次後，狄青麟才問：「什麼人？」

「正月初三。」門外的人也重複說了兩遍：「正月初三。」

這是日期，不是人的名字。也許不是日期，而是一個約好了的暗號。

但是現在這個暗號卻代表一個人。屬於一個極龐大秘密組織的人。

四百年來，江湖中從未有過比「青龍會」更龐大嚴密的組織。

它的屬下有三百六十五個分舵，分布天下，以太陰曆爲代表，「正月初三」，就代表它屬下的一個分舵的舵主。

狄青麟在等的就是這個人，在這次行動中，就是由這個人負責代表「青龍會」和他連絡的。

人已進來了，一個高大健壯衣著華麗的人，看見他走進來，連一向不動聲色的狄青麟都顯得有點驚訝。

「是你？」

「我也知道小侯爺一定想不到『正月初三』就是我的。」這個人笑嘻嘻的說，一張白白胖胖的圓臉上完全沒有一點機詐的樣子。「很少有人知道我也是『青龍會』的人。」

就算有人知道，也會懷疑：財雄勢大、雄據一方的「花開富貴」花四爺爲什麼要屈居人下？

狄青麟卻了解這一點。

如果「青龍會」要吸收一個人，那個人通常都不會有什麼選擇的餘地。

——不入會就只有死。

——如果你是牡丹山莊的主人，如果你的家財已經多到連你的第十八代玄孫都花不完的時候，你想不想死？

就算一文錢都沒有的人，也一樣不想死的。

狄青麟微笑。

「我的確想不到是你。」他反問花四：「你想不想得到我會殺人？」

「我想不到。」花四爺承認：「我連做夢都沒有想到過。」

「可是現在你當然已經知道了，萬大俠的屍首是你親手放進棺材的。」狄青麟啜了口杯中酒：「你們大頭子交給我的事，我總算已圓滿完成。」

「我已經報上去了，上面已經交代下來，如果小侯爺有什麼事要做，我們也一樣會盡力。」花四爺忽然不笑了，很正經的說：「如果小侯爺要花四去死，我馬上就去死。」

狄青麟凝視著白玉杯裡琥珀色的酒，過了很久才開口：

「我不想要你死，我希望你長命富貴多子多孫。」他說：「只不過有個人我倒真不想讓她再活下去，連一天都不想讓她活下去。」

「小侯爺說的是誰？」

「如玉。」狄青麟說：「怡紅院裡的紅姑娘如玉。」

狄青麟昨天確實到怡紅院去過，已經見到了思思說的「大姐」，本來名字叫呂素文的如玉。

他一看見她之後就發現了一件事——這個女人實在太精明老練，無論什麼事想瞞過她都很不容易。

「我要你們替我去殺了她。」狄青麟說：「隨便找個人，隨便找個理由，在大庭廣眾間去殺了她，絕不能讓任何人懷疑她的死跟我有一點關係。」

「我明白小侯爺的意思。」花四笑得像個彌勒佛：「辦這一類的事，我們有經驗。」

「還有。」狄青麟道：「我聽說如玉有個老客人，是這裡的捕頭。」

「對。」花四爺的消息顯然很靈通：「這個人姓楊，叫楊錚。」

「他是什麼樣的人？」

「倒是條硬漢，也不太好惹，在六扇門裡很有點名氣。」

「那麼你就千萬不要讓殺了如玉的那個人落在他的手裡。」

「這一點，小侯爺已經用不著擔心了。」

「爲什麼？」

「楊錚自己也有麻煩了。」花四爺瞇著眼笑道：「連他自己恐怕都自身難保。」

「他的麻煩不小？」

「很不小。」花四爺說：「就算不把命送掉，最少也得吃上個十年八年的官司。」

狄青麟笑了笑：「那就好極了。」

他沒有再問楊錚惹上的是什麼麻煩，他一向不喜歡多管別人的事。

花四爺自己卻透露出一點：

「這件事說起來也算很巧，我們本來並不知道小侯爺要對付楊錚和如玉。」他說：「可是我們早就有計劃對付他了。」

狄青麟微笑。

現在他已明白，楊錚的麻煩是在「青龍會」的精密計劃下製造出來的。

無論誰惹上這種麻煩，要想脫身都很不容易。

狄青麟站起來，替花四爺也倒了杯酒，輕描淡寫的問：「那天晚上我們在府上喝酒的時候，在席前赤著腳跳拓枝舞的那位姑娘是誰？」

花四爺笑得更愉快：

「她叫小青，我已經把她帶到這裡來了。」他說：「我早就看出來小侯爺看上她了。」

狄青麟大笑：「花四爺，現在我才知道你爲什麼會發財，像你這種人不發財才是怪事。」

小青的腰在扭動時就像一條蛇。

小小的青蛇。

六

夜更深，更靜。呂素文卻忽然驚醒，從噩夢中驚醒。

她夢見狄青麟的嘴裡忽然長出了兩顆獠牙，咬住了思思的脖子，吸她的血。

她驚醒時楊錚還在沉睡。

她忽然發現楊錚全身上下都是滾燙的，流著的卻是冷汗。

楊錚病了，而且病得很不輕。

素文又吃驚又難受，慢慢的從床上爬起來，想去找塊面巾替楊錚擦汗。

屋子沒有點燈，她本來什麼都看不見，可是看見窗子開了。

淡淡的星光從窗外照進來，她忽然看見窗外站著一群人，有的人掌中有刀，有的人手裡有箭。

刀已出鞘，箭已在弦。

四　鮮紅的指甲

一

刀光在星光下閃動，利箭在弓弦上伸挺。

呂素文不知道發生了什麼事，就因爲她不知道，所以更害怕。

她想去叫醒楊錚，又不想去叫醒他。

——他爲什麼偏偏要在這時候生病？

窗外的人並沒有衝進來，可是門外已經有人在敲門了。

呂素文又想去開門，又不敢去。

敲門的聲音愈來愈響，楊錚終於被吵醒，先看見呂素文充滿驚惶恐懼的臉，又看見窗外的刀光。

他也不知道發生了什麼事，從床上一躍而起，忽然發現自己的腿有些軟，衣服都是濕淋淋的，連一點力氣都使不出。

只不過他還是去開了門。

門外站著兩個人，一個人高大威猛，滿臉大鬍子，眉毛濃得就像是兩把潑風刀，看起來天生就像是個有權力的人。

另外一個短小精悍，一雙眼睛炯炯有光，看起來不但極有權，而且極精明。

楊錚認得這些人。

六扇門裡的兄弟，怎麼會不認得省府裡的總捕頭，以「精明老練，消息靈通」讓黑道朋友人人都頭痛的「鷹爪」趙正？

「趙頭兒，」楊錚問他：「三更半夜來找我幹什麼？是不是又出了什麼事？」

趙正還沒有開口，那個濃眉虬髯的大漢已經先開口了。

「想不到你居然還沒有跑。」他冷笑著道：「你真有膽子。」

「我為什麼要跑？」

趙正忽然嘆了口氣，拍了拍楊錚的肩：

「老弟，你的事發了。」他不停的搖頭嘆氣：「我真想不到，你一向是條好漢子，這次怎麼會做出這種事來？」

「我做了什麼事？」

濃眉大漢又冷笑：「你還想裝蒜？」

他揮了揮手，外面就有四個人抬了個白木銀鞘子走了進來，正是楊錚剛從倪八手上奪回來的鏢銀，每個鞘子裡都裝著四十隻五十兩重的官寶。

楊錚還不懂這是怎麼回事，濃眉大漢忽然又出手，拔出一柄金光閃閃的紫金刀，一刀砍下去，銀鞘子立刻被劈開。

銀鞘子裡居然沒有銀元寶，只有些破銅爛鐵和石頭。

濃眉大漢厲聲問楊錚：「你是在什麼時候把銀子掉包的？把銀子藏到哪裡去了？」

楊錚又驚又怒：「九百個銀鞘都被掉了包？你以爲是我動的手腳？」

趙正又嘆了口氣：

「老弟，不是你是誰？」他說：「銀子絕不會忽然變成廢鐵。」

他又說：「倪八當然也有嫌疑，可惜他已經被你殺了滅口，已經死無對證了。」

——殺人滅口，死無對證，這種話說得好兇狠。

「你帶去辦這件案子的人都是你的好兄弟，而且每人都有一份，當然不會承認的。」趙正說：「老鄭和小虎子是你最信任的人，你叫他們把銀子帶走，因爲你相信他們絕不會出賣你。」

趙正又說：「這兩個人一有嬌妻幼子，一個有老母在堂，就算想出賣你，他們也不敢。」

楊錚忽然鎮靜了下來，什麼話都不說，先回頭告訴呂素文：

「你先回去，我再來找你。」

呂素文的全身上下都已變得冰冰冷冷，什麼話也沒有再說，垂著頭走出去，走出門之後又忍不住回頭看了楊錚一眼，眼色中充滿惶恐和憂心。

她知道他一定不會做出這種事的，可是她也知道，這種事就算跳到黃河裡也很難洗得清。

她在爲他擔心。只爲他擔心，絲毫不爲自己。

因爲她還不知道她的情況比他更危險，還不知道現在已經有個人在等著要取她的命。

一個把殺人當作砍瓜切菜般的狠人。

二

禿子一向狠，又兇又冷又狠。

他是花四的屬下，現在已經得到花四爺的命令──在日出前去殺怡紅院的如玉。殺了之後立刻遠走高飛，五年裡都不許在附近露面。

花四爺除了給他這個命令之外，還給了他一萬兩銀票，已經足夠他過五年舒服日子。

在他說來，這是件小事。

他向花四爺保證：「明天天亮的時候，那個婊子一定會躺在棺材裡。」

三

楊錚的心在刺痛。

他明白呂素文對他的憂切關心，也捨不得讓她走，但是她非走不可。

因爲他已經發現這件事絕不是容易解決的。

──如果你能知道一隻老虎掉進獵人的陷阱時是什麼感覺，你才能了解他此刻的感覺。

他問那個濃眉虬髯的大漢：

「閣下是不是『中原』的總鏢頭寶馬金刀王振飛？」

「是。」

「閣下是不是認定了這件案子是我做的？」

「是。」

楊錚沉默了很久，轉過臉去問趙正：「連你也不相信我？」

趙正又在嘆息。

「一百八十萬兩銀子不是個小數目，幹我們這一行的人，就算幹一千年也賺不來的，財帛動人心，這一點我很清楚。」他說：「我知道你一向是個出手很大方的人，也知道剛才那位姑娘是個價錢很貴的紅姑娘。」

楊錚在聽他說話，聽到這裡，忽然衝過去，揮拳猛擊他的嘴。

趙正往後跳，王振飛揮刀，門外又有人撲進來，一片混亂中，忽然聽見一個人用一種極有威嚴的聲音大聲說：

「你們全都給我住手！」

一個白皙清秀三十多歲的藍衫人大步走進來，用一雙炯炯有神的眸子瞪住他們：「誰也不許輕舉妄動。」

沒有人再動。

因爲這個人就是這地方的父母官，進士出身的「老虎榜」知縣，被老百姓稱爲「熊青天」的七品正堂熊曉庭。

他是能吏，也是廉吏，他連夜趕到這裡來，因爲他對他手下這個年輕人有份很特別的感情，那已經不僅是長官對下屬的感情。

「我相信楊錚絕不會做這種事。」熊曉庭說：「如果趙班頭怕對上面無法交代，本縣可以用這七品前程來保他。」

趙正立刻躬身打扦：「熊大人言重了。」

他是府裡派來的人，但是他對這位清廉正直強硬的七品知縣，還不敢有絲毫無禮。

「只不過這件案子還是要著落在楊錚身上。」熊大人轉向楊錚：「我給你十天期限，你若還不能破案，就連我也無法替你開脫了。」

十天，只有十天。

沒有人證，沒有線索，沒有一點頭緒，怎麼能在十天之內破得了這件案子？

天還沒有亮，楊錚一個人躺在床上，只覺得四肢發軟，嘴唇乾裂，頭腦渾渾沌沌，就像是被人塞了七八十斤垃圾進去。

他恨自己，爲什麼要在這時候生病。

他絕不能讓自己這麼樣倒在床上，他一定要掙扎著爬起來。

但是他滾燙的身子忽然又變爲冰冷，冷得發抖，抖個不停。

暈眩迷亂中，他好像看見蓮姑走進了他的屋子，替他蓋被，替他擦臉，拿著他的臉盆替他去井裡打水，好像去了很久沒有回來。

四

他彷彿還聽見了一聲慘呼，那彷彿是蓮姑的聲音。

此後，他就沒有再看見過她。

天亮了。

禿子雖然一夜沒有睡，卻還是精神抖擻，因爲這個世界上已經少了一個人，他身上卻多了一萬兩銀子。

行裝已備好，健馬已上鞍，從此遠走高飛，多麼逍遙自在。

他想不到花四爺居然會來，帶著個小書僮一起來的，胖胖的臉上一團和氣，只問他：

「你是不是要走了？」

「是。」禿子笑道：「四爺交給我辦的只不過是小事一件，簡直比吃白菜還容易。」

「現在如玉已經躺在棺材裡？」

「她不在棺材裡。」禿子說：「她在井裡。」

「哦？」

「前天晚上她就不在怡紅院了，幸好我還是找到了她。」禿子很得意：「前天晚上送她出去的車伕是個酒鬼，我只請他喝了幾兩酒，他就把她去的那個地方告訴了我，我當然不會找不到的。」

花四爺微笑：「你倒真有點本事。」

禿子更得意。

「我趕去的時候，她正好從屋子裡出來，到井邊去打水，三更半夜誰都難免會失足掉下井的，所以我一伸手，事情就辦成了，簡直不費吹灰之力。」

「你辦得很好。」花四爺說：「可惜還是有一點不太好。」

「哪一點？」

「你殺錯了人！」花四爺說：「昨天晚上如玉已經回到怡紅院，還陪我喝了兩杯酒。」

禿子怔住了。

花四爺又笑了笑：「偶然殺錯一兩個人其實也沒什麼太大關係。」

禿子也笑了。

「當然沒關係，今天我再去，這次保證絕不會再殺錯。」

「那麼我就放心了。」花四爺帶著微笑，吩咐他那個最多只有十五六歲的小書僮：「小葉子，你再替我送一千兩銀子給這位大哥。」

小葉子長得眉清目秀，一臉討人喜歡的樣子，尤其是拿出銀票來送人的時候，更讓人沒法子不喜歡。

禿子的眼睛也像花四爺一樣瞇了起來：「這位小哥長得真好……」

他沒有說完這句話，因爲他只看見了小葉子拿銀票的一隻手。

小葉子另外還有一隻手，手裡有一把刀。

雖然是很短的一把刀，但是如果刺入一個人的要害，還是一樣可以致命。

小葉子輕輕鬆鬆的就把這柄短刀的刀鋒送進禿子的腰眼裡去。

完全送了進去，連一分都不剩。

像禿子這種人的死，才是真正不會有人關心的。

因爲他殺人。

殺人的人，就難免會死在別人的刀下。

——雖然有時是孩子手裡的短刀，有時是仇人手裡的兇刀，但是在最合理的情況下，通常還是劊子手掌中的鋼刀。

五

蓮姑死了，死在井裡。

誰也想不到她是被人誤殺而死的。

她沒有仇人，更不會被人仇殺，連她的父母都認爲她是自己心裡想不開而跳井的。

于老先生夫妻當然不會把這種話在楊錚的面前說出來。

楊錚已經病了，已經有了麻煩，老夫妻兩個人都不願再傷他的心。

他們甚至還請了位老郎中來替楊錚開了一帖藥，可是等到他們把藥煎好送去時，楊錚已經不見了，只留下兩錠銀子和一張字條。

「銀子是留給蓮姑辦後事的，聊表我一點心意，這兩天我恐怕要出遠門，但是一定很快就會回來，請你們放心。」

手裡拿著銀子和紙條，眼睛看著窗外蕭索冷清的小院，一棵衰老的白楊樹已經開始枯萎，一條老黃狗蜷伏在牆角。

老夫妻兩個人慢慢的走出去，在樹下兩個石凳上面對面的坐下，看著一朵朵楊花飄落。

他們沒有流淚。

他們已經無淚可流了。

六

天已經亮了很久，張老頭還賴在床上不肯起來。

他知道早就應該起來準備滷菜和麵條了，否則今天恐怕就沒法子做生意。

他爲什麼一定要起來做生意呢？每一天的日子都過得如此漫長艱苦，而生命又偏偏如此短促，他爲什麼不能多睡一會兒？

他還是起來了，因爲他忽然想到那些每天都要到這裡吃麵的窮朋友。

這裡不但便宜，而且還可以賒帳，如果這裡沒東西吃，他們很可能就要挨餓。

——一個人活著並不是只爲了自己，這世界上有很多人都是爲了別人而活著的，如果你已經擔起了一副擔子，就不要隨便放下去。

張老頭心裡嘆著氣，剛卸下店門的門板，就看見楊錚衝了進來，一雙炯炯有光的眼睛已變得散漫無神，而且充滿了紅絲，臉色也變得很可怕。

「你病了。」張老頭失聲說：「你爲什麼不躺在家裡多休息休息？」

「我不能休息。」楊錚說：「因為有些事非要我去做不可。」

張老頭當然能明白他的意思，嘆息著道：「對！有些人天生就是不能停下來的。」

楊錚自己去拿了六個大碗擺在桌上。

「你把每個碗都替我倒滿燒酒，最烈的那種燒刀子。」他說：「我一定要喝點酒才有力氣。」

張老頭吃驚的看著他：「你病得這麼厲害還要喝酒？你是不是想死？」

楊錚苦笑：「你放心，我死不了的，因為現在我還不能死。」

張老頭又不禁嘆息：「對，你不能死，我也不能死，就算我們自己想死都不行。」

六大碗火辣辣的燒刀子，楊錚一口氣喝下去，身子立刻火辣辣的燒了起來。

外面的風很大，他迎著風衝去，扯開了衣襟，大步而行，汗珠子雨點般下來，冷風吹在他流著汗的胸膛上，他完全不在乎。

城裡已經開始熱鬧起來，有很多人跟他打招呼，他也挺著胸對他們點頭微笑。

他先到縣衙裡去跟熊大人磕了三個頭。

「現在我就要出門去辦事了，十天之內我一定會回來，就算我死了，也會求人把我的屍首抬回來的。」他說：「只求大人不要為難那些替我作保的兄弟。」

年輕的縣太爺沒有回答，卻轉過頭去，因為他不願讓他的屬下看見他已有滿眶熱淚將要奪目而出，過了很久他才淡淡的說：

「你走吧！」

出了衙門，楊錚就把他母親留給他以後娶媳婦做聘禮用的一對珠環和一根金釵，送到鴻發當鋪去當了十五兩五錢銀子。

這還是他母親陪嫁帶到楊家的，他本來就算餓死也不會動用，可是現在他已經把他多年薪俸的節餘都留給蓮姑了。

他用一兩銀子買了兩大罈酒和一大方豬肉，叫人送到牢房去，送給他那些因爲這件事而被收押的兄弟，又把另外十四兩分成兩包，叫人去送給老鄭的妻兒和小虎子的寡母。

他不忍去見她們，也不敢去，他生怕他們見面時會彼此抱頭痛哭。

然後他就用最後的五錢銀子去買了四十個硬麵餅和一些鹹菜肉乾，用青布包好紮在背後，剩下的還夠他喝兩斤最便宜的燒酒。

他本來不想再喝的，可是他忽然看見趙正和王振飛就站在對面的「悅賓」客棧門口，正在跟一個白衣如雪的貴公子寒暄招呼。

客棧外停著一輛極有氣派的馬車，這位貴公子好像已經準備要上車走了。

他對趙正和王振飛也很客氣，可是一張蒼白而高貴的臉上，已經露出了不耐煩的情緒，顯然並沒有把這兩個人當作朋友。

楊錚忽然把本來不想喝的兩斤酒要來，一口氣喝了下去。

狄青麟的確已經很不耐煩，只想這兩個人趕快把話說完趕快走。

但是剛被王振飛介紹給狄小侯認得的趙正，還在不斷的向他道仰慕之忱，還一定要留他吃頓飯。

就在這時候，對街忽然有個衣衫不整滿身酒氣的年輕人衝過來問他：

「你是不是狄青麟？」

他還沒有開口，趙正已經在大聲叱責：「楊錚，你怎麼敢對狄小侯爺如此無禮？」

楊錚笑了笑：「我對誰都是這樣子的，你要我怎麼樣對他？跪下來舐他的腳？」

趙正氣得臉色都變了，但是想到自己的職位，還不便發作。

王振飛卻沒有這些顧忌，冷笑道：

「楊頭兒，以你的身分，恐怕還不配跟小侯爺說話，你就請快點滾吧！」

「我不會滾。」

「不會滾也要你滾，我教你。」

楊錚又笑了，忽然一巴掌往王振飛臉上打了過去。

王振飛冷笑，隨便用一個「小擒拿手」就扣住了楊錚的腕子。

像這樣一個小小的捕快，他閉著眼也能對付的，他正想給這個無禮的小子一點教訓，想不到就在這時候，楊錚的左拳已經痛擊在他的胃上。

這一拳打得真不輕。

王振飛痛得幾乎要彎下腰去嘔吐，幸好他幾十年的功力不是白練，寶馬金刀的聲名得來也並非偶然，他居然挺住了。

楊錚也想乘這個機會掙脫了他的手，卻沒有掙脫，王振飛手上的力道實在不弱。

「你知不知道世上只有兩種人是打不得的，一種是功夫比你強的人，另一種就是我這樣的人。」他說：「毆打官差，是要吃官司的。」

王振飛怒喝：「憑你還不配帶我去吃官司。」

他的力氣已恢復，「七十二路小擒拿手」每一招拿的都是對方關節要害。

楊錚雖然知道，卻不在乎。

他還可以拚命。

狄青麟一直用一種冷冷淡淡的態度在看著他們，忽然微笑道：「我也不會滾，滾起來一定很有意思，王總鏢頭，你還是教教我吧。」

王振飛的臉色又變了，吃驚的看著狄青麟：「小侯爺，你難道忘了我是你的朋友？」

狄青麟又淡淡的笑了笑。

「你不是我的朋友。」他的聲音很平和：「你們兩位都不是。」

他忽然伸出手去拉楊錚的手：「你有什麼事找我？我們到車上去說。」

楊錚的腕門本來已經被王振飛以極厲害的擒拿法鎖住，可是狄青麟一出手，好像並沒有什麼動作，王振飛就不由自主鬆開來踉蹌後退三步。

他又驚又恐又怕又有點莫名其妙，直等到車馬遠去，才忍不住問趙正：

「他怎麼可以這樣子對我？」

「他當然可以，不管他怎麼樣對你都可以，他也可以這樣子對我。」趙正冷冷的說：「因爲他不但武功比我們高得多，而且是世襲的一等侯。」

「難道我們就沒法子對付他？」

「當然有。」

「什麼法子？」

「去咬他一口。」

七

車馬前行，舒服而平穩。

狄青麟用一種很溫和的眼光看著楊錚。

「我聽說過你，我知道你是條硬漢。」狄小侯說：「可是我從來也沒有看過你那樣的出手，你爲了要打人，居然不惜先讓對方把你的要害拿住。」

「你從來沒見過那一招？」

「從來沒有。」

「我也沒見過。」楊錚說：「我也是第一次用那一招，因爲那本來就是我臨時想出來的，我練的就是這種功夫。」

狄小侯微笑：「這樣的功夫有時候也很有用的。」

楊錚忽然問他：

「你聽誰說起過我？是不是思思？」

「是她。」

「她人呢？」

「走了。」狄青麟的聲音裡帶著種無可奈何的惋惜：「一個女人如果要走，就好像天要下雨一樣，誰也攔不住的。」

「你知不知道她是跟誰走的？」楊錚又問：「知不知道她到什麼地方去了？」

狄青麟搖頭：「事先我一點都沒有看出她會走，女人的心事，本來就是男人無法捉摸的。」他淡淡的笑了笑：「就正如男人的心事女人也無法捉摸一樣。」

楊錚沉默了很久，忽然說：「我也要走了，再見。」

他真的說走就走，說完這句話就打開車門跳了出去。

車馬依舊保持著正常的速度向前奔馳。狄青麟靜靜的坐在車廂裡，本來很少有表情的臉上，現在卻有了種很奇怪的表情。

就在這時候，車廂下忽然有個人游魚般滑出，滑入了車窗，穿一身灰布衣褂，拿一根青竹明杖，赫然竟是「瞽目神劍」應無物。

他忽然闖入了狄小侯的車廂，狄青麟卻連一點驚訝的樣子都沒有，好像早就知道他會來的，只問了句：

「藍大先生是不是已經死在你的劍下？」

「沒有。」應無物說：「我和他根本沒有交手。」

「爲什麼？」

「就因爲剛才的那個人。」

「楊錚？」狄青麟皺眉：「你要殺人時，一個小小的捕頭能攔得住你？」

「這次你看錯人了。」應無物道：「楊錚絕不是你想像中那麼簡單的人。」

「哦？」

「他出手的招式雖然不成章法，卻有一身很好的內功底子，絕不是沒有來歷的人。」應無物冷笑：「我跟他交過手，他瞞不過我。」

他又說：「藍一塵要收他爲弟子，他居然一口拒絕了。你想不想得出他爲什麼要拒絕？」

「是的。」

「是不是因爲他本門的武功並不比藍大先生的劍法差？」

狄青麟沉默了很久才回答：

「他爲什麼從來不用他的本門武功？」

「因爲他不願讓人看出他的身世來歷。」

「你想他有什麼來歷？」

應無物沉默了很久才說：「我第一眼看見他，就覺得他很像一個人。」

一個瞎子怎麼能「看見」？就算他的心中有眼，也看不見人的。

這是件怪事，狄青麟卻一點都不覺得奇怪，只問應無物。

「他像誰？」

「像楊恨，性格容貌神氣都像極了。」

「楊恨？」狄青麟立刻問：「是不是昔年橫行無忌，殺人如草的大盜楊恨？」

「是的。」

狄青麟的瞳孔忽然收縮。

「難道你認為他可能是楊恨的後人？」

「很可能。」

應無物的白眼一翻，眼白翻起，忽然露出雙雖然比常人小一點，但卻精光四射的眸子。

他沒有瞎。

「瞽目神劍」應無物居然不是瞎子。

這是他最大的秘密，他騙過了天下人，可是他沒有騙過狄青麟。

他為什麼要讓狄青麟知道這秘密？

難道他和狄青麟之間有一種不為人所知的特別關係？

一個浪跡天涯的劍客，和一位門第高貴的小侯爺，會有什麼關係呢？

狄青麟的手已握緊，就好像已經握住了他那柄能殺人於瞬息的薄刀。

應無物盯著他，盯著他看了很久，才一個字一個字的問：「那個叫思思的女人是不是已經死了？是不是你殺了她？」

狄青麟拒絕回答。

應無物嘆了口氣，眼白一翻，一雙精光四射的眸子忽又消匿，又變成個瞎子。

「如果你殺了那個女人，最好連楊錚也一起殺了。」應無物說：「只要他還活著，就絕不會放過你，遲早總會查出你的秘密。」

他冷冷的接著說：「這種事你是絕不能倚靠別人替你做的。」

狄青麟又沉默了很久，忽然大聲吩咐他新僱的車伕：「我們回家去。」

車伕是新僱的。

因爲原來的那個車伕，在思思失蹤之後，忽然因爲酒醉淹死在大明湖。

八

呂素文的心很亂。

一個三十歲的寂寞女人，黃昏時心總是會莫名其妙的忽然亂起來。

就在她心最亂的時候，楊錚忽然來了，第一句話就說：「我給你看一樣東西，你看不看得出它本來是屬於誰的？」

楊錚伸出緊緊握住的手，他手裡握住的是一截斷落了的指甲。

鮮紅的指甲。

五　九百石大米

一

指甲是用一種精煉過的鳳仙花汁染紅的，顏色特別鮮艷。

可是看到這片指甲時，呂素文的臉就變得像是張完全沒有一點顏色的白紙。

她從楊錚手裡搶過這片指甲，在剛剛燃起的油燈下看了很久。

她的手忽然顫抖起來，全身都在顫抖，忽然轉過身來問楊錚：

「你在哪裡找到的？」

「在狄青麟的車上。」楊錚說：「在他車廂坐椅的墊子夾縫裡。」

他還沒有說完這句話，呂素文的眼淚已如雨點般地落下。

「思思已經死了。」她流淚說：「我早就知道她一定已經死在狄青麟手裡。」

「你怎麼能確定？」

「這是思思的指甲，她用來染指甲的鳳仙花汁還是我送給她的，我認得出。」呂素文說：「思思對她的指甲一向保養得很好，如果沒有出事，怎麼會斷落在狄青麟的車上？」

楊錚的臉色也一樣蒼白。

「一個像狄小侯這麼有身分的人，為什麼要謀殺一個像思思這樣可憐的女人？」他問自己：「是不是因為他有什麼不可告人的秘密被思思發現了？以他的身分會做出什麼不可告人的事？」

他又嘆了口氣：「就算他真的殺了思思，我們也無可奈何。」

呂素文幾乎已泣不成聲，卻還是要問：

「為什麼？」

「因為我們完全沒有證據。」

「你一定要替我把證據找出來。」呂素文握緊楊錚的手：「我求你一定要替我去做這件事。」

她的手冰冷，楊錚的手也同樣冰冷。

「我本來已經在懷疑。」楊錚說：「可是現在我已經完全明白了。」

「你懷疑什麼？明白了什麼了？」

「蓮姑昨天晚上淹死在井裡，她是個善良的女孩子，沒有人會去謀殺她，連她的父母都認為她是投井自盡的，可是我卻在懷疑。」楊錚說：「因為那時候她一心只想照顧我，絕不會在我病得那麼重的時候去跳井。」

他又補充：「那時候我的神智雖然很不清楚，卻還是聽到了她那一聲慘呼。」

一個自己要死的人，絕不會發出那種充滿恐懼和絕望的呼聲。

「你認為她是被別人害死的？」呂素文問楊錚。

「是的。」

「什麼人會去殺一個像她那麼善良的女孩子？」

「一個本來要殺你的人。」楊錚的聲音充滿憤怒仇恨：「他知道你到我那裡去了，他看見蓮姑從我屋裡出來，他把蓮姑當做了你。」

「他爲什麼要殺我？」

「因爲你已經在懷疑狄青麟。」楊錚說：「你絕不能再留在這裡，因爲狄青麟一定不會讓你活著的，一次殺不成，一定還有第二次。」

他凝視著呂素文：「所以你一定要跟我走，放下這裡所有的一切跟我走，我絕不會讓任何人傷害你。」

他的目光是那麼誠懇，他的情感是那麼真摯。

呂素文擦乾眼淚，下定決心：「好，我跟你走，不管你要帶我到哪裡去，我都跟你走。」

楊錚的心碎了。

一種深入骨髓的感情，也和痛苦一樣會讓人心碎的。

忽然間，他們發現彼此已經擁抱在一起。

這是他們第一次這麼親密。

——一種外來的壓力，往往會把一對本來雖然相愛卻又無法相愛的人之間的「隔」壓斷，使得他們的情感更深。

在這一瞬間，他們幾乎已忘記了所有的一切，一切煩惱痛苦憂傷和仇恨。

可是他們忘不了。

因爲就在這時候，外面已經有人在敲門。

一個最多只有十二三歲，長得非常討人喜歡的小男孩站在門外，用一種非常有禮貌的態度問剛剛開了門的呂素文。

「我是來找一位如玉姑娘的。」

「我就是如玉。」素文說：「你找我有什麼事？」

如果不是在這種情況下，她說不定會笑出來的，來找她的男人雖然有各式各樣不同的類型，甚至有七八十歲的老學究，卻從來沒有這麼小的孩子。

因爲她做夢也想不到這個孩子要的並不是她的人，而是她的命。

「我叫小葉子。」小男孩笑嘻嘻的說：「別人都說如玉姑娘又聰明又漂亮，果然沒有騙我。」

他說出他的名字，因爲他的手裡已經有刀，一柄殺人從未失手過的刀。

可是這一次他失手了。

他的手剛剛刺出，忽然聽見一聲怒吼，一個人衝出來，揮拳猛擊他的喉結。

——一個十二三歲的小孩子，怎麼會有喉結？

小葉子當然想不到一個妓女的屋子裡會有一個出手這麼快又這麼重的男人衝出來。

但是他並沒有慌，也沒有亂。

他是來殺人的，無論在任何情況下，無論有什麼變化，他都要達成使命。

他受過的訓練使他絕不會忘記這一點。

他的身子旋風般一轉，已避過了楊錚的鐵拳，反手再刺呂素文的後頸。

這一刀他沒有失手。

刀光一閃，刀鋒已刺進一個人的肉裡，肩下的肉。

不是如玉的肩，是楊錚的。

楊錚忽然衝過來，以肩頭迎上刀鋒，把肌肉綳緊。

刀鋒突然陷入鐵一般的肌肉裡，小葉子又驚又喜，也不知自己是否得手，因爲他從未遇到過這樣的情況。

就在這一刹那間，楊錚的鐵掌已横切在他的喉結上。

他的雙睛陡然凸起，吃驚的看著楊錚。

他的人已泥一般癱軟下去。

楊錚拔下肩頭的短刀，撕下條布帶，用力紮在傷口上，先止住了血，伸手去拉呂素文：

「我們快走。」

呂素文卻甩開他的手，板著臉說：「你自己一個人走吧！」

楊錚怔了怔，忍不住問：

「爲什麼？」

「不管怎麼樣，他還是個孩子，你怎麼忍心對他下毒手？」呂素文冷冷的說：「我怎麼能跟你這種心狠手辣的人一起生活？」

楊錚知道她的脾氣，如果她已認定一件事，不管你用什麼話來解釋都沒有用的。

他只有用事實來證明。

他忽然一把扯下小葉子的褲腰：「你看他是不是孩子？」

呂素文吃驚的看著這個「孩子」，無論誰都看得出他已經不再是孩子了。

他的確已完全成熟。

「你怎麼知道他已經不是孩子？」

「他已經有了喉結，他的刀用得太純熟。」楊錚說：「我早就知道江湖中有他這樣的人，而且還不止一個。」

「他是什麼樣的人？」

「他們都是被人用藥物控制了生長發育的侏儒，從小被訓練成殺人的兇手。」楊錚說：「他們每天都要服食以珍珠粉爲主要材料的養顏藥，所以他們的臉永遠不會蒼老，看起來永遠像是個孩子。」

他又補充：「這種藥物的價格極昂貴，所以他們殺人的代價也極高，除了狄青麟那樣的豪門鉅富外，能用得起他們的人並不多。」

呂素文的手腳冰冷。

她不能不相信楊錚的話，有些被人栽做盆景的樹木，也是永遠長不高大的。

但是人畢竟和樹木不同。

「是誰這麼殘忍？」呂素文問：「竟忍心用這種手段去對付一群孩子？」

「就是我曾經跟你說起過的『青龍會』。」楊錚說：「他們都是屬於『青龍會』的，通常都僞裝成『青龍會』中一些主腦人物的貼身書僮。」

他忽然又笑了笑，撫著肩上的傷口說：「幸好這些人因爲從小就受藥物控制，所以體能有限，否則我怎麼敢挨他這一刀？」

呂素文輕輕嘆了口氣：「有時候我真想不通，你怎麼會知道這麼多事的？江湖中那些詭秘勾當，好像沒有一件能瞞得過你。」

楊錚臉上忽然露出種既尊敬又悲傷的表情，過了很久才說：

「這些事都是一個人教給我的。」

「是誰教給你的？」

楊錚不再回答，解下背後的包袱，拿了塊肉脯和硬麵餅給她，自己卻躺在地上，仰視著滿天繁星癡癡的出了神。

——他是不是在想那個人？

這時候夜已漸深，他們從怡紅院後面的小巷裡繞出了城，到了一個有泉水的山坡下。

楊錚的酒力退了，奇怪的是病勢彷彿也已減輕，只不過覺得非常疲倦。

呂素文含情脈脈的看著他，情不自禁伸出手，輕撫他瘦削的臉。

「你最好先睡一陣子，萬一有什麼事，我會叫醒你。」

楊錚點點頭，眼睛已闔起，好像根本沒有聽見山坡上的腳步聲。

二

腳步聲比狸貓還輕，慢慢的走過柔軟的草地，兩對饑狼般的利眼，一直在盯著楊錚的手。

來的是兩個人。

楊錚沒有睡著，他的心在跳，跳得很快。

這兩個人的腳步聲太輕，身手一定不弱，楊錚卻已精疲力竭。

他只希望這兩個人認爲他已睡著，乘機來偷襲他，他才有機會偷襲他們。

想不到他們居然很遠很遠就停下來，而且大聲說：「楊頭兒，夜深露重，睡在這裡會著涼的，我們特地來送你到一個好地方去，你請起來吧。」

這兩個人居然好像自恃身分，不肯做暗算別人的事。

楊錚的心沉了下去。

這種人才真正可怕，如果不是一等一的高手，絕不會這麼做的。

他們無疑已經有把握取楊錚的性命，根本用不著暗算偷襲。

山腳旁的柳樹下站著兩個人，手裡拿著兩件寒光閃閃的奇形兵刃，等楊錚站了起來之後，他們才慢慢的走過來，腳步又輕又穩。

他們都非常沉得住氣。

楊錚也只有盡力使自己鎮靜，擋在全身都已因恐懼而痙攣的呂素文面前，大聲問：「你們是什麼人？」

「既然你想知道，我們就告訴你。」

他們一點都不怕楊錚知道他們的秘密，因爲死人是不會洩露任何秘密的。

他們用一種很奇怪的聲音說出了八個字，聲音裡充滿了驕傲和自信，好像只要一說出這八個字，無論誰都會怕得要命。

「天青如水。」

「飛龍在天。」

一聽見這八個字，楊錚的臉色果然變了。

「青龍會？你們是青龍會的人？」楊錚問：「青龍會爲什麼要找上我？」

「因爲我們喜歡你。」

一個人陰惻惻的笑道：「所以要把你送到一個永遠不會著涼生病的地方，而且還要你的情人永遠陪著你。」

楊錚雙拳握緊，心中絞痛。

他還有命可拚，還可以拚命，可是呂素文呢？

山腳旁那株柳樹梢頭忽然傳下來一陣笑聲，一個人說：「那地方他不想去，還是你們兩位自己去吧！」

兩個人立刻散開，霍然轉身，動作輕靈矯健，反應也極靈敏。

他們彷彿看見有個人輕飄飄的站在柳樹梢頭，卻沒有看清楚。

因為就在這一瞬間，已有一道閃電般耀眼的藍色劍光亮起，閃電般凌空下擊。

劍光盤旋一舞，忽然又山嶽般定下，兩個來殺人的人已倒在他們自己的血泊裡。

楊錚又驚又喜，失聲道：

「是你。」

一個頭戴斗笠的藍衫人，斜倚在樹下看著他，溫和的笑眼中已全無殺氣。

「青龍會怎麼找上你的？」藍大先生只問楊錚：「你什麼地方得罪了他們？」

「我沒有得罪過他們。」

「那就不對了。」藍一塵說：「青龍會雖然時常殺人，可是從來不無故殺人，如果你沒有得罪他們，他們絕不會動你。」

藍大先生沉吟：「除非他們有什麼秘密被你知道了。」

楊錚的瞳孔忽然收縮，好像忽然想起了什麼事，一件他暫時還不想說出來的事。

藍大先生嘆了口氣：「我看你還是跟我走吧，現在青龍會既然已經找上了你，天下恐怕也只有我一個人能救你的命了。」

「多謝。」

「多謝是什麼意思？」藍大先生又問：「是肯？還是不肯？」

「我只想走我自己的路。」楊錚說：「就算是條死路，我也要去走走看。」

藍大先生盯著他，搖頭苦笑。

「像你這種人，我實在應該讓你去死的，可是以後我說不定還會救你。」他說：「因爲你實在像極了一個人。」

「什麼人？」

「一個我以前認得的朋友。」藍大先生彷彿有很多感慨：「他雖然不能算好人，卻是我的朋友，他這一生中也許只有我這一個朋友！」

「我不是你的朋友，也不配做你的朋友。」楊錚說：「你救了我的命，我也不會有機會報答，所以你以後也不必再救我。」

說完了這句話，他就拉起呂素文的手，頭也不回的走了。

走出了很遠之後，呂素文才忍不住說：

「我知道你絕不是不知好歹的人，爲什麼要這樣子對他？」她問楊錚：「是不是因爲你知道青龍會的勢力太大，不願意連累別人？」

楊錚不開口。

呂素文握緊他的手：「不管怎麼樣，我已經跟定了你，就算你走的真是條死路，我也跟你走。」

楊錚仰面向天，看著天上閃爍的星光，長長吐出口氣。

「那麼我們就先回家去。」

「回家?」呂素文道:「我們哪裡有家?」

「現在雖然沒有,可是以後一定會有的。」

呂素文笑了,笑容中充滿柔情蜜意:「我們以前也有過家的,你一個家,我一個家,可是以後我們兩個人就只能有一個家了。」

是的,以後他們兩個人只能有一個家了——如果他們不死,一定會有一個家的。

一個小而溫暖的家。

三

狄青麟的家卻不是這樣子的。

也許他根本沒有家,他有的只不過是一座巨宅而已,並不是家。

他的宅第雄偉開闊宏大,卻總是讓人覺得有種說不出的冷清陰森之意,一到了晚上,就連福總管都不太敢一個人走在園子裡。

福總管不姓福,姓狄。

狄福已經在侯府耽了幾十年了,從小廝熬到總管並不容易。

他知道小侯爺是跟「應先生」一起回來的,現在他雖然沒有看見應先生,卻絕不會問,也不敢問。因爲他看得出小侯爺和應先生之間一定有種很特別的關係。

他絕不想知道他們之間究竟是什麼關係。

就算他知道也要裝作不知道，而且一定要想法子趕快忘記。

狄青麟每次回來都要先到他亡母生前的佛堂裡去靜思半日，在這段時候，無論任何人都不能去打擾他，沒有任何人例外。

狄太夫人未入侯門前是江湖中有名的美女，也是江湖中有名的俠女，一手仙女劍法據說已盡得峨嵋派掌門「梅師太」的真傳。

她嫁給老侯爺之後，還時常輕騎簡從，仗劍去走江湖，重溫昔日的舊夢。

可是等到生下了小侯爺後，她就專心事佛，有時經年都不肯走出佛堂一步。

老侯爺去世不久，太夫人也去了，他們享盡人間榮華富貴，死時又完全沒有痛苦。

但是他們活著的時候好像也並不十分快樂。

小侯爺回來之後的第二天晚上，才召見福總管，詢問一些他不能不問的事，其實並沒有什麼事值得問的。

這次他出門之後，侯府裡卻出了件怪事。

「前些日子忽然有人送了九百石大米來，我本來不敢收，可是送米來的人卻說，這是小侯爺一位至交好友『龍大爺』特地送來給小侯爺添福添壽的。」福總管說：「所以我也不敢不收。」

——九百石大米究竟有多少米？能夠餵飽多少人？

這問題恐怕很少有人回答得出。

這個世界上大多數人恐怕一輩子都沒有看過這麼多大米，能把九百石米一下送給別人的，恐怕也屈指可數了。

狄小侯卻不動聲色，只淡淡的問：

「米呢？」

「都已搬到老侯爺準備出征時屯糧養兵的那間大庫房去了。」福總管說：「小侯爺沒有回來，誰也沒有去動過。」

狄青麟點點頭，表示很滿意。

福總管又說：「今天早上有兩位客人來找小侯爺，也說是小侯爺的好朋友，而且就是送米的那位龍大爺派來的，所以我也不敢不留下他們。」

狄青麟也不覺得意外，只問他：

「人呢？」

「人都在聽月小築。」

月無聲，月怎麼能聽？

就因月無聲，所以也能聽，聽的就是那無聲的月、聽的就是那月的無聲。

——有時候無聲豈非更勝於有聲？

四

沒有月，卻有星，星光靜靜的灑在窗紙上。

月無聲，星也無語。

聽月小築的雅室裡靜靜的坐著兩個人，靜靜的坐在那裡喝酒，喝的是「女兒紅」。花四爺喝得不多，另外一個人喝的卻不少，好像很少有機會能喝到這種江南美酒。

狄青麟進門時，兩個人都站起相迎，花四爺第一句話就問：

「龍爺送來的那九百石米，小侯爺收到了沒有？」

以花四做人的圓滑有禮，本來至少應該先客套寒暄幾句的，可是他一見面就問這九百石米，這本來是別人送給狄青麟的，跟他全無關係，但他卻好像看得比狄青麟還重。

「前兩天我就收到了。」狄小侯說：「可是到現在還沒有人去動過。」

「那就好極了。」花四爺鬆了口氣，展顏而笑：「小侯爺想必已猜出這些米是怎麼來的？」

狄青麟淡淡的笑了笑：「如果是米，當然是從田裡種出來的，如果米袋裡邊藏著些銀鞘子，那就難說得很了！」

花四爺大笑：

「小侯爺果然是人中之傑，我早就知道什麼事都瞞不過小侯爺的。」

他壓低聲音，又說：

「青龍會的開銷浩大，有時候我們也不能不做些沒本錢的生意，只不過一定要做得天衣無縫，而且不能留下後患。」

狄青麟微笑：「這次你們就做得很不錯。」

花四爺替狄小侯倒了杯酒。

「可是這次我們不能不來麻煩小侯爺，因爲這批貨太扎眼，暫時還不便運回去，只有先寄放在小侯爺的府上，才萬無一失。」

「我明白。」狄青麟淡淡的說：「你們要拿回去時，我保證連一兩都不會少。」

「當然不會少。」花四爺陪笑：「主辦這件事的『四月堂』堂主，對小侯爺也一向仰慕得很，一定會趕來當面向小侯爺道謝。」

——青龍會的三百六十五個分舵，分屬於十二堂。

狄小侯先不問這位堂主是誰，卻去問另外那個酒已喝得不少的人。

「你這次入關，也是爲了這件事？」

「是的。」這個人也陪笑說：「這次計劃就像是條鍊子，每一環都扣得很緊，我只不過是其中的一環而已，其實並沒有做什麼事。」

他的身材高大，像貌威武，正是落日馬場的二總管裘行健。

花四爺又笑了笑：

「最妙的是，我們這次計劃，無意中碰巧也替小侯爺做了一點事。」

「哦？」

「現在我們已經把黑鍋讓楊錚背上了，官府已經限期十天拿人追贓。」花四爺笑得非常愉快：「不要說一個十天，一百個十天他也追不回去的。」

「爲什麼？」

「因爲現在楊錚這個人恐怕早已不見了。」花四爺說：「官府當然會以爲他拐款潛逃，跟我們已經完全沒有關係。」

「他怎麼會忽然不見？」

「因爲我已經請總舵派出兩位高手。」花四爺笑得更愉快：「以他們兩位手腳之俐落，經驗之豐富，要殺個把人是絕不會留下一點痕跡來的。」

「你認爲他們已足夠對付楊錚？」

「足足有餘。」

狄青麟淺淺的啜了一口酒，淡淡的說：

「那麼你最好還是趕快準備去替他們兩位收屍吧！」

「爲什麼？」

「因爲你們都低估了楊錚。」狄青麟說：「無論誰低估了自己的對手，都是個致命的錯誤，這種錯誰都犯不得的。」

他忽然轉過頭面對窗戶：「四月堂的王堂主，你的意思如何？」

窗外果然有人嘆了口氣：

「我的意思也跟小侯爺一樣。」這個人說：「因爲我已經替他們收過屍了。」

風吹窗戶，一個魁偉高大的人輕巧的從窗外飄然而入，果然是青龍會四月堂堂主，果然姓王。

主持這次劫鏢計劃的人，赫然竟是護鏢的「中原鏢局」鏢頭王振飛。

狄青麟並不意外，花四爺卻很驚訝：

「小侯爺怎麼會想到四月堂的堂主就是他？」

「因為只有王總鏢頭才有機會把鏢銀從容掉包。」狄青麟說：「但是劫鏢時他絕不能在場，所以裘總管才特地從關外趕來賣馬，寶馬金刀愛馬成癖，這種盛會當然不會錯過。」

他笑了笑：「就正如萬君武也絕不會錯過的。」

——所以這次春郊試馬，不但使王振飛有了不在劫鏢現場的理由，也讓狄青麟有了刺殺萬君武的機會。

狄青麟舉杯敬裘行健：

「所以裘總管這一環實在是非常重要的，裘總管也不必妄自菲薄。」

「小侯爺，你真行。」裘行健一飲而盡：「我佩服你。」

「但是這趟鏢也不能就這樣劫走，當然一定要找回來，而且絕不能由王總鏢頭自己去找回來。」狄青麟說：「這趟鏢本來就是官銀，由官府自己找回去當然再好也沒有，等到官府發現鏢銀被掉包，那已經是他們自己的事了，已經有人替他們揹黑鍋。」

狄小侯又啜了口酒：「這計劃的確妙極，唯一的遺憾是，替他們揹黑鍋的楊錚還活著。」

王振飛把花四爺的酒杯拿過去，連飲三杯。

「他能活到現在，實在是件很遺憾的事。」王振飛說：「幸好他活不長的。」

「為什麼？」

「因為現在已經有人去殺他了。」

「這次你們又派出了什麼樣的高手？」狄青麟冷冷的問。

「這次不是我們派出去的，我們也派不出那樣的高手。」

「哦？」

「他要殺楊錚，只因為他認出了楊錚是他一個大仇人的後代。」王振飛說：「而且是他主動來找我打聽楊錚的行蹤。」

「他為什麼會找到你？」

「我也不知道他怎麼會找到我，大概是因為他知道我的鏢銀被掉了包，嫌疑最大的就是楊錚。」王振飛說：「他本來就是個神通廣大的人，知道的事本來就比別人多。」

狄青麟的眼睛裡忽然發出了光，盯著王振飛問：

「這個人是誰？」

「就是名震天下的『神眼神劍』藍一塵，藍大先生。」

「哦！」花四爺的眼睛睜得比平常大了一倍。

狄青麟嘆了口氣：「如果是他，那麼楊錚這次真是死定了。」

五

這時候楊錚還沒有死。

他正在用力敲一家人的門，敲得很急，就好像知道後面已有人追來，只要一追到，就隨時可以將他刺殺於劍下。

六 黯然銷魂處

一

「快刀」方成早已醒了。楊錚一開始敲他的門，他就醒了。

但是他沒有去應門。

刀就在他的枕下，他輕輕按動刀鞘吞口上的機簧，慢慢的拔出刀，赤著足跳下床，從後窗掠出，翻過後院的牆，繞到前門。

一個他從未見過的人，正在用力敲他的門，十幾尺外的一棵大樹後，還躲著一個人。

他不知道這兩個人是來幹什麼的，如果要對他不利，就不該這麼樣用力敲門。

這一點他能想得通，可是他不願冒險。

他決定先給這個人一刀，就算砍錯了，至少總比被別人錯砍了的好。

——這就是江湖人的想法，因爲他們也要生存。

——一個江湖人要生存下去並不容易。

楊錚還在敲門，他相信屋裡的人絕不會睡得這麼死。他也知道「快刀」方成是萬大俠最得意的弟子。所以方成這一刀砍空了。

刀光一閃起，楊錚已翻身退了出去。

刀快，楊錚的反應更快，而且用最快最直接的方法證明了自己的身分。

他拿出了一張照會各縣方便行事的海捕公文。

方成很驚訝。

「想不到你真是個捕頭。」他說：「想不到六扇門裡的鷹爪孫也有你這樣的身手。」

楊錚苦笑：「如果剛才你一刀砍掉了我的腦袋怎麼辦？」

方成的回答很乾脆：「那麼我就挖個坑把你埋了，把躲在那邊樹後的那個朋友也一起埋了，誰叫你半夜三更來敲我大門的。」

他是個直爽的人，所以楊錚也很直爽的告訴他：

「我來找你，只因為我想來問你，萬大俠究竟是怎麼死的？」

「大概是因為酒喝得太多。」方成黯然嘆息：「他老人家年紀愈大，愈要逞強，連喝酒都不肯服輸。」

「聽說他死的時候正在方便？」楊錚問：「你們為什麼沒有跟去照顧？」

「因為他老人家一喝多就要吐，吐的時候絕不讓別人看見。」

「他一直都是這樣子的？」

「幾十年來都是這樣子的。」方成又嘆息：「如果我們勸他少喝點，他就要罵人。」

「知道他有這種習慣的人多不多？」

「大概不少。」

「那次花爺請的客人多不多？」

「客人雖然不少，能被花四爺請到後面去的人卻沒有幾個。」

「有哪幾個？」

「除了我們之外，好像只有『中原』的王振飛總鏢頭和狄小侯。」方成說：「別的人我都記不太清楚了。」

「萬大俠去方便的時候，王總鏢總和狄小侯在什麼地方？」

「王老總還在，狄小侯卻早就帶著個大美人回房去了。」

楊錚早就發覺自己的心又開始跳得很快，一直握緊雙拳控制著自己，沉住氣問：

「萬大俠和狄小侯之間有沒有什麼過節？」

「沒有。」方成毫不考慮就回答：「非但沒有過節，而且還很有好感，狄小侯還送了我師傅一匹價值萬金的寶馬。」

「萬大俠去世後，狄小侯是不是就帶著他那位美人走了？」

「第二天就走了。」

「在花四爺的牡丹山莊裡，有沒有人打過那位美人的主意？」

「狄小侯的女人誰敢動？」方成說得很坦白：「就算有人想動也動不了的。」

楊錚本來已經覺得沒有什麼問題可以問了，可是方成忽然又說：

「如果你懷疑我師傅是死在別人手裡的，你就錯了。」方成說得很肯定，「他老人家一生胸襟開闊，待人以誠，除了和青龍會有一點小小的過節外，絕沒有任何仇家。」

楊錚的瞳孔立刻收縮，雙拳握得更緊。

「一點小小的過節？是什麼過節？」

「其實也不能算什麼大不了的過節。」方成說：「我也只不過聽他老人家偶然說起，青龍會一直想要他老人家加入，他老人家一直不肯。」

方成又補充：「可是青龍會一直都沒有正面和他老人家起過衝突。」

楊錚站在那裡發了半天呆，忽然抱了抱拳：「謝謝你，對不起，再見。」

方成卻攔住了他：「你這是什麼意思？」

楊錚的回答很絕：

「謝謝你是因爲你告訴我這麼多事，對不起是因爲我吵醒了你，再見的意思就是說我要走了。」

「你不能走！」方成板著臉說：「絕對不能走。」

「爲什麼？」

「因爲你吵醒了我，我已經睡不著了。」方成說：「不管怎麼樣，你都要陪我喝兩杯才能走。」

楊錚嘆了口氣。

「這兩天我天天吃鹹菜硬餅，吃得嘴裡已經快淡出個鳥來了，我實在想吃你一頓。」他嘆著氣說：「只可惜有個人絕不肯答應的。」

「誰不肯答應？」

「就是躲在大樹後面的那個人。」

「你怕他?」

「有一點。」楊錚說:「也許還不止一點。」

「你爲什麼要怕他?」方成不服氣:「他是你的什麼人?」

「她也不是我的什麼人。」楊錚說:「只不過是我的內人而已。」

他還特別解釋:「內人的意思就是老婆。」

方成站在那裡盯著他看了半天,忽然也抱了抱拳,說:「謝謝你,對不起,再見。」

「你這是什麼意思?」楊錚也忍不住問。

「謝謝你是因爲你肯把這種丟人的事告訴我,對不起是因爲我寧可睡不著也不要一個怕老婆的人陪我喝酒。」方成忍住笑,故意板著臉說:「再見的意思就是你請走吧!」

楊錚大笑。

這麼多天來,只有這一次他是真心笑出來的!

二

夜深,聽月小築的人卻未靜,因爲一罈女兒紅已經差不多被他們喝了下去。

計劃已完成,一百八十萬兩銀子已經在侯府的庫房裡,楊錚已將死在藍大先生的劍下。

大家都很愉快。

只有狄青麟例外,這個世界上好像已經沒有什麼能讓他覺得愉快和刺激的事了。

在一罈酒還沒有喝完之前，他又問王振飛：

「你相信藍大先生一定能找到楊錚？」

「一定。」

「楊錚的行蹤你怎麼知道？」

「因爲我已經到縣衙裡的簽押房去看過他履歷檔案。」王振飛說：「是趙頭兒帶我去的。」

——趙正無疑也是這條鍊子其中的一環，所以他故意將倪八的行蹤告訴楊錚，自己卻遲遲不來，絕不想和楊錚爭功。

「楊錚是大林村的人，從小就和他的寡母住在村後那片大樹林外面，如玉也是那個村子裡的人。」王振飛說：「這次他是請如玉一起走的，他要調查這件案子，總不能帶著個姑娘在身邊，一定會先把如玉送到一個安全的地方去。」

王振飛又道：「他的兄弟都已經被關在牢裡，他根本沒有別的可靠朋友，根本沒有地方可去，所以我算準他一定會先把如玉送回他的老家，他們走的也正是回大林村的那條路。」

他算得確實很準。

他能夠坐上青龍會四月堂主的交椅，並非僥倖，要當「中原鏢局」的總鏢頭，也不是件容易事。

「我敢保證，明天這個時候，楊錚一定會回到大林村，一定已經死在藍山古劍下了。」

三

第二天的黃昏，楊錚果然帶著如玉回到了他們的故鄉。

青梅子、黃竹馬，赤著腳在小溪裡捉魚蝦，縮著脖子在雪地裡堆雪人，手拉著手奔跑過遍地落葉的秋林。

多麼愉快的童年！多少甜蜜的回憶！

就像是做夢一樣，他們又手拉著手回到這裡，故鄉的人是否無恙？

他們並沒有回到村裡去，卻繞過村莊，深入村後的密林。

春雨初歇，樹林裡陰暗而潮濕，白天看不見太陽，晚上也看不見星辰，就算是村裡的人也不敢入林太深，因爲只要一迷路就難走得出去。

楊錚不怕迷路。

他從小就喜歡在樹林裡亂跑，到了八九歲時，更是每天都要到這片樹林裡來逗留一兩個時辰，有時連晚上都會偷偷的溜去。

誰也不知道他在樹林裡幹什麼，他也從來不讓任何人跟他在一起，就連呂素文都不例外。

這是他第一次帶她來。

他帶著她在密林裡左拐右拐，走了半個多時辰，走到一條隱藏在密林最深處的泉水旁，就看到了一棟破舊而簡陋的小木屋。

呂素文雖然也是在村子裡生長的，卻從來沒有到這地方來過。

木屋的小門上一把生了鏽的大鎖，木屋裡只有一床一桌一椅，一個粗碗，一盞瓦燈和一個紅泥的火爐，每樣東西都積滿了灰塵，屋角蛛網密結，門前青苔厚綠，顯然已經有很久沒人來過。

以前有人住在這裡時，他的生活也一定過得十分簡樸、寂寞、艱苦。

呂素文終於忍不住問楊錚：

「這裡是什麼地方？你怎麼會找到這裡來的？」

「因爲我以前天天都到這裡來。」楊錚說：「有時候甚至一天來兩次。」

「來幹什麼？」

「來看一個人！」

「什麼人？」

楊錚沉默了很久，臉上又露出那種又尊敬又痛苦的表情，又過了很久才一個字一個字的

說：「我是來看我父親的。」楊錚輕撫著窗前的苔痕：「他老人家臨終前的那一年，每天都會

站在這個窗口，等我來看他。」

呂素文吃了一驚。

楊錚還在襁褓中就遷入大林村，他的母親一直孀居守寡，替人洗衣服做針線來養她的兒

子。

呂素文從來不知道楊錚也有父親。她想問楊錚，他的父親爲什麼要一個人獨居在這密林裡

不見外人。

但是她沒有問。

經過多年風塵歲月，她已經學會為別人著想，替別人保守秘密，絕不去刺探別人的隱私，絕不問別人不願回答的問題。

楊錚自己卻說了出來。

「我的父親脾氣偏激，仇家遍布天下，所以我出生之後，他老人家就要我母親帶我躲到大林村。」楊錚淒然道：「我八歲的時候，他老人家自己又受了很重的內傷，也避到這裡來療傷，直到那時候，我才看見他。」

「他老人家的傷有沒有治好？」

楊錚黯然搖頭：「可是他避到這裡來之後，他的仇人們找遍天下也沒有找到他，所以我帶你到這裡來，因為我走了以後，也絕對沒有人能找得到你。」

呂素文的嘴唇忽然變得冰冷而顫抖，但卻還是勉強壓制著自己。

她是個非常懂事的女人，她知道楊錚這麼說一定有理由的，否則他怎麼會說他要走？

他本來寧死也不願離開她的。

天暗了，燈裡的油已燃盡，呂素文在黑暗中默默的擦拭屋裡的積塵。

楊錚卻翻開地上的一塊木板，從木板下的地洞裡提出個生了鏽的鐵箱子。

鐵箱裡居然有個火摺子。

他打亮了火摺，呂素文就看見了一件她從未看見過的武器。

四

一間極寬闊的屋子，四壁雪白無塵，用瓷磚鋪成的地面，明潔如鏡。

屋子裡什麼都沒有，只有兩個蒲團。

應無物盤膝坐在一個蒲團上，膝頭橫擺著那根內藏蛇劍的青竹杖，彷彿已老僧入定，物我兩忘。

狄青麟也盤膝坐在另一個蒲團上，兩人對面相坐，也不知道已經坐了多久。

窗外天色漸暗，狄青麟忽然問應無物：「你是不是見到過楊恨？」

「十八年前見過一次。」應無物說：「那一次我親眼見到他在一招間就把武當七子中的明非子的頭顱鈎下，只不過他以爲我看不見而已，否則恐怕我也活不到現在了。」

「他的武功真的那麼可怕？」

「他的武功就像他的人一樣，偏激狠辣，專走極端。」應無物說：「他的武器也是種專走偏鋒的兵刃，和江湖中各門各派的路數都不一樣，江湖中也從未有人用過那種武器。」

「他用的是什麼兵刃？」

「是一柄鈎，卻又不是鈎。」應無物道：「因爲那本來應該是一柄劍，而且應該是屬於藍一塵的劍。」

「爲什麼？」

「藍一塵平生最愛的就是劍，那時候他還沒有得到現在這柄藍山古劍，卻在無意中得到一塊號稱『東方金鐵之英』的鐵胎。」

那時江湖中能將這塊鐵胎剖開，取鐵煉鋼淬劍的人並不多。

藍一塵找了多年，才找到一位早已退隱多年的劍師，一眼就看出了這塊鐵胎的不凡，而且自稱絕對有把握將它淬煉成一柄吹毛斷髮的利器。

他並沒有吹噓，七天之內他就取出了鐵胎中的黑鐵精英，煉劍卻最少要三個月。

藍一塵不能等，他已約好巴山劍客論劍於滇南蒼山之巔。

這時候他已經對這位劍師絕對信任，所以留下那塊精鐵去赴約了。那時他還不知道這位劍師之所以要退隱，只因爲他有癲癇病，時常都會發作，尤其在緊張時更容易發作。

煉劍時一到了爐火純青，寶劍已將成形的那一瞬間，正是最重要最緊張的一刻，一柄劍的成敗利鈍，就決定在那一瞬間。

應無物說到這裡，狄青麟已經知道那位劍師這次可把劍煉壞了。

「這次他竟將那塊精鐵煉成了一把形式怪異的四不像。」應無物道：「既不像刀，也不像劍，前鋒雖然彎曲如鉤，卻又不是鉤。」

「後來呢？」

「藍一塵大怒之下，就逼著那位劍師用他自己煉成的這樣怪東西自盡了！」應無物說：「藍一塵又憤怒、又痛心，也含恨而去，這柄怪鉤就落在附近一個常來爲劍師烹茶煮酒的貧苦少年手裡，誰也想不到他竟用這柄怪鈎練成了一種空前未有的怪異武功，而且用它殺了幾十位名滿天下的劍客。」

「這個貧苦少年就是楊恨？」

「是的！」應無物淡淡的說：「如果藍一塵早知道有這種事，恐怕早已把他和那位劍師一起投入煉劍的洪爐裡去了。」

夜色已臨，三十六個白衣童子，手裡捧著七十二架點著蠟燭的青銅燭台，靜悄悄的走進來，將燭台分別擺在四壁，又垂手退了出去。

狄青麟忽然站起來，恭恭敬敬的向應無物伏身一拜，恭恭敬敬的說：

「弟子狄青麟第十一次試劍，求師傅賜招。」

五

火摺一打著，鐵箱裡就有件形狀怪異的兵刃，閃起了一道寒光，直逼呂素文的眉睫。

她不禁機伶伶打了個寒噤，忍不住問：

「這是什麼？」

「這是種武器，是我父親生前用的武器。」楊錚神情黯然：「這也是我父親唯一留下來給我的遺物，可是他老人家又再三告誡我，不到生死關頭，非但絕不能動用它，而且連說都不能說出來。」

「我也見到過不少江湖人，各式各樣的兵刃武器我都見過，」呂素文說：「可是我從來也沒有看見像這樣子的。」

「你當然沒有見到過。」楊錚說：「這本來就是件空前未有、獨一無二的武器。」

「這是劍，還是鈎？」

「本來應該是劍的，可是我父親卻替它取了個特別的名字，叫做離別鈎。」

「既然是鈎，就應該鈎住才對，」呂素文問：「爲什麼要叫做離別？」

「因爲這柄鈎無論鈎住什麼，都會造成離別，」楊錚說：「如果它鈎住你的手，你的手就要和腕離別，如果它鈎住你的腳，你的腳就要和腿離別。」

「如果它鈎住我的咽喉，我就要和這個世界離別了？」

「是的。」

「你爲什麼要用這麼殘忍的武器？」

「因爲我不願離別，」楊錚凝視著呂素文：「不願跟你離別。」他的聲音裡充滿了一種幾乎已接近痛苦的柔情，「我要用這柄離別鈎，只不過爲了要跟你相聚，生生世世都永遠相聚在一起，永遠不再離別。」

呂素文明白他的意思，也明白他對她的感情，而且非常明白。

可是她的眼淚還是忍不住流了下來。

幸好這時候火摺子已經滅了，楊錚已經看不見她的臉，也看不清她的淚。

那柄寒光閃閃的離別鉤，彷彿也已消失在黑夜裡。

——如果它真的消失了多好？

呂素文真的希望它已經消失了，永遠消失了，永遠不再有離別鉤，永遠不再離別。

永遠沒有殺戮和仇恨，兩個人永遠這麼樣平和安靜的在一起，就算是在黑暗裡，也是甜蜜的。

也不知道過了多久，楊錚才輕輕的問她：

「你爲什麼不說話？」

「你要我說什麼？」

「你已經知道我要走了，已經知道我要帶著這柄離別鉤和你別離，我這麼做雖然是爲了要跟你永遠相聚，可是這一別也可能永無相聚之日，」楊錚說：「因爲你也知道我的對手都是非常可怕的人。」他的聲音彷彿非常遙遠，非常非常遙遠：「所以你可以說你不願一個人留在這裡，可以要我也留下來，既然沒有別人能找到這裡來，我們爲什麼不能永遠留在這裡相聚在一起？」

密林裡一片沉寂，連風吹木葉的聲音都沒有，連風都吹不到這裡。

木屋裡也一片沉寂，不知道過了多久，呂素文才輕輕嘆了口氣。

「如果我比現在年輕十歲，我一定會這樣說的，一定會想盡千方百計留下你，要你拋下一切，跟我在這種鬼地方過一輩子。」

如果她真的這樣做了，楊錚心裡也許反而會覺得好受些。

但是她的冷靜，這種令人心碎的冷靜，甚至會逼得自己發瘋。

一個人要付出多痛苦的代價才能保持這種冷靜？

楊錚的心在絞痛！

她寧可一個人孤孤單單的留在這個鬼地方，絕望的等待著他回來，也不願勉強留下他。

因爲她知道他要去做的事是他非做不可的，如果她一定不願他去做，一定會使他痛苦悔恨終生。

她寧可自己忍受這種痛苦，也不願阻止她的男人去做他認爲應該做的事。

——一個女人要有多大的勇氣才能做到這一點？

夜涼如水。楊錚忽然覺得有一個光滑柔軟溫暖的身子慢慢的靠近他，將他緊緊擁抱。

他們什麼話都沒有再說。

他們已互相沉浸在對方的歡愉和滿足中，這是他們第一次這麼親密，很可能也是最後一次了。

冷風吹入窗戶，窗外有了微光。

呂素文一個人靜靜的躺在床上，身體裡仍可感覺到昨夜激情後的甜蜜，心裡卻充滿酸楚和絕望。

楊錚已經悄悄的走了。

候。

她知道他走，可是她假裝睡得很沉，他也沒有驚動她。

因為他們都已不能再忍受道別時的痛苦。

桌上有個藍布包袱，他把剩下的糧食都留下給她，已經足夠讓她維持到他回來接她的時候。

期限已經只剩下七天，七天內他一定要回來。

如果七天後他還沒有回來呢？

她連想都不敢去想，她一定要努力集中思想，不斷的告訴自己：

「既然我們已經享受過相聚的歡愉，為什麼不能忍受別離的痛苦，未曾經歷過別離的痛苦，又怎麼會知道相聚的歡愉？」

第二部

鈎

鈎是種武器，殺人的武器，以殺止殺。

一　黎明前後

一

黎明。

樹林裡充滿了清冷而潮濕的木葉芬芳，泥土裡還留著去年殘秋時的落葉。

可是現在新葉已經又生出了。古老的樹木又一次得到新的生命。

如果沒有枯葉，又怎麼會有新葉再生？

楊錚用一塊破布捲住了離別鉤，用力握在手裡，挺起胸膛大步前行。

——他一定要回來，七天之內他無論如何都要回來。

如果他不能回來了呢？

這問題他也連想都不敢想，也沒法子去想了，因爲他已經感覺到一種逼人的殺氣。

然後他看見了藍大先生。

不知道是在什麼時候，藍一塵忽然間就已經出現在他的眼前，靜靜的站在那裡看著他，用一種非常奇怪的眼色看著他。

楊錚當然會覺得有一點意外，他問藍一塵：

「你怎麼會來的？」

「我是一路跟著你來的。」藍一塵說：「想不到你真是楊恨的兒子。」

他的聲音裡也帶著很奇怪的感情，也不知是譏誚？是痛惜？還是安慰？

「我跟你來，本來還想再見他一面。」藍一塵嘆息：「想不到他竟已先我而去。」

楊錚保持著沉默。

在這種情況下，他實在不知道該說什麼。

藍大先生目光已移向他的手，盯著他手裡用破布捲住的武器。

「這是不是他留給你的離別鉤？」

「是的。」楊錚不能不承認，而且不願否認，因爲他一直以此爲榮。不管江湖中人怎麼說，都沒有改變他對他父親的看法。

他相信他的父親絕不是卑鄙的小人。

「我知道他一定會將這柄鉤留給你。」藍一塵說：「你爲什麼一直不用它？是不是因爲你不願讓別人知道你是楊恨的兒子？」

「你錯了。」

「哦？」

「我一直沒有用過它，只因爲我一直不願使人別離。」

「現在你爲什麼又要用了？」

楊錚拒絕回答。

這是他自己的事，他不必告訴任何人。

藍一塵忽然笑了笑：「不管怎麼樣，現在你既然已經準備用它，就不妨先用來對付我。」

楊錚臂上的肌肉驟然抽緊。

「對付你？」他問藍一塵：「我爲什麼要用它來對付你？」

藍一塵冷冷的說：「現在我已經不妨告訴你，如果不是因爲我，楊恨就不會受傷，也不會躲到這裡來，含恨而死。」

楊錚額角手背上都已有青筋凸起。

只聽「嗆啷」一聲龍吟，藍山古劍已出鞘，森森的劍氣立刻瀰漫了叢林。

「我還有句話要告訴你，你最好永遠牢記在心。」藍一塵的聲音正如他的劍鋒般冰冷無情：「就算你不願讓人別離，也一樣有人會要你別離，你的人在江湖，根本就沒有讓你選擇的餘地。」

二

曙色已臨，七十二根白燭早已熄滅。

自從昨夜夜深，狄青麟拔出了那柄暗藏在腰帶裡的靈龍軟劍後，白燭就開始一根根熄滅，被排旋激盪的劍氣摧滅。

他們竟已激戰了一夜。

高手相爭，往往在一招間就可以解決，生死勝負往往就決定在一瞬間。

可是他們爭的並不是勝負，更沒有以生死相拚。

他們是在試劍，試狄青麟的劍。

所以狄青麟攻的也不是應無物，而是這七十二根白燭。

他要將白燭削斷，要將每一根白燭都削斷。

可是他的劍鋒一到白燭前，就被應無物的劍光所阻。

燭光全被熄滅後，屋裡一片黑暗。

他們並沒有停下來，就算偶而停下，片刻後劍風又起。

現在曙色已從屋頂上的天窗照下來，狄青麟劍光盤旋一舞，忽然住手。

應無物後退幾步，慢慢的坐到蒲團上，看來彷彿已經很疲倦。

狄青麟的神色卻一點都沒有變，雪白的衣裳仍然一塵不染，臉上也沒有一滴汗。

這個人的精力就好像永遠都用不完的。

應無物的眼彷彿又盲了，彷彿在看著他，又彷彿沒有看他。過了很久才問：

「這次你是不是成功了？」

「是的。」狄青麟的臉上雖然沒有得意的表情，眼睛卻亮得發光。

——他怎麼能說他已成功？

——他攻的是白燭，可是七十二根白燭還是好好的，連一根都沒有斷。

應無物忽然嘆了口氣。

「這是你第十一次試劍，想不到你就已經成功了。」他也不知是在歡喜，還是在感嘆：

「你讓我看看。」

「是。」

說出了這一個字，狄青麟就走到最近的一個燭台前，用兩根手指輕輕拈起一根白燭。

他只拈起了一半。

半根白燭被他拈起在手指上，另外半根還是好好的插在燭台上。

這根白燭早就斷了，看起來雖然沒有斷，其實早已斷了。斷在被劍氣摧滅的燭蕊下三寸間，斷處平整光滑如削。

這根白燭本來就是被削斷的，被狄青麟的劍鋒削斷的。

白燭雖斷卻不倒，因爲他的劍鋒太快。

每一根白燭都沒有倒，可是每一根都斷了，都斷在燭蕊下三寸間，斷處都平整光滑如削，都是被他劍鋒削斷，就好像他是用尺量著去削的。

那時候屋子裡已完全沒有光，就算用尺量，也量得沒有這麼準。

應無物的臉色忽然也變得和他的眼角同樣灰暗。

狄青麟是他的弟子，是他一手訓練出來的，現在狄青麟的劍法已成，他本來應該高興才對。

但是他心裡卻偏偏又有種說不出的空虛惆悵，就好像一個不願承認自己年華已去的女人，忽然發現自己的女兒已經做了別人的新娘一樣。

過了很久很久，應無物才慢慢的說：「現在你已經用不著再怕楊錚了。就算他真是楊恨之子，就算楊恨復生，你也可將他斬於劍下。」

「可惜楊錚用不著我出手就已死定了。」狄青麟：「現在他恐怕已經死在藍大先生手裡。」

應無物臉上忽然露出種無法形容的表情，盲眼中忽然又射出了光，忽然問狄青麟：「你知不知道上次我爲什麼不殺楊錚？」

「因爲你根本用不著自己出手。」狄青麟說：「你知道藍一塵一定不會放過他。」

「你錯了。」

應無物說：「我不殺他，只因爲我知道藍一塵絕不會讓我動他的。」

狄青麟的瞳孔又驟然收縮。

「爲什麼？」

「因爲藍一塵是楊恨唯一的一個朋友。」應無物道：「楊恨平生殺人無算，仇家遍布天下，就只有藍一塵這一個朋友。」

狄青麟什麼話都沒有再說，忽然大步走了出去，走過應無物身旁時，忽然反手一劍，由應無物的後背刺入了他的心臟。

三

密林中雖然看不見太陽，樹梢間還是有陽光照射而下。

楊錚慢慢的將包紮在離別鉤外的破布一條條解開，解得非常慢，非常小心，就好像一個溫柔多情的新郎在解他害羞的新娘嫁衣一樣。

因為他要利用這段時期使自己的心情平靜。

他看見過藍大先生的出手，那一劍確實已無愧於「神劍」二字。

他從來也沒有想到過自己能擊敗這柄神劍，可是現在他一定要勝。

因為他不能死，絕不能死。

最後一條破布被解開時，楊錚已出手，用一種非常怪異的手法，從一個讓人料想不到的地方反鉤出去，忽然間又改變了一個完全不同的方向。

江湖中很少有人看見過這種手法，看見過這種手法的人大多數都已和人間離別了。

藍大先生的古劍卻定如藍山。

他好像早已知道楊錚這種手法的變化，也知道這種變化之詭異複雜絕不是任何人能想像得到的，也絕非任何人所能招架抵擋。

所以他以靜制動，以定制變，以不變應萬變。

但是他忘記了一點。

楊恨縱橫江湖，目空天下，從未想到要用自己的命去拚別人的命。

他根本沒有必要去拚命。

楊錚卻不同。

楊錚會拚命，隨時都準備拚命。

他已經發現自己隨便怎麼「變」都無法勝過藍大先生的「不變」。

——有時「不變」就是「變」，比「變」更變得玄妙。

楊錚忽然也不變了。

他的鈎忽然用一種絲毫不怪異的手法，從一個任何人都能想得到的部份刺了出去。

他的鈎刺出去時，他的人也撲了過去。

他在拚命。

就算他的鈎一擊不中，可是他還有一條命，還可以拚一拚。

他不想死。

可是到了不拚命也一樣要死的時候，他也只有去拚了。

這種手法絕不能算是什麼高明的手法，在離別鈎繁複奧妙奇詭的變化中，絕沒有這種變化。

就因爲沒有這種變化，所以才讓人想不到，尤其是藍一塵更想不到。

他對離別鈎的變化太熟悉了，對每一種變化他都太熟悉了。

在某種情況下，對某一件事太熟悉也許還不如完全不熟悉的好。

——對人也是一樣，所以出賣你的往往是你最熟悉的朋友，因爲你想不到他會出賣你，想不到他會忽然有那種變化。

現在正是這種情況。

楊錚這一招雖勇猛，其中卻有破綻，藍一塵如果即時出手，他的劍無疑比楊錚快得多，很可能先一步就將楊錚刺殺。

但是身經百戰的藍大先生這一次卻好像有點亂了，竟沒有出手反擊，卻以「旱地拔蔥」的身法，硬生生將自己的身子凌空拔起。

這是輕功中最難練的一種身法，這種身法全憑一口氣。

他本來完全沒有躍起的準備，所以這一口氣提上來時就難免慢了一點，雖然相差最多也只不過在一刹那間，這一刹那卻已是致命的一刹那。

他可以感覺到冰冷的鉤鋒已鉤住了他的腿。

他知道他的腿已將與他的身子離別了，永遠離別。

鮮血飛濺，血光封住了楊錚的眼。

等他再睜開眼時，藍一塵已倒在樹下，慘白的臉上已全無血色，一條腿已齊膝而斷。

縱橫江湖的一代劍客，竟落得如此下場。

楊錚心裡忽然覺得有種說不出的憐憫，但是他也沒有忘記他父親臨死前的悲憤與悒鬱。

他衝過去問藍一塵：「我父親跟你有什麼仇恨？你爲什麼要將他傷得那麼重？」

藍一塵看著他，神眼已無神，慘白的臉上卻露出一抹淒涼的笑意。

「那已經是十年前的事了。」他的聲音低而虛弱：「那一年的九九重陽，我被武當七子中還沒有死的五個人一路追殺，逃到終南絕頂忘憂崖。」

危岸千丈，下臨深淵，已經是絕路，藍一塵本來已必死無疑。

「想不到你父親居然趕來了，和我並肩作戰，傷了對方四人，最後卻還是中了無根子一招內家金絲綿掌。」藍一塵黯然道：「如果不是為了救我，他是絕不會受傷的。其實他並不欠我什麼，我將那柄鈎送給他時，只不過因為我覺得那已是廢物，想不到你父親竟將它練成一種天下無雙的利器。」

楊錚臉色慘變，冷汗已濕透衣裳。

「他受傷，只因為他要救你？」

「是的。」藍一塵說：「他的師傅是位劍師，雖然因為煉壞我一塊神鐵而含羞自盡，卻不是被我逼死的。自從我埋葬了他的師傅，將那柄殘鈎送給他之後，他就一直覺得欠我一份情，他知道武當七子與我有宿怨，就先殺了七子中的明是和明非。」

藍一塵長嘆：「他雖然脾氣不好，卻是條恩怨分明的好漢。」

楊錚的心彷彿已被撕裂。

他的父親是條恩怨分明的好漢，他卻將他父親唯一的恩人和朋友重傷成殘廢。

他怎麼能去見他的亡父於地下？

藍大先生對他卻沒有一點怨恨之意，反而很溫和的告訴他。

「我知道你心裡在怎麼想，可是你也不必因為傷了我而難受，我這條命本來就是你救回來的，」他說：「那一次如果沒有你，我已死在應無物劍下。」

他苦笑道：「因爲我的眼力早已不行了，我處處炫耀我的神眼，爲的就是要掩飾這一點，那天晚上無星無月，我根本已看不見應無物出手，他一拔劍，我就知道自己必死無疑。就好像十年前我被武當七子追到忘憂崖時一樣。」

他的聲音更虛弱，掙扎著拿出個烏木藥瓶，將瓶中藥全都嚼碎，一半敷在斷膝上用衣襟紮好，一半吞了下去，然後才說：

「所以現在我已欠你們父子兩條命了。一條腿又算什麼？」藍大先生說：「何況你斷了我這條腿，也算是幫了我一個忙。」

他居然還笑了笑：「自從那次忘憂崖一戰之後，我就想退出江湖了，但是別人卻不讓我退，因爲我是藍一塵，是名滿天下的神眼神劍，每年都不知有多少人要殺我成名，逼我出手，應無物只不過是其中之一而已。」

人在江湖，尤其是像他這樣的人，就好像是一匹永遠被人用鞭子在鞭趕著的馬，非但不能退，連停都不能停下來。

「但是現在我已經可以休息了。」藍大先生微笑道：「一個只有一條腿的劍客，別人已經不會看在眼裡了，就算戰勝了我，也沒有什麼光采，所以我也許還可以因此多活幾年，過幾年太平日子。」

他說的是實話。

但是楊錚並沒有因爲聽到這些話而覺得心裡比較舒服些。

「我會還你一條腿。」楊錚忽然說：「等我的事辦完，一定會還給你。」

「你要去做什麼事？」藍一塵問他：「是不是要去找狄青麟和王振飛？」

「你怎麼知道？」

「你的事我都很清楚。」藍大先生說：「我也知道王振飛是青龍會的人，因爲我親眼看見他去替那兩個青龍會屬下的刺客收屍，我故意去找他探聽你的消息，他果然很想借我的刀殺了你。」

他又微笑：「因爲江湖中人都以爲那位劍師是被我逼死的，除了應無物之外，從來沒有人知道我和楊恨的交情。」

楊錚沉默。

藍大先生又說：「我還知道你曾經去找過『快刀』方成。從他告訴你的那些事上去想，你一定會想到萬君武是死在狄青麟手裡的，只因爲他始終不肯加入青龍會，『順我者生，逆我者死』，青龍會要殺萬君武，只有讓狄青麟去動手才不會留下後患。由此可見，狄青麟和青龍會也有關係。」

他的想法和判斷確實和楊錚完全一樣，只不過其中還有個關鍵他不知道。

楊錚本來一直都找不出狄青麟爲什麼要殺思思的理由。

現在他才想通了。

那時思思無疑是狄青麟身邊最親近的人，狄青麟的事只有她知道得最多。

萬君武死的時候，狄青麟一定不在她身邊。

她是個極聰明的女人，不難想到萬君武的死和狄青麟必定有關係。

她一直想纏住狄青麟，很可能會用這件事去要脅他。為了要抓住一個男人，有些女人是什麼事都做得出的。

可惜她看錯狄青麟這個人了。

所以她就從此消失。

這些都只不過是楊錚的猜測而已，他既沒有親眼看見，也沒有證據。

但是除此之外，他實在想不出狄青麟有什麼理由要殺思思。

如果他只不過不想被她纏住，那麼他最少有一百種法子可以拋開她，又何必要她的命？

藍大先生只知道楊錚要尋回被掉包的鏢銀，並不知道他還要查出思思的死因。

所以他只不過替楊錚查出了一點有關王振飛和青龍會的秘密。

他自己也想不到他查出的這一點不但是個非常重要的關鍵，而且是一條線。

——萬君武的死，思思的死，蓮姑的死，如玉的危境，要殺她的小葉子，鏢銀的失劫，銀鞘的掉包，青龍會的刺客，為刺客收屍的人，被掉包後鏢銀的下落。這些事本來好像完全沒有一點關係，現在卻都被一條線串連起來了。

烏木瓶裡的藥力已發作。

一個經常出生入死的江湖人，身邊通常都會帶著一些救傷的靈藥，有些是重價購來，有些是好友所贈，有些是自己精心配製，不管是用什麼方法得來的，都一定非常有效。

藍大先生的臉色已經好得多了。

「剛才我故意激怒你，逼你出手，就因為要試試你已經得到你父親多少真傳。」他說：「離別鈎的威力，一定要在悲憤塡膺時使出來才有效。」

他的腿雖然也因此而離別，但是他並不後悔。

能在一招間刺斷藍大先生一條腿的人，普天之下也沒有幾個。

「以你現在的情況，王振飛已不足懼。」藍一塵說：「真正可怕的是應無物和狄青麟。」

「應無物和狄青麟之間也有關係？」

「非但有關係，而且關係極密切。」藍一塵道：「江湖中甚至有很多人在謠傳，都說應無物是狄青麟母親未嫁時的密友。」

「謠傳不可信。」楊錚道：「我就不信。」

藍大先生眼中露出讚賞之色，他已經發現他的亡友之子也是條男子漢，不探人隱私，不揭人之短，也不輕信人言。

「可是不管怎麼樣，狄青麟都一定已經得到應無物劍法的真傳。」藍一塵道：「現在說不定連應無物都不是他的對手。」

「我會小心他的。」

藍大先生沉思著，眼睛裡忽然發出了光。沉聲道：「如果狄青麟的劍法真的已勝過應無物，你就有機會了！」

「爲什麼？」

「因爲在一個世襲一等侯的一生中，絕不能容許任何一個人在他身上留下一點污點。」

藍大先生道：「如果應無物已經不是他的對手，對他還有什麼用？」

楊錚的雙拳握緊：「狄青麟真的會做這種事？」

「他會的。」藍一塵道：「你的身世性格都和他完全不同，所以你永遠不能了解他的想法和做法。」他忽然嘆了口氣：「要做狄青麟那樣的人也很不容易，他也有他的痛苦。」

——誰沒有痛苦？

——只要是人，就有痛苦，只看你有沒有勇氣去克服它而已，如果你有這種勇氣，它就會變成一種巨大的力量，否則你只有終生被它踐踏奴役。

藍大先生慢慢的移動了一下身子，使自己坐得更舒服些。

「現在你已經可以走了，讓我好好的休息。」他閉上了眼睛：「不管你還有什麼話要說，等你活著回來再說也不遲。」

「你能活著等我回來？」

藍大先生笑了笑：「直到現在爲止，我能活下去的機會還是比你大得多。」

楊錚深深的吸了口氣，轉過身，大步走出了這個陰暗的樹林。

樹林外，陽光正普照著大地。

陽光如此燦爛輝煌，生命如此多采多姿，他相信藍大先生一定能照顧自己，一定能活下去的。

但是他對他自己的生死卻完全沒有把握。

二 天意如刀

一

陽光昇起，照射著密林外那條崎嶇不平的小路，也同樣照射著侯府中那條寬闊華麗的長廊。

只有陽光是最公平的，不管你這個人是不是快死了，都同樣會照在你身上，讓你覺得光明溫暖。

楊錚走在陽光下的時候，狄青麟也同樣走在陽光下。

雖然他已經過一夜激戰，卻還是覺得精神抖擻，容光煥發，還可以去做很多事。

他的精力彷彿永遠都用不完的，尤其是在他自己對自己覺得很滿意的時候。

他對他剛才反手刺出的那一劍就覺得非常滿意。

那一劍無論速度、力量、部位、時機，都把握得恰到好處，甚至可以說已經到達劍術的巔峰。

能做到這一點絕非僥倖，他也曾付出過相當巨大的代價。

現在他決定要去好好的享受享受，這是他應得的。

因爲他又勝了。

勝利彷彿永遠都屬於他。

小青也已屬於他。

花四爺來的時候，又把她帶來了，現在一定正滿懷渴望在等著他。

一想起這個女人水蛇般扭動的腰肢和臉上那種永遠都帶著飢渴的表情，狄青麟就會覺得有一股熱意自小腹間升起。

這才是真正的享受。

對狄青麟來說，除了生與死之外，世上沒有任何事比這種享受更真實。

殺人非但沒有使他虛弱疲倦，反而使他更振奮充實，每次殺人後他都是這樣子的。

——女人爲什麼總是好像和死亡連在一起？

他一直覺得女人和死亡之間，總是好像有某種奇異而神秘的關係。

長廊走盡，他推開一扇門走進去，小青就赤裸著投入他懷裡。

數度激情過後，她已完全軟癱。她能征服男人，也許就是每次她都能讓她的男人覺得她已完全被征服。

可是等到狄青麟沐浴出來後，她立刻又恢復了嬌艷，而且已經替他倒了杯酒，跪在他面前，用雙手捧到他的唇邊。

沒有人要她這麼做，這是她自己心甘情願的，她喜歡服侍男人，喜歡被男人輕賤折磨。

這樣的女人並不多。這樣的女人才真正能使男人快樂。

狄青麟心裡在嘆息，接過她的酒杯，一口喝了下去，正想再次擁抱她。

這次小青卻蛇一般地從他懷裡滑走了，站得遠遠的，用一種奇異的表情看著他。

狄青麟蒼白的臉忽然扭曲，滿頭冷汗雨點般滾落下來。

「酒裡有毒！」他的聲音也已嘶啞：「你是不是在酒裡下了毒？」

小青臉上驚懼的表情立刻消失，又露出了讓人心跳的媚笑。

「你是個很不錯的男人，我本來捨不得要你死的，可惜你知道的事太多了。」小青媚笑著道：「你活著，對我們已經只有壞處沒有好處。」

「你們？」狄青麟問：「你也是青龍會的人？」

小青笑得更甜：「我怎麼會不是？」

狄青麟勉強支持著。

「你們的銀子還在我的庫房裡，我死了，你們怎麼拿得走？」

「銀子本來就在你這裡，因爲你本來就是這件劫案的主謀，我爲了要查出你的秘密，不惜失身於你，才把這件案子偵破。爲了自衛，所以才殺了你。」小青說：「王子犯法，與庶民同罪，你雖然是位小侯爺，也沒有用的。」

「可是銀子你們還是要交回官府，你們自己還是拿不到。」

「我們本來就不想要這一百八十萬兩銀子，因爲它太燙手了。」小青說：「我們只要能拿到三成，就已經心滿意足。」

「三成？」

「你難道不知道官府已經出了懸賞，無論誰能找回這批鏢銀，都可以分到三成花紅。」小青說：「三成就是五十四萬兩，已經不算少了，他們給得心甘情願，我們拿得心安理得，大家都沒有一點麻煩，豈非皆大歡喜，就算其中還有點讓人懷疑的地方，也沒有人再去追究了。」

「楊錚呢？」

「那個混小子只不過是被我們用來做幌子的，我們一定要你認爲我們是想用他來揹黑鍋，你才會中我們的計。」

狄青麟好像還想說什麼，卻已連一個字都說不出，他的咽喉彷彿已被一雙無形的大手無聲無息的緊緊扼住。

小青看著他，好像也有點同情的樣子。

「其實你也不能怪我們要這樣對你。」她說：「你不但知道得太多了，而且你是位小侯爺，一位世襲一等侯的家裡多少總有點傳家之寶，也許還不止一百八十萬兩，你死了，也許就是我們的了。」

她吃吃的笑著道：「你憑良心說，我們這件事做得漂亮不漂亮？」

狄青麟看著她，蒼白高傲的臉上忽然又變得全無表情，嘴角卻露出了一絲殘酷的笑意。

「還有件事你應該問我的。」他說。

「什麼事？」

「你應該問我，喝下了你那杯特地爲我精心調配的穿腸封喉的毒酒後，本來應該早就死了，爲什麼直到現在沒有死？」

小青臉上的肌肉突然僵硬，嬌媚甜美的笑容突然變成無數條可怕的皺紋。

就在這一瞬間，這個年輕美貌的女人好像已忽然老了幾十歲，好像已經老得隨時都可以去死了。

「難道你早已知道？」她問狄青麟。

「大概比你想像中早一點。」

「你爲什麼不殺了我？」

「因爲你還有用。」狄青麟的聲音平靜而冷酷：「因爲那時候我還可以用你。」

小青嬌嫩美麗的臉上忽然有一根根青筋凸起，一個仙子般可愛的女人忽然變得惡魔般可怕，忽然從髮髻裡拔出根七寸長的尖針，向狄青麟的心臟刺過去。

「你不是人，根本就不是人。」她嘶聲呼喊：「你根本就是個畜牲。」

狄青麟冷冷的看著她撲過來，連動都沒有動，只不過冷冷的告訴她：

「一個女人如果連畜牲和人都分不清楚，這個女人恐怕就沒有什麼用了。」

二

趙正住在省府衙門後的一個小四合院裡，是他升任了總捕之後官家替他蓋的，這個官職雖不高卻很有權力的差使，他已幹了十幾年，這棟房子也被他從新的住成舊的，庭前的木柱也已快被白蟻蛀空。

但他卻好像還是住得很安逸。

因爲現在他已經快到退休的年紀了，退休之後就再也用不著住這種破屋。

他已經用好幾個不同的化名在別的地方買了好幾棟很有氣派的莊院宅第，附近的田地房產也都是他的，已經夠他躺著吃半輩子。

趙正年輕的時候也曾娶過妻子，可是不到半年，就因爲偷了他三兩銀子去買脂胭花粉而被他休了，回娘家不久，就在樑上結了條繩子上了吊。

從此之後，他就沒有再娶過親，也沒有什麼人敢把女兒嫁給他。

可是他一點都不在乎。

他身旁總有兩三個長得眉清目秀的小伙子在伺候他，替他端茶倒水鋪床疊被搥腿洗腳。

這一天的天氣不錯，他特地從門口叫了個推著車子磨刀鏟剪的跛子老頭進來，他自己用的一把朴刀、一把摺鐵刀和廚房裡的三把菜刀都需要磨一磨了。

這個跛老頭姓凌，終日推著輛破車在附近幾個鄉鎮替人磨刀，磨得特別仔細，一把生了鏽的鈍刀，經過他的手一磨之後，馬上就變了樣子。

趙正叫人端了把籐椅，沏了壺濃茶，坐在院子裡的花棚下看他磨刀。

院子裡既然有人，所以大門就沒有關，所以楊錚用不著敲門就直接走了進來。

趙正顯然覺得很意外，卻還是勉強站了起來，半笑不笑的問楊錚：

「你倒是位稀客，今天大駕光臨，是不是有什麼好消息要告訴我？」

「沒有，連一點好消息都沒有。」楊錚說：「我只不過想來找你聊聊。」

趙正連半分笑意都沒有了，沉著臉說：

「老弟，你難道忘了你的限期已經只剩下四五天了，還有心情到這裡來聊天？」

楊錚居然沒理他，直接走入了庭前的客廳。

趙正盯著他的背影和他手裡一個用破布紮成的長包袱看了半天，也跟著他走進去，態度卻忽然改變了，臉上又有了笑容。

「你既然來了，就留在這裡吃頓飯再走吧，我叫人去替你打酒。」

「不必。」楊錚看著牆上一幅字畫：「你聽過我說的話之後，大概也不會請我喝酒了。」

趙正皺了眉：「你到底要說什麼？」

楊錚霍然轉身，盯著他說：

「我忽然有了種很奇怪的想法，忽然發現你真是位很了不起的人。」

「哦。」

「倪八劫了鏢銀後，行蹤一直很秘密，可是你居然能知道。」楊錚說：「能抓到倪八這種要犯，是件大功，這種功勞你平時絕不會讓給別人的，可是這一次你居然把消息給了我，居然沒有來分我的功。」

他冷冷的說：「你好像早就知道鏢銀已經被掉了包一樣，真是了不起。」

趙正的臉色變了：「你這是什麼意思？」

楊錚冷笑：「我的意思你應該比誰都明白。」他說：「那麼大的一趟鏢，王振飛居然沒有親自押送，可是鏢銀一找回來，當天晚上他就來了，抓這種要犯的時候你居然不到，可是王振飛一到，你也到了，而且一下子就查出了鏢銀已經被掉包。」

楊錚又道：「要把那麼多銀鞘子全都掉包並不是件容易事，要花很多功夫的，我想來想去，也只想出了一個人有功夫做這種事。」

趙正鐵青著臉，卻故意輕描淡寫的問：

「你說的是不是倪八？」

「如果是倪八掉的包，他就不會為那些假銀鞘拚命了，也就不會把命送掉。」楊錚說：「如果是押鏢的那些鏢師，他們也不會因此而死。」

他忽然嘆了口氣：「趙頭兒，你已經有房子有地，為什麼還要跟青龍會勾結，做出這種事？你難道以為我還不知道王振飛是青龍會的人？」

趙正居然不再否認，居然問楊錚：

「你要我怎麼做？」

「我要你說出王振飛的下落。」楊錚道：「還要你自己去投案自首。」

「好，我可以這麼做。」趙正居然一口答應：「只可惜我就算把王振飛的下落告訴了你，恐怕你還是對他無可奈何。」

「爲什麼？」

趙正又故意嘆了口氣：「侯門深如海，你能進去抓人？」

狄小侯、狄青麟，所有的事本來都好像跟他全無關係，因爲他永遠是高高在上的，江湖人攪起的污泥混水，怎麼會濺到他那一身一塵不染的白衣上？

可是現在所有的關鍵竟好像全都已集中於他一身。

楊錚忽然想到他父親生前對他說的一句話。

——有些人就像是蜘蛛一樣，終日不停的在結網，等著別人來投入他的網，可是第一個被這面網困住的就是他自己。

——有些人認爲蜘蛛愚昧，蜘蛛自己很可能也知道，可是他不能不這麼樣做，因爲這面網不但是他糧食的來源，也是他唯一的樂趣，不結網他就無法生存。

「我會去投案自首的。」趙正又說：「我跟他們那些人不一樣，我吃的是官糧，幹的是官差，官家的法例，已經在我心裡生了根，有些事我已經做不出來。」

他勉強笑了笑：「何況我雖然和他們有點勾結，其實並沒有做出什麼太可怕的事，如果我自己去投案，罪名絕不會太大，可是你呢？你是不是真的要到侯府去抓人？」

楊錚的回答很乾脆，也很冷靜。

「是的。」他說：「現在我就要去。」

「那麼我先送你走。」趙正說：「可是你到了那裡，一定要特別小心。」

楊錚什麼話都沒有再說，話已經說到這裡，無論再說什麼都是多餘的。

他走了出去，趙正也跟著他走了出去。

他們默默的走過廳外的小院，磨刀的老人仍在低著頭磨刀，好像什麼都沒有看見，什麼都沒有聽見，因爲他已將他的全部精神都集中在他正在磨的這柄並不算很名貴的摺鐵刀上。

另外一把六扇門裡的人最常用的朴刀已經磨好了，刀鋒在晴朗的日色下閃閃發光。

楊錚先走過他身旁，趙正也走過去，忽然翻身抄起了這把朴刀，一刀砍在楊錚後頸上。

最少他自己以爲這一刀已經砍在楊錚後頸上，因爲他自信這一刀絕不會失手。

可惜他還是失手了。

楊錚好像早已料算他有這一著，忽然彎腰，反手一擊，用破布裹著的離別鉤已經打在他右胸第四根和第七條肋骨間。

肋骨碎裂，朴刀落下。

趙正的臉驟然因痛苦驚嚇而扭曲，扭曲後就立刻痙攣僵硬，永生都無法恢復了。

所以他以後在牢獄中的難友們就替他起了個外號，大家都叫他「怪臉」。

楊錚看著他嘆息：「我實在希望你能照你答應我的話去做，可惜我也知道你絕不會那麼做的，你已經陷得太深了。」

一直在低頭磨刀的老人忽然也嘆了口氣，說出句任何人都想不到他會說的話。

他忽然嘆息著道：「楊恨的兒子果然不愧是楊恨的兒子。」

楊錚轉身，吃驚的看著這個佝僂衰老瘦弱的跛腳磨刀老人。

「你怎麼知道我是他的兒子？」

「因爲你現在的樣子就和我見到他時完全一模一樣。」老人說：「連脾氣都一樣。」

「你幾時見過他？」

「那已經是很久很久以前的事了。」磨刀的老人說：「那時候他的年紀比你現在還小，還在學劍，學用劍，也學煉劍，他的師傅邵空子劍術雖不佳，煉劍的功夫卻可稱天下第一。」

老人嘆了口氣：「只可惜你父親的志不在煉劍，所以邵大師的煉劍之術也就從此絕傳了。」

楊錚拜倒：「家父也已去世很久，生前也常以此爲憾。常常對我說，他學的如果不是搏擊之術而是煉劍之法，這一生活得必定愉快得多。」

老人也不禁黯然。

「歲月匆匆，物移人故，人各有命，誰也勉強不得。」他說：「就好像劍一樣。」

楊錚不懂，老人解釋：

「劍也有劍的命運，而且也和人一樣，有吉有凶。」老人說：「那次我去訪邵大師，爲的就是要去替他相一相他那柄新煉成的利劍靈空。」

「靈空？」楊錚說：「我怎麼從來沒有聽人說起過？」

「因爲那是柄凶劍，劍身上的光紋亂如蠶絲，劍尖上的光紋四射如火，是柄大凶之劍，佩帶者必定招致不祥，甚至會有家破人亡的殺身之禍。」老人說：「所以邵大師立刻就將那柄劍毀了，再用殘劍的餘鐵煉成一柄其薄如紙的薄刀。」

「那柄刀呢？」

「聽說是被應無物用一本殘缺的古人劍譜換去了。」

楊錚的臉色忽然變了，彷彿忽然想起了一件又神秘又奇妙又可怕的事。

「據說那本劍譜左面一半已被焚毀，所以劍譜的每一個招式都只剩下半招，根本無法練成劍術。」老人說：「可惜我未見過，也不知道它的下落。」

楊錚忽然說：「我知道。」

磨刀的老人顯得很驚訝，立刻問楊錚：

「你怎麼會知道的？」

「因爲那本劍譜就在家父手裡，家父的武功就是以它練成的。」

「我知道後來楊恨以一柄奇鈎縱橫天下。」老人更驚訝：「用一本殘缺不全的劍譜，怎麼能練成那種天下無敵的武功？」

「就因爲那本劍譜的招式已殘缺，用劍雖然練不成，用一柄殘缺而變形的劍去練，卻正好可以練成一種空前未有的招式，每一招都完全脫離常軌，每一招都不是任何人所能預料得到的。」楊錚說：「所以它一招發出，也很少有人能抵擋。」

「殘缺而變形的劍？」老人問：「難道就是藍大先生以一方神鐵精英託他去煉卻沒有煉成的那一柄？他也因此而以身相殉。」

「是的。」

老人長長嘆息：「以殘補殘，以缺補缺，有了那本殘缺不全的劍譜，才會有這柄殘缺不全的劍，難道這也是天意？」

楊錚無法回答，這本來就是個誰都無法回答的問題。

老人眼中忽然露出種非常奇怪的表情，就好像忽然看透了一件別人看不見的事：

「也許這並不是天意。」他說：「也許這就是邵大師自己的意思。」

「怎麼會是他自己的意思？」

「因爲他已經有了那本殘缺不全的劍譜，所以才故意煉成那一柄殘缺不全的劍，留給他唯一的弟子。」老人長嘆：「他自己的劍術不成，能夠讓他的弟子成爲縱橫天下的名俠，他也算求仁得仁，死而無憾了。所以他才不惜以身相殉。」

楊錚悚然，連骨髓裡都彷彿透出了一股寒意，過了很久才說：「那柄薄刀的下落我也知道。」

「刀在哪裡？」

「一定在應無物唯一的弟子手裡。」

「他的弟子是誰？」

「世襲一等侯狄青麟。」

「你怎麼知道？」

「因爲我知道他用這把刀殺過一個人。」楊錚說：「用這種刀殺人，如果動作夠快，外面就看不出傷口，血也流不出來，可是被刺殺的人卻一定會因爲內部大量出血而立刻斃命。必死無救。」

「你知道他殺的是誰？」

「他殺的是萬君武。」楊錚說：「就因爲誰也看不到他刺殺萬君武那一刀的傷口，所以誰也不知道萬君武的死因。」

楊錚接著說：「但是我知道，因爲家父曾經告訴過我，世上的確有這種其薄如紙的薄刀。」

磨刀老人的臉色忽然也變得像楊錚剛才一樣，忽然問楊錚：

「你知道是誰託邵大師煉那柄『靈空』的？」

「是誰？」

「就是萬君武。」老人說：「那時他還在壯年，他的刀法已練成，還想學劍，他知道那柄劍被邵大師毀了之後並沒有說什麼，因爲他也相信那是柄凶劍，而且那時候他已經有了一把魚鱗紫金刀。」

「但是他卻不知道邵大師又用那柄劍的殘鐵煉成了一柄薄刀。」

「他當然更想不到自己後來竟會死在那一柄薄刀下。」老人又問楊錚：「這是不是天意？」

「我不知道。」楊錚說：「我只知道現在我要做的事也是應無物絕對想不到的。」

「你要去做什麼事？」

「我要去殺狄青麟。」楊錚說：「用應無物向邵大師換那柄薄刀的劍譜招式，去殺死他唯一的弟子。」

他也問老人：「這是巧合？還是天意？」

老人仰面向天，天空澄藍。

他憔悴衰老疲倦的臉上忽然又露出種又虔誠又迷惘又恐懼的神色。

「這是巧合，也是天意，巧合往往就是天意。」老人說：「是天意借人手做出來的。」

——天意無常，天意難測，天意也難信，可是又有誰能完全不信？

三

屋子裡還是一片雪白，沒有污垢，沒有血腥，甚至連一點灰塵都沒有。

一身白衣如雪的狄青麟盤膝端坐在一個蒲團上，對面也有一個蒲團，上面必定還留著應無物的氣息，可是應無物這個人卻已永遠消失。

他的屍體並沒有離開過這間屋子，但是現在卻已永遠消失。

如果狄青麟要消滅一個人，就一定能找出一種最簡單最直接最有效的法子。

門外的長廊上已經有腳步聲傳來，是三個人的腳步聲。

腳步聲很輕，卻很不穩定，可以想像他們的心情也很不穩定。

狄青麟嘴角又露出一絲殘酷的笑意，外面的三個人如果能看見他這種表情，絕不敢踏入這個屋子的門。

可惜他們看不見。

三　侯門深似海

一

門是虛掩著的，三個人都走了進來。

王振飛的臉色顯得有點蒼白，裘行健的眼睛卻有點發紅，也不知是因爲睡眠不足？還是因爲酒喝得比平常多了一點。

只有花四爺還沒有變，不管在什麼地方出現，不管要去做什麼事，他看來總是笑嘻嘻的一團和氣，就算他要去勾引別人的妻子、搶奪別人的錢財而且還要把那個人的咽喉割斷時，他看起來都是這樣子的。

他們一直沒有走，因爲他們一直都在等消息。等小青的消息。

他們已經等得很著急，卻還是在等，因爲他們相信小青是絕不會失手的。

現在他們才知道自己錯了。

門外陽光燦爛，這個空闊乾淨潔白如雪的屋子裡，卻彷彿充滿了一種說不出的陰森肅殺之意。

花四爺是最後一個進來的。

他一走進來，就轉過身，輕輕的關上了門，因爲他不願讓狄青麟看見他臉上的表情。

無論誰忽然看見一個自己本來認爲已經死定了的人時，臉色都難免會變的。

幸好狄青麟連看都沒有看他們一眼，更沒有注意到他們的臉色，只淡淡的說了句：

「請坐。」

來的有三個人，屋子裡唯一可以讓人坐下來的地方就是那個蒲團。

以他們的身分，坐在地上總有點不像樣的。

王振飛看看另外兩個人，正想佔據這個唯一的座位，狄青麟卻說：

「花四爺，你坐。」

花四爺看看王振飛，王振飛掉過臉去看白牆，花四爺慢慢的坐下。

「你們是不是覺得很奇怪？」狄青麟說：「我明明已經應該死了，爲什麼還活著？」

他說話就像他殺人一樣，直接而有效。

裘行健的臉繃緊：

「你在說什麼？我根本就不懂。」

「很好。」

「不懂爲什麼很好？」

「懂也很好，不懂也很好。」狄青麟說：「懂不懂反正都一樣。」

他看著裘行健，平平淡淡的問：「你喜歡怎麼樣死？」

裘行健臉上繃緊的肌肉已經像繃緊的琴弦被撥動後一樣彈跳起來。

「我爲什麼要死？」

「因爲我要你死。」狄青麟的回答永遠都一樣簡單直接乾脆。

「天青如水，飛龍在天。」裘行健厲聲道：「你難道忘了我是什麼人？」

「我沒有忘。」

狄青麟的聲音還是很平和：「我要你死，你就要死，不管你是什麼人都一樣。」

江湖中有很多人都說過這一類的話，可是從他嘴裡平平淡淡的說出來，就好像一個掌有生殺大權的法曹在宣判一個人的死刑。

裘行健怒目瞪著狄青麟，竟沒有勇氣撲過去拚一拚，他全身的肌肉雖然都已繃緊，內心卻似已完全軟弱虛脫。

狄青麟的冷靜就好像一條吸血的毒蛇，已經把他身子裡的血肉和勇氣都吸乾了。

王振飛忽然冷笑：

「死就是死，你既然一定要他死，隨便怎麼死都是一樣的，你又何必再問？」

「不錯，死就是死，絕沒有任何事可以代替。」狄青麟蒼白高貴的臉上忽然露出種又虛幻又嚴肅的表情，悠悠的說：「天上地下，再也沒有任何事能比死更真實。」

他嘆了口氣：「你說得對，我的確不應該再問他的。」

他在嘆息聲中慢慢的站起來，走到裘行健面前，用一種比剛才更和平的聲音說：

「你不能算是一條硬漢，你的內心遠比外表軟弱。」狄青麟道：「我本來一直都很喜歡你。」

他忽然伸出雙臂像擁抱情人一樣將裘行健輕輕擁抱了一下。

裘行健竟沒推拒，因爲他竟好像根本就不想推拒。

狄青麟的擁抱不但溫柔而且充滿了感情，他的聲音也一樣。

「你好好的走吧。」他說：「我不再送你。」

說完了這句話他就放開了手，他放開手時裘行健還在看著他，用一種又空虛又迷惘又歡愉又痛苦的眼神癡癡的看著他。

他能感覺到他擁抱時的溫柔，但是同時他也感覺到一陣刺痛。

一陣深入骨髓血脈心臟的刺痛。

直到他倒下去時，他還不知道就在他被擁抱時已經有一柄刀從他的背後刺入了他的心臟。

一柄薄刀，其薄如紙。

花四爺那種獨有的笑容居然還保留在他那張圓圓的臉上，只不過輕輕的嘆了口氣。

「我佩服你。」他說：「小侯爺，現在我才真的佩服你了。」

「哦？」

「我看過別人殺人，我自己也殺過人。」花四爺說：「可是一個人居然能用這麼溫柔這麼多情的方法殺人，我非但沒有看見過，連想都想不到。」

王振飛的額角手背脖子上都已有青筋凸起：「他能用這種法子殺人，只因爲他根本就不是人。」

狄青麟又坐了下去，坐在蒲團上。

「你錯了。」他說：「我用這種法子殺他，只不過因爲我喜歡他。」

他的聲音還是很平和：「對你就不同了，我絕不會用這種法子殺你。」

王振飛後退三步厲聲道：「你竟敢動我？你不知道我的身分？你不怕青龍老大把你斬成肉末！」

狄青麟忽然笑了，笑容也很溫和。

「你是什麼身分？你只不過是條自作聰明的豬。」

一個人能用這麼溫和文雅的聲音罵人，也是件讓人很難想像的事。

「其實我本來不必殺你的，我應該把你留給楊錚。」狄青麟說：「你也不必替我擔心，在你們的龍頭眼裡，你最多也只不過是條豬而已，他絕不會因爲我殺死他一條豬而生氣的。」

王振飛居然也笑了，笑聲居然真的像是一條豬在飢餓激動時叫出來的聲音，甚至有點像是豬被宰時的聲音。

唯一不同的是，豬沒有刀，他有。

他拔出了他一直暗藏在長衫下的刀，並不是他平時爲了表現自己的氣派而用的那柄金背大砍刀，而是一柄雁翎刀。

這才是他真正要殺人時用的利器。

「花四，你還坐在那裡幹什麼？」王振飛大吼：「難道你真的要坐在那裡等死？」

花四爺沒有出聲，也沒有動，因爲他早已經發現在狄青麟面前是絕不能動的。

他當然有他的理由。

他有名聲，有權勢，還有一筆別人很難想像到的龐大財富。

像他這樣的人，下定決心去做一件事的時候，當然都有很好的理由。

——在他看到萬君武的屍體時，他已經發現狄青麟是個非常可怕的人。遠比十個裘行健和十個王振飛加起來更可怕。

——在他看到狄青麟並沒有被小青害死的時候，他更證實了這一點。

最重要的一點是，他相信狄青麟絕不會動他。

因爲狄青麟對他的態度和對別人是完全不同的。否則剛才爲什麼會特別指名請他坐下？

花四爺想得很多，而且想得很愉快。在這種情況下，他爲什麼要動？

王振飛卻已經動了。

他知道狄青麟是個很難對付的人，可是他也不是容易對付的。

他的刀輕，輕而快。

江湖中有很多人都認爲，如果他用的不是金刀而是這柄雁翎刀，那麼他一刀出手時，絕對要比萬君武門下的高足「快刀」方成還快得多。

金刀是給別人看的。這把刀卻看不得。

他一刀出手，等你看見他的刀時，很可能已經死在刀下。

現在他的刀已出手，狄青麟已經看見他的刀，刀光輕輕一閃，已經到了狄青麟的咽喉。

他還是盤膝端坐在蒲團上，王振飛並沒有給他還手的機會。

——真正要殺人的時候，就絕不能給對方一點機會。

王振飛明白這道理，而且做得很徹底。

這一刀很可能是他平生最快的一刀，因為他已經發出了他所有的潛力。

一個人只有在生死關頭才會發出所有的潛力。

現在他已經到了生死關頭。如果狄青麟不死，死的就是他。

王振飛沒有死，狄青麟也沒有死。

刀光一閃，一刀劈出，王振飛忽然覺得好像有一根針刺入他身上某一個地方。

一個很特別的地方，連他自己都不知道究竟是在哪裡？

他忽然覺得全身都酸了，又酸又痛，酸得連眼淚都好像要流下來。

等到這一陣酸痛過去，他還是好好的站在原來的地方，好像什麼事都沒有發生過，和剛才他站在這裡的時候完全沒有什麼不同。

唯一不同的是，他的手裡已經沒有刀。

他的刀已經在狄青麟手裡。

狄青麟用兩根手指揑住刀尖，將刀的柄送過去給他，平平淡淡的說：

「這一刀還不夠快，你還可以更快一點。」他說：「你不妨再試一次。」

狄青麟爲什麼不殺他？爲什麼還要再給他一次機會？

王振飛不信，因爲他從來沒有給過別人這種機會，連一次都沒有給過。

可是他不能不信，因爲他的刀已經在他手裡。

他當然要再試一次。

剛才那一次失手，也許只不過因爲他太緊張，緊張得抽了筋。

這一次他當然要特別小心，用的當然是和上一次完全不同的手法。

他的身子忽然開始游走，游魚般圍著狄青麟轉動不停，讓狄青麟根本沒法子看出這一刀會從什麼部位劈下去。

這是他從「八卦游身掌」中化出的刀法，這一刀他本來好像要從坎門砍出，可是忽然又變了方位，由離門砍了出去。

這一刀不但出手快，而且變得快，可惜效果還是和上次完全一樣。連一點效果都沒有。

他的刀忽然間又到了狄青麟手裡，狄青麟居然又將刀送回給他：

「你還可以再試一次。」

王振飛的手又伸了出去，又握住了他的刀，用力握緊。

這一次他絕不能再失手。

雖然他知道這一次機會還不是最後一次，以後狄青麟還是會不斷的再將機會給他的。

可是他已不願接受。

因爲他已經明白，這種機會根本不是機會，而是侮辱。

他忽然覺得自己好像已經變得像是一隻貓爪下的老鼠。

可是這一次他絕不會再失手了。他向自己保證，絕對不會再失手。

這一刀就是他最後的一刀。這一刀砍下去，刀鋒一定要被鮮血染紅。

他受到的羞辱，只有血才能洗清。

這一次他果然沒有失手，這一刀出手，刀鋒果然立刻就被鮮血染紅。

不是狄青麟的血，是他自己的血。

他的血也和狄青麟的血一樣紅。

二

楊錚將包紮在離別鈎外面的破布一條條解開，用雙手將他的鈎送到磨刀的老人面前。

他要請老人相一相他這柄鈎。

陽光艷麗，老人也雙手握鈎，以鈎尖向天，將鈎鋒迎展於陽光下。

鈎不動。老人也不動。

除了他的眼睛外，他這個人彷彿已經在這一瞬間化成了一座石像。

他的精、他的神、他的氣、他的力、他的靈、他的魂，彷彿都已在這一瞬間完全投入他握住的這柄鈎裡。

他的眼睛卻亮得像是天際的星光。

他凝視著這柄鈎，過了很久才開口，說的卻是一件和這柄鈎完全無關的事。

「你一定很久很久沒有好好的吃過一頓飯了。因爲你臉上有饑色。」

楊錚不懂他爲什麼會突然說起這一點。

「名家鑄造的利器也和人一樣，不但有相，而且有色。久久不飲人血，就會有饑色。」老人終於將話鋒轉入正題：「這柄鈎最近必定已飽飲人血，而且一定是位非常人的血。」

「爲什麼一定是非常人的血？」

「那是一定可以看出來的。」老人說：「一個人在用過精饌美食後和只吃了些雜糧粗麵後的神情氣色，是不是也會有些不同？」

這個比喻不能算很好，但是楊錚卻已經完全了解它的意思。

他不能不承認這個奇特的老人確實有種能夠洞悉一切的眼力。

老人閉上眼睛，又問楊錚：「你傷的人是誰？」

「是藍一塵。」楊錚道：「藍大先生。」

老人聳然動容：「這是天意，一定是天意。」

他張開眼睛，仰面向天，目光中充滿了敬畏之色：「邵大師無心中鑄造了這柄鈎，卻因此而死，這與藍一塵有關，現在藍一塵卻又被這鈎所傷，這不是天意是什麼？」

楊錚也不禁悚然，老人又說：

「這柄鈎本來也是不祥之物，就像是個天生畸形的人，生來就帶有戾氣，所以它一出爐，鑄造它的人就因此而死。」他說：「你的父親雖然以它縱橫天下，但是一生中也充滿悲痛不幸。」

楊錚黯然，老人的眼睛裡卻露出了興奮的光。

「可是現在它的戾氣已經被化解了，被藍一塵的血化解了。」他說：「因爲藍一塵本來應該是它的主人，卻拋棄了它，他雖然沒有殺邵大師，邵大師卻也算因他而死的，他已經在這柄鉤的精髓裡種下了充滿怨毒和仇恨的暴戾不祥之氣，只有用他自己的血才能化解得了。」

這種說法實在很玄，可是其中彷彿又確實有一種玄虛奧妙之極的道理存在，令人不能不信。

老人又閉上眼睛長長嘆息：「這都是天意，天意既然要成全你，你已經可以安心了。」他將鉤交還給楊錚：「你去吧，無論你要去做什麼，無論你要去對付什麼人，都絕對不會失敗的。」

他的聲音中彷彿也帶著種神秘的魔力，他對楊錚的祝福，就是對楊錚仇敵的詛咒。

遠在百里外的狄青麟，在這一瞬間，彷彿也覺得有種不祥的感應。

三

狄青麟從來不相信這些玄虛的事，他這一生之中唯一相信的就是他自己。

在他的劍鋒刺入應無物血肉中時，他就已認爲這個世界上絕對沒有任何人能擊敗他。

所以他很快就恢復了冷靜和鎮定，他看著花四的時候，就好像一位無所不能的神祇，在看著一個卑賤凡俗無知的小人。

花四爺已經被他這種態度嚇倒了，雖然還坐在那裡，卻似已屈服在他的腳下。

狄青麟忽然問：

「你知不知道我為什麼不殺你？」

「因為我對小侯爺還有用。」花四勉強裝出笑臉：「我還可以替小侯爺做很多事。」

「你錯了。」

狄青麟冷冷的說：「我不殺你，只因為你還不配讓我出手，你一直都讓我覺得噁心。」

他的手垂下，在他坐著的這個蒲團邊緣上輕輕扳動了一個暗鈕。

花四坐下的蒲團忽然旋轉移動，連帶著蒲團下的地板一起移開。

地面上就忽然露出了一個黝黑的洞穴。

花四立刻落了下去，發出一聲淒厲恐懼之極的慘呼，遠比對死亡本身更恐懼。

因為他在身子落下的那一瞬間，已經看到了地穴中的情況。

他所看到的遠比死更可怕。

侯府的後花園中百花盛開，春光如錦。

狄青麟悠然走上一個小亭，回頭吩咐跟隨在他身後的奴僕。

「今天我只見一個人，除了他之外別人一律擋駕。」小侯爺說：「這個人姓楊，叫楊錚。」

四

侯府朱門外的石階長而寬闊，平亮如鏡。楊錚甚至能在上面照見自己的臉。他的臉色很不好看。

雖然他從鄰近的縣城衙門裡領到了一點路費，卻少得可憐，這幾天在路上他一直都沒吃飽過。

他已經坐在石階上等了大半個時辰，才忍不住從旁邊的門走進去，問剛才替他開門的那個傲慢自大、眼睛長在頭頂上的門房：

「剛才你說小侯爺就在後面的花園裡？」

「嗯。」

「你說你已經派人去通報了？」楊錚忍住氣問：「爲什麼直到現在還沒有消息？」

門房裡的大爺斜眼看著他，皮笑肉不笑的哼了一聲，冷冷的問：

「你知不知道從這裡到後花園來回一趟要走多久？」

楊錚搖頭。

他本來可以一拳打爛這位大爺的鼻子，但是他忍住了。

「你不知道，我告訴你，從這裡走到後花園，就要走半個時辰。」門房大爺冷笑：「這裡是世襲一等侯府，跟你們那種小小的衙門是不太一樣的。」

楊錚只有再繼續等下去。

從這裡根本看不到侯府的情況，一面用彩瓷砌成九條麒麟的高牆，完全擋住了他的視線，牆後人聲寂寂，連一點聲音都聽不見。

他又等了很久，裡面才有個錦衣童子走出來，對他勾了勾手指。

「小侯爺已經答應見你了，你跟我來吧！」

高牆後是個很大很大的院子，沒有栽花種樹，也沒有養金魚。

院子裡只擺著一個巨大古老的鐵鼎，卻更襯出了這個院子的莊嚴和遼闊。

前面大廳的門是關著的，也看不到裡面的情況，只能看見廊前那一根根兩個人都合抱不住的雕花庭柱和高聳在白雲下的滴水飛簷。

到了這種地方，一個人才能真正了解富貴和權勢的力量，心裡就會不由自主升起一種敬畏之意。

可是楊錚卻好像什麼都沒有看見，什麼感覺都沒有。

因爲他心裡只有一個人，一件事。

——呂素文還在那寂寞悲慘的小木屋裡等著他，他一定要活著回去。

五

雪白的屋子還是那麼潔淨靜寂，就好像從未被一點血腥沾染過。

狄青麟還是盤膝坐在那個蒲團上，指著對面的那個蒲團對楊錚說：

「請坐。」

楊錚就坐了下去。

他當然想不到坐在這個蒲團上就好像坐在一個上古洪荒惡獸的嘴裡，他的血肉皮骨隨時都會被牠吞噬下去，連一點渣子都不會剩下來。

狄青麟用一種很奇特的眼色看著他，彷彿對這個人很感興趣。

「這裡本來是我練劍的地方，很少有客人來，所以我也沒有什麼可以款待你。」狄小侯淡淡的說：「我想你大概也不會接受我的款待。」

「不錯。」楊錚的聲音也同樣冷淡：「我本來就不是你的客人。」

他直視著狄青麟，連眼睛都沒有眨一眨：「我只想問你，思思是不是已經死了？是不是被你殺死的，鏢銀是不是被王振飛所盜換？他是不是到這裡來了？」

狄青麟微笑，微笑著嘆了口氣。

「你知不知道我是什麼人？知不知道這是什麼地方？你怎麼敢在我面前說這種話？」

「就因爲我很明白你是個什麼樣的人，所以我才敢這麼說。」

「哦？」

「你是個很了不起的人，大家都覺得你很了不起，你自己一定也這麼想，你這一生中，永遠都是高高在上的。」楊錚說：「就因爲你是這種人，所以我才敢這麼樣問你。」

「爲什麼？」

「因爲我知道你絕不會在我面前推諉狡賴說謊。」楊錚道：「因爲你根本就沒把我看在眼裡。」

——說謊的目的，如果不是爲了要討好對方，就是爲了要保護自己。

——如果你根本看不起一個人，就沒有對他說謊的理由了，又何必再說謊？

狄青麟居然還是神色不變，卻反問楊錚：「如果我什麼話都不說呢？」

楊錚沉思，過了很久才回答：「如果你不說，我只有走。」

「爲什麼要走？」

「因爲我沒有證據，既無人證，也沒有物證。」楊錚道：「我根本沒法子能證明你做過這些事，也沒有人會因爲我說的話而判你的罪。」

「所以你對我根本就無可奈何。」

「是的。」

「那麼你又何必來？」

「我本來以爲我可以找出證據，最少也可以找出方法來對付你。」楊錚說：「可是我到這裡來了之後，我就知道我錯了。」

「錯在哪裡？」

「錯在我雖然沒有看輕過你，卻還是低估了你。」楊錚說：「你實在太『大』了，已經大得可以把所有的證據都湮沒，已經大得可以把所有對你不利的事都吃下去。」

他的神色慘淡：「現在我已經發覺，像你這麼樣一個人，確實不是我能對付的，這個世界上確實有些任何人都無能爲力，也無可奈何的事。」

狄青麟聽著他說完這些話，臉上還是全無表情，連一點反應都沒有。

楊錚也像木頭人一樣坐在那裡，坐了半天，忽然站起來大步走了出去。

狄青麟看著他走出去，走到門口，忽然叫住了他：「等一等。」

楊錚的腳步慢了下來，又慢慢的往前走了幾步才站住，慢慢的轉過身來面對狄青麟。

狄青麟看著他，嘴角忽然又露出那種殘酷的笑意，聲音卻還是那麼平淡：

「我可以讓你走，讓別人去對付你，拿你當盜賊一樣對付你，追問那些失劫的鏢銀。」狄小侯道：「無論你怎麼樣辯白，也沒有人會相信你一個字，你還是只有死路一條。」

「是的。」楊錚說：「事情就是這樣子的，有很多事都是這樣子的。」

「如果我不想讓你走，那麼現在這個世界上已經沒有你這個人了。」狄小侯說。

他立刻就證明了他說的話並不是恫嚇。因爲他的手一垂下，對面的蒲團就移開了，地面上立刻又現出了那個黝黑的洞穴。

楊錚當然忍不住要去看，只看了一眼，就彎下腰，幾乎忍不住要嘔吐。

——他看見了什麼？

他看見的事雖然永遠都忘不了，可是他永遠都不會說出來的。

蒲團又移回原地，一切又恢復原狀，狄青麟才問楊錚：

「你知不知道我爲什麼沒有這樣對你？」

楊錚搖頭，勉強忍耐著，不讓自己嘔吐出來。

「因為你是個聰明人，雖然比我想像中更聰明，卻沒有聰明得太過份。」狄青麟道：「你說的每句話都很有理，做的事也很公平，所以我一定也要用同樣公平的方法對你。」

他嘴角的笑意更冷酷：「思思確實是死在我手裡的，失劫的鏢銀也在我這裡。只要你能用你手裡的武器將我擊敗，鏢銀就是你的，我這條命也是你的，你都可以帶走。」

楊錚看著他，靜靜的盯著他看了很久，才用一種和他同樣平淡冷酷的聲音說：

「我就知道你一定會這麼樣做的。」楊錚說：「因為你太驕傲，太沒有把別人看在眼裡。」

六

狄青麟確實是個非常驕傲的人，可是他確實有他值得驕傲的理由。

他的武功確實不是楊錚所能對抗的。

他沒有用他的劍來對付楊錚，他用的是那柄短短的薄刀。

和楊錚的離別鉤一樣，是從同一個人的手裡鑄造出來的，而且同樣是因為一柄劍鑄造的錯誤才會有這柄鉤和這把刀。

可是狄青麟使用這把刀的技巧，卻已經進入了化境。進入了隨心所欲的刀法巔峰。

他操縱這把刀就好像別人操縱自己的思想一樣，要它到哪裡去，它就到哪裡去，要它刺入一個人的心臟，它也絕不會有半分偏差。

刀光一閃，刀鋒刺入了楊錚肘上的「曲池」穴，因爲狄青麟本來就是要它刺在這個地方的。

他不想要楊錚死得太快。

楊錚是個有趣的人，他並不是時常都能享受到這種殘酷的樂趣的。

他也知道一個人的「曲池」穴被刺時，半邊身子就會立刻麻木，就完全沒有抵抗或還擊的能力了。

他的思想絕對正確，可惜他沒有想到楊錚居然會將自己的離別鈎用來對付自己。

離別鈎的寒光忽然到了楊錚自己的臂上，被刀鋒刺入曲池的那條臂上。

這條臂立刻和他的身子離別了。

——離別是爲了相聚，只要能相聚，無論多痛苦的離別都可以忍受。

在一陣深入骨髓的痛苦中，使楊錚的臂離別了身體的離別鈎已經斜斜飛起，飛上了永遠高高在上的狄青麟的咽喉裡。

於是狄青麟就離別了這個世界。

驕者必敗。

這句話無論任何人都應該永遠記在心裡。

全書完。請續看《七種武器》之四

【附錄】

問「劍」於古龍

薛興國

其實我問的不是劍，是鈎；是「離別鈎」。是即將在聯合報上連載的「離別鈎」。

古龍在作品中常說：沒有相聚，哪裡有離別？可是古龍更強調，沒有離別，又哪裡來相聚？

古龍已經有八個月沒有推出作品了。

古龍已經和讀者離開八個月。

在台灣、香港、泰國、印尼、新加坡和馬來西亞這六個地方，一九七七年的十大賣座電影中，古龍的原著佔了四部。這是一個空前的記錄。

新加坡的大洋出版公司，也已經和古龍訂約，要購買古龍全部作品的英譯版權。這也是中國作家的一個紀錄。

然而，這八個月中，古龍的心境並不是很愉快的。現在民生報連載的「七星龍王」中，有一段歌詞，大概可以形容他的心境：

喝不完的杯中酒，唱不完的別離歌。
放不下的寶刀，上不得的高樓。
流不盡的英雄血，殺不盡的敵人頭。

古龍在心境不好的情況下，開始思索。思索的結果，產生了「離別鈎」。

古龍說，「離別鈎」以前的作品，可以說是他年輕時代的作品。那時，幻想力特別豐富，一有題材，就馬上動筆，寫到哪裡，就連載到哪裡。

「離別鈎」卻是一個轉變。

因爲「離別鈎」還未開始連載，全書就已經寫成了。

「離別鈎」代表了古龍步入壯年的階段，開始對情節先作整體的構思和組織；對文字的簡煉和運用的技巧，也經過推敲、推理，變得更細膩；對年輕時不了解的事情，也有了新的體認；對人生的看法，更爲深刻。

古龍說，福樓拜認爲，十九世紀以後就沒有小說了，因爲十九世紀出了太多偉大的作家，寫盡了悲歡離合的七情六慾。然而，到了二十世紀，爲什麼依然有那麼多小說出現呢？

古龍說，因爲福樓拜忽略了一點，就是人類的感情一直都在變。故事的曲折變化會有窮盡，人類感情的變化卻是無窮的。所以，人類的思想感情，是寫不盡的題材。尤其是利用不同的文學型式，可以描述出變化多端的感情思想。

武俠小說是文學的一種型式。

古龍認爲，只要對人類有同情心，只要具有悲天憫人的胸懷，不管用什麼型式創作，都應該可以列入文學的殿堂。

古龍的作品，除了包含人類思想感情的變幻外，所宣洩出來的人生觀，是非常積極的。

古龍一直都描寫光明的思想，磊落的行徑，肯定邪不勝正，肯定苦練才能造就成功，謳歌朋友之義和大丈夫有所不爲、有所必爲的行徑。

古龍的作品，沒有灰色的人生，絕不讓讀者在看完後，會興起人生乏味而想自殺的念頭。

古龍帶給讀者的，是積極，是進取，是努力，是奮鬥。所以，離別了八個月之後，古龍又和讀者相聚了。

以他的「離別鈎」。

七種武器（三）多情環／離別鉤

作者：古龍
發行人：陳曉林
出版所：風雲時代出版股份有限公司
地址：10576台北市民生東路五段178號7樓之3
電話：(02) 2756-0949　　傳真：(02) 2765-3799
封面原圖：明人出警圖（原圖為國立故宮博物館典藏）
封面影像處理：風雲編輯小組
執行主編：劉宇青
業務總監：張瑋鳳
出版日期：古龍珍藏限量紀念版2024年9月
ISBN：978-626-7464-41-0

風雲書網：http://www.eastbooks.com.tw
官方部落格：http://eastbooks.pixnet.net/blog
Facebook：http://www.facebook.com/h7560949
E-mail：h7560949@ms15.hinet.net
劃撥帳號：12043291
戶名：風雲時代出版股份有限公司

風雲發行所：33373桃園市龜山區公西村2鄰復興街304巷96號
電話：(03) 318-1378　　傳真：(03) 318-1378
法律顧問：永然法律事務所 李永然律師
北辰著作權事務所 蕭雄淋律師

行政院新聞局局版台業字第3595號 營利事業統一編號22759935

國家圖書館出版品預行編目資料

七種武器．三，／古龍 著．　-- 三版.--
臺北市：風雲時代出版股份有限公司，2024.09
冊；公分．（七種武器系列）古龍珍藏限量紀念版
ISBN 978-626-7464-41-0（平裝）

857.9　　113007027